SpecTator

스펙테이터

스펙테이터

1판 1쇄 찍음 2014년 7월 4일
1판 1쇄 펴냄 2014년 7월 10일

지은이 | 악먹은인삼
펴낸이 | 정 필
펴낸곳 | 도서출판 **뿔미디어**

편집장 | 이재권
기획 · 편집 | 주종숙

출판등록 | 2002년 9월 11일 (제1081-1-132호)
주소 | 경기도 부천시 원미구 상동로 117번길 49(상동) 503호 (우)420-861
전화 | (032)651-6513 / 팩스 032)651-6094
E-mail | bbulmedia@hanmail.net
홈페이지 | http://bbulmedia.com

값 8,000원

ISBN 979-11-315-2572-2 04810
ISBN 979-11-315-0000-2 04810 (세트)

BBULMEDIA FANTASY STORY

SpecTator

스펙테이터

약먹은인삼 퓨전 판타지 소설

5

Contents

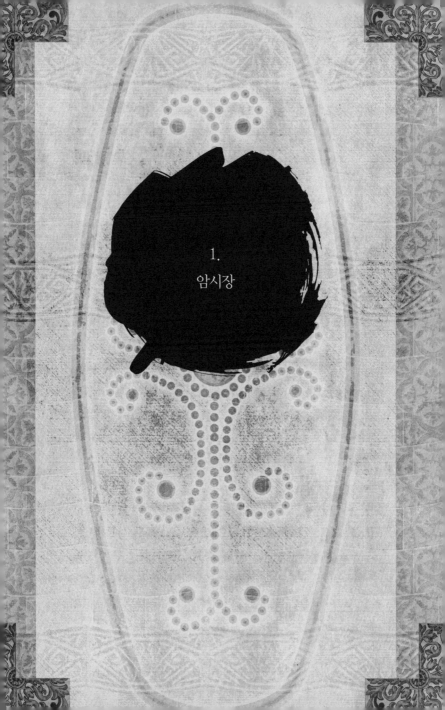

1.

암시장

짹짹! 표로롱~!

작은 새가 아름답게 지저귀었다.

키우는 오리가 꽥! 꽥! 거리고 뒤뚱뒤뚱 걷노라면

"와아~ 귀엽다~!"

천진난만한 웃음소리가 곳곳에서 울려 퍼졌다.

두 눈으로 서로 다른 풍경을 본다는 것. 이쪽과 저쪽에 동시에 자리할 수 있다는 것은 참으로 재미난 경험이 분명했다. 더욱이 양측이 극명하게 다른 상황이기에 더욱 흥미진진하다.

'후후.'

이쪽 세계에서는 작은 탄성에도 우와아~ 하며 공감하는 작은 입. 어설픈 농담에도 까르르~ 웃어 주는 해맑은 웃음들이 절로 가슴을 훈훈하게 만들어 주고 있었다. 반면 저쪽 세계에서는 쾅쾅거리며 피가 튀고 살점이 난무하는 격전의 연속이니…….

살고자 애쓰는 평민으로서 그저 기도해 본다.

'다들 무사하기를.'

이윽고 공항에서 날뛰는 나를 애도하는 마음조차 거두었다. 이제 만나려는 이를 앞에 두고는 차마 마음을 나눌 수가 없었던 까닭이다.

철벽의 학살자, 메그론!

당대의 전설이다. 가히 퓰라나 에일락 반테스 급의 인물을 상대함이니 조금도 소홀할 수가 없었다.

'미심쩍긴 하지만.'

물론 아주 조금은…… 의심이 들었다.

"진짜예요, 할부지. 내가 이따만 한 개미를 봤다니까?"

"아이구~ 그랬었느냐?"

"에이, 안 믿는 거죠?"

"허허허. 인석아, 믿는데두? 할애비 수염 그만 잡아당겨라. 어이쿠!"

2층 가옥의 작은 마당에서 아이들과 놀아 주고 있는 구부정한 노인. 참으로 잘 늙었다는 표현을 쓰면 무례일지 모르겠다. 웃는 상이 절로 주름으로 만들어진 백염의 그가 바로 고아원의 원장인 보누스였다.

보모 두엇이 전부인 허름하고 아기자기한 고아원은 주위 상인들의 온정으로 일구어지고 있었다.

무엄하게도 그의 수염을 잡아당기던 작은 소녀는 내게로 쪼르르 달려와 물었다.

"오빠는 내 말 믿지?"

"암, 믿고말고. 나도 봤는걸?"

"진짜? 어디서 봤는데?"

"이 오빠가 여행을 많이 다녔잖아. 난 걸어 다니는 꽃도 봤어. 얘기해 줄까?"

"응! 응!"

슬쩍 메그론의 눈치를 보자 그가 심히 만족스럽다는 듯이 고개를 끄덕였다. 이에, 나는 에일락 반테스의 경험을 살려 내가 여행한 양 한바탕 이야기를 늘어놓았다. 기억은 그의 것이되 말재간은…… 아주 잠깐이나마 아이를 돌봤었던 회귀 전의 추억이다.

'그때 조금 더 자주 놀아 줄걸.' 하는 아쉬움이 메그론 앞에서 연기 아닌 연기를 하게 만들어 주었다.

시간이 어느덧 흐르고 잠시 장을 보러 갔던 보모가 들어오자 나는 비로소 그와 독대를 할 수가 있었다. 2층의 원장실에서 아이들의 조막손으로 만든 엉터리 쿠키를 안주 삼아 대화가 시작되었다.

"이거 미안하게 됐네. 중한 일로 온 손에게 애나 돌봐 달라고 했으니."

"아닙니다. 저도 즐거웠는걸요."

"허허허. 좋군, 좋아. 그럼 낭비한 시간이 있으니 바로 본론으로 들어가겠네."

그는 너털웃음을 지으며 수염을 쓰다듬었다.

"확실히 용병이라기보다는 여행자 타입인 거 같긴 하더군.

그래, 진리 탐구자라고 했지? 돈벌이가 필요하다고도 했고 말일세."

"예."

"음, 그래. 어찌 알았는지는 묻지 않겠네. 앞서 두 녀석과 같은 입장일 테니까. 그런데 어쩐다…… 사실 막상 타이밍 좋게 찾아온 건 기특하네만, 자네는 별반 쓸모가 없어. 이는 곤바로스의 사도들의 공통된 특성이지. 참으로 쓸데없다는 거 말일세."

"그게 무슨 말이십니까?"

그는 인자한 얼굴로 물을 마셨다. 한 모금의 물을 귀중하고 소중하게 마신 그는 고요하게 내려놓으며 말했다.

"대화에 앞서 물어봄세. 나에 대해 얼마나 알고 있나?"

"세간에 퍼진 소문 정도입니다."

"그럼 지금은 어떻게 보았는가?"

"소문만큼 보았습니다."

이에 그가 빙그레 웃었다.

"그래, 그래서 쓸모가 없다는 게야. 진리 탐구자는 아는 만큼만 볼 수 있으니 말일세."

무슨 말일까? 아는 만큼 볼 수 있다는 진리. 그것이 왜 결격 사유가 되는 것일까?

스스로 무지를 자각하고 지식의 저변을 넓혀 나를 확립한다. 이것이 왜 쓸모없고 쓸데없는 특성이라는 건지 나는 이해할 수 없었다.

그러다 문득 스치는 생각이 있었다.

'……어쩌면, 그토록 노력했던 전생이 실패한 원인이 여기에 있는 건 아닐까?'

극과 극은 통한다더니 살육의 끝에서 높은 지혜라도 얻은 것일까.

학살(虐殺)이라는 칭호와는 달리 안빈낙도하는 현자 같은 메그론. 그에게 나는 해답을 듣고 싶어졌다. 단순히 몇 펠룬의 돈으로 단련하는 것이 아닌 지혜와 답을 듣고 싶은 것이다.

'모든 것을 주의해야 하는 현실과는 달리 이곳에서만큼은 솔직한 나를 드러내도 되니까.'

병원을 가거나 선생을 찾는다 해도 현실에서는 신진권 사장이나 강유나의 눈을 피할 수가 없었다. 그들에게 조금이라도 틈을 보여서는 안 되기에 속내는커녕, 사람조차 마음대로 만날 수 없는 것이 나다.

하지만 new century에서는 그들의 눈과 귀가 없는 만큼 보다 자유로울 수 있었다.

"자세히 알려 주실 수 있는지요?"

조심스레 물어보니 그는 촌로와도 같은 푸근한 너털웃음을 지었다.

"허허. 순진한 구석이 있군, 자네. 내가 무가치한 자에게 왜 지혜를 전하겠는가."

역시였지만 목마른 자가 우물을 파는 법.

나는 가능한 그의 마음에 들고자 노력해 보았다.

"무딘 칼이라도 제 쓸모가 있는 법입니다."

"칼이 무뎌서야 어디에 쓰겠누. 둔한 것은 몽둥이면 되고,

모름지기 칼은 벨 때 쓰는 것이지."

"하늘 아래 쓸모없는 물건이 있겠습니까."

"발길에 채는 것이 돌들일세. 애써 쥘 필요가 있겠는가."

신중하게 단어를 엄선했지만, 과연 녹록치 않은 자였다. 하는 수 없다. 메그론보다 보누스라는 소문에 기대어 볼밖에.

"젖은 장작이라도 연기는 피우지 않겠습니까. 보수는 물론 가진 재주나마 아이들과 고아원에 쏟겠습니다."

"물이 마르고 아이가 크는 것은 자연과 시간이 하는' 걸세. 불붙은 장작에 힘 빠지게 바람은 왜 부는가?"

이후로도 몇 차례 시도해 보았지만 전부 실패!

'어렵다.'

그는 끌끌 혀를 차더니만 슬쩍 창밖으로 시선을 돌렸다. 무의식중에 따라 보니 어느덧 저녁노을이 세상을 물들이고 있었다.

어스름한 햇살이 창으로 비쳤다. 눈부심에 잠시 눈을 깜빡였다.

그리고.

썩둑!

부지불식간에 세상이 어두워지더니만 모든 것이 뒤집혔다.

─ ?

내가 보였다. 목 없이 가만히 앉아 있는 내가. 바닥을 떼구르르 구르던 나의 머리는 벽에 부딪혀서야 비로소 멈추었다.

─ 대체 언제!

울릴 리 없는 성대. 텅 빈 입이 벙긋벙긋거렸다.

정신이 멀어져만 갔다. 눈이 감기며 몸에 힘이 모조리 땅으로 침잠했다. 단절로부터 오는 공허함이 감각을 집어삼켰다.

– 죽음?

그랬다. 절대적인 무력감.

다시 오지 않을 기회와 절망.

죽음이었다.

– 아아…….

학살자 메그론에게 밉보이기라도 한 걸까. 섣불리 대화를 시도한 괘씸죄가 적용되었을 수도 있다. 너무나도 수준 차이가 나기에 그의 공격을 나는 감지조차 못 하고 죽었으리라.

그래도 그렇지 이렇게 허망하게 죽을 줄이야. 아등바등 애써 온 것이 참으로 허망하고 허탈하지 않은가.

항거할 수 없는 졸음이 쏟아졌다. 피식 피식 웃음이 새어 나왔다. 덧없고 진정 허탈한 삶이었다…….

"오호–!"

– ?

깜빡.

노을빛.

부신 눈을 감았다가 뜨노라니 메그론은 창가에 두었던 시선을 다시금 물컵에 둔 채였다.

"생각보다 제법이군. 곤바로스의 사도랍네 하더니만 자격은 되는가 보이."

그가 컵의 물을 한 모금 삼켰다.

나는 잠시 겪었던 노을과 죽음의 괴리를 인지했다.

"그렇다면 방금 그것은 착각이 아니었습니까?"

"살의로 정신을 벤 걸세. 기뻐해도 좋아. 내 지금까지 봤던 이들 중에서 가장 빠른 회복이었으니."

메그론은 처음으로 주의 깊게 나를 보았다.

"그래도 뜻밖이긴 하군. 조금의 손실도 없이 베는 찰나에 결합할 줄이야…… 괜찮은 한 수였네. 생각보다 재밌는 친구로군, 자네."

가슴 한 편이 서늘해졌다.

'겁륜 덕분이구나.'

정신을 베었다 했다. 손에 박힌 륜 탓에 고정된 나의 지혜가 또 한 번의 위기를 모면케 한 것이다. 실로 운이 좋다는 말밖에는 할 말이 없었다.

"답례로 조금 전의 무례는 잊어 줌세. 아울러 필요할 것 같은 질문을 던져 주지."

나는 자세를 고쳐 앉았다.

"자네 이름이 뭐라고 했지?"

"제임스입니다."

"그래, 제임스 군. 자네는 '아쉬움은 있으나 후회는 없다.' 는 말과 '후회는 있으나 아쉬움은 없다.' 는 말 중 어떤 것에 더 마음이 가는가. 또 어떤 삶을 살고자 했던가?"

지금까지 읽었던 책. 유명인들의 인터뷰 등등을 떠올려 보았다.

나는 성공하고자 했고 살고자 노력해 왔다. 생명에는 생존이 성공이듯 현대인으로서 부를 성취하는 것 역시 성공일 터.

성공을 동경했고 두 발로 우뚝 선 이들. 롤 모델이랄 수 있는 이들을 닮고자 하였다.

그들은 어떤 대답을 했던가.

나는 어떤 삶의 방식을 따라 하고자 했던가?

답을 구하기는 어렵지 않았다.

"아쉬움은 있으나 후회는 없는 삶입니다."

"깊이 생각해 보게. 진정 그리 여기는가?"

나는 고개를 끄덕였다.

아쉬움과 후회. 둘 중에 돌이킬 수 없는 것. 무게가 더 나가는 것을 보통은 후회라 한다. 최악보다는 차악을 선택하는 것이 옳은 것이기에 나를 포함한 많은 이들이 후회와 통한의 눈물보다는 아쉬움이 있는 삶을 선택해 왔다.

"미숙한 정신이로군."

메그론이 다시금 혀를 찼다.

"그렇다면 내 살의를 봉합했던 힘은 역시 16륜 중 하나의 효능이었겠지."

"예?"

륜이라니?

전혀 예상치 못했던 말이다. 후회니 아쉬움이니를 묻더니만 난데없이 륜이 왜 나온단 말인가.

"곤바로스의 진정한 사도들이 7성륜과 9겁륜의 계약자임은 대단찮은 비밀이지. 알 만한 이들은 모두 아는 정도로 말이야. 그리고 그보다는."

탁자를 똑똑 두드렸다.

"현 상황에 집중하게."

오싹함에 긴장의 끈을 바짝 조였다. 언제 목이 잘릴지 모르는 상황. 눈앞의 그는 매우 무서운 인물이다.

"잊지 말게. 나와 함께 있고 내게서 배움의 기회가 닿는다는 것을 자네는 영광으로 알아야 한다는 사실을."

"명심하겠습니다."

"무지한 그대에게 간단히 말해 주지. 후회는 곧 깨달음일세. 아쉬움은 곧 나태함이고."

고개를 숙였다.

"후회로 가득 찬 삶은 곧 깨달음이 가득한 삶이며 아쉬움이 가득 찬 삶은 곧 매 순간에 온 힘을 들이지 못한 자기만족의 역사인 걸세."

더욱 긴장하며 그의 말에 귀 기울였다.

"후회의 고통과 눈물이 두려운가? 눈물과 고통을 외면하고 어찌 세상 위에 서겠는가. 매 순간에 온 힘을 기울이지 않으면서 무슨 보상을 바라는가. 아쉬움 없는 후회란 있을 수 없네. 그 때문에 패배자는 언제나 변명만 하는 게야. 잘 새겨듣게. 후회하는 자만이 진실로 치열한 삶을 살아간다는 것을. 생의 환희는 삶의 역동에 있고 진정한 감동은 어제의 피눈물 이후의 보상인 게야."

그의 말에 나는 마른침을 삼키며 반성했다.

내 삶에서 아쉬움과 후회 중 무엇이 많았던가. 무엇이 많기를 바랐던가. 일을 마무리하며 '아쉬움은 있으나 후회는 없다.'는 모순된 말을 하지는 않았던가?

또 알 수 있었다. 전생의 실패한 나와 현생을 살아가고 있는 지금의 나의 차이를.

그것은 매 순간 전력을 기울였다고 여기는 자기만족이 아닌.

'가장으로서 실패하고 아내를 잃은 그 후회 덕분임을……'

메그론의 말이 내 앞으로의 인생을 크게 바꾸지는 않을 것임을 나는 알았다. 이미 후회라는 깨달음을 통해 나는 현생을 잘 살아가고 있었으니까.

그러나 지금의 나를 명확하게 알게 해 주었다는 그 사실만으로도 내 미련은 그 무게가 없어짐과도 같았다. 그렇기에 나는 그에게 진심으로 경의를 표했다.

❉　　　❉　　　❉

"대화를 다시 시작함세. 어중이떠중이가 아닌 륜을 가진 진정한 곤바로스의 사도임을 알았으니 자네는 나름대로 쓸모 있게 되었어."

메그론은 빈 컵에 물을 따르며 보누스의 인자한 눈빛과 표정을 가장했다.

그런데 왜일까. 그의 가르침과 지금의 저 평화로운 얼굴.

거침없는 살의.

저 이중성은 이질감으로 느껴져야 정상일 텐데.

'……왜 당연하게 느껴지는 거지?'

그러나 그 생각에 집중하기에는 면도날을 턱밑에 두고 있는 것과 같은 상황이 걸렸다. 나는 짧은 상념을 밀어 둔 채 지금 상황에 집중하기로 했다.

"실제로 어떤 계약을 맺을지는 자네의 륜에 따라 달라지겠지만 말이야. 자, 묻겠네. 자네가 가진 륜은 무엇인가?"

'륜의 종류?'

굉장히 구체적인 물음이었다. 나보다도 륜에 대한 정보가 더욱 많은 것이 확실했다.

'16개라는 건 알지만 각 륜이 어떤 효과를 발휘하는지는 모른다는 건가. 아니면, 16개의 륜이 전부가 아니란 말일까?'

잘하면 이 기회에 곤바로스와 사도. 나아가 륜과 융켈에 이르는 단서를 얻는 것까지도 가능할 법했다.

어떤 질문을 해야 좋을까.

"약속하지."

잠시 생각하는 나를 보고 그가 짧게 언급했다.

"무가치한 말이 나오면 자네의 입과 혀를 찢어 주겠네."

'……'

어차피 내가 가진 정보랄 것이야 new century의 거인들에게는 별반 대단치 않으니 나는 솔직히 말하기로 했다.

나름 시험하는 마음으로.

"페이엔탈입니다."

툭 이름만 말했다. 과연 그는 이 이름을 온전히 들을 수 있을까?

그러나 메그론은 역시 놀라웠다.

"계약의 륜이 정신 봉합의 능력도 있었나? 의외군."

심드렁하게 대꾸한 것이다.

"페이엔탈이라면 7성륜의 1좌로서 부족함이 없지. 지금 같은 시기에는 아주 쓸모가 있어지겠고."

그야말로 기함할 일이었다. 진명을 듣는 것은 물론 정확한 정체까지 파악하다니. 게다가 지금 같은 시기라는 말은, 여행자들에게 퀘스트를 부여하는 이벤트를 말하는 게 틀림없다. 대관절 어디까지 알고 있는 것인지 애가 타 죽을 지경이다.

"신색을 보니 륜과 대화조차 못 했을 게 선하구먼. 어떤 식으로 써 왔는지 말해 보게."

"계약자들과 여행자들 사이에서 공증하는 정도입니다."

신진권 사장이 말한 바를 토대로 대답했다.

"역시 자네의 가치는 고작 그 정도였어. 잘 새겨듣게나. 륜은 매우 폭이 좁은 힘일세. 그러나 쓰기에 따라 얼마든지 그 힘을 깊이 다룰 수 있게 되지."

"좁지만 깊다는 말입니까?"

"좁기에 깊다는 말일세."

그가 머리를 가리켰다.

"좁다 함은 방향. 깊다 함은 올곧음이지. 기록된 바로 페이엔탈은 단순한 공증이나 계약서상의 진실 여부를 넘어서서 활자화되고 표면화된 기록의 내면까지도 읽어 들일 수 있네. 궁극의 지혜를 가진다면 의지를 갖춘 말. 뜻이 담긴 표현. 가장 원론적이며 원초적인 태초의 지혜까지 엿볼 수 있고."

슬쩍 웃는 메그론.

"물론, 가능성에 불과하지만 말이야."

그는 느긋한 행동 위에 흥미로운 웃음을 얹어 가며 천천히 실내를 걸었다.

"느껴 보게나. 페이엔탈에 대해서는 여러 기록이 있는데 그 중 하나가 이걸세. 세계수의 가지를 말하는 다른 이름으로서 넓고 넓은 지식의 호수. 무한하게 담기는 지혜의 연못. 그 물을 머금은 나무. 깊이 새겨지는 역사의 잔흔. 이로써 표현되는 의지의 생령과 그 열매. 달콤함과 작은 뱀. 떨어지는 가지…… 어때, 떠오르는 바가 있는가?"

시의 운율과도 같던 말 중 나는 한 부분에서 반응했다.

"무엇이 보이던가?"

"보이지는 않았습니다."

"허면, 어디에서 느껴지던가?"

"뱀과 가지."

"정확하게는?"

"가지라는 부분에서 반응하더군요."

실제로 신진권 사장이 들고 있던 지팡이와도 맞아떨어지는 듯했다. 나는 점점 이해가 되는 기쁨에 그의 표정 하나하나를 읽고자 노력했다. 다른 단서들이 더 나올 성싶은 까닭이었다.

"쯧."

하지만 메그론은 거기서 이야기를 딱 멈추었다.

"이유를 여쭈어도 되겠습니까?"

"자네의 가치는 신화에서도 최말단이로군."

이야기를 뚝 잘라먹으니 이해에 어려움이 컸다.

'생각해 보자.'

무슨 말일까.

지식의 넓이. 지혜의 깊이. 힘의 방향. 륜의 속성. 이로써 따져 보건대 그가 말한 것들은 신진권이 도달할 수 있는 최대한의 경지와도 같다 할 수 있을 것이다.

또한,

'태초의 지혜까지 볼 가능성이라고 했지.'

그렇다면 가능성의 깊이를 구분하면 그는 세계수도 아니고 호수도 아니며 연못도 아니게 된다. 지나고 지나서 뱀도 아닌 떨어지는 가지라는 것이니……

'그래서 신화의 말단이라고 했구나.'

이를 통해 재확인한 것은 회귀를 가능케 한 악마나 융켈, 그 대척점에 있는 초월자는 역시 신화의 영역에 속해 있다는 사실이었다.

나는 다시금 질문을 고르고 세심하게 걸렀다.

메그론은 결코 자상하고 친절한 이가 아니었다. '무가치한 자'라는 말을 입에 달고 있는 것으로 보아 그는 나와의 대화보다 더 쉽고 빠르고 안전한 방법이 있다면 그것이 가치 있다 여기고 단번에 내 목숨을 앗았을 것이다.

실로 살벌한 현자. 작두를 타는 듯 날이 시퍼렇게 서 있어서 말 하나하나가 참으로 서늘했다. 그러나 이익이 많은 대화였다.

"단련에 필요한 양만큼의 엑탈렘을 구한다고 했지?"

지극히 자상한 얼굴. 저건 메그론에게 있어 무관심의 다른 표현이다.

"예."

"전부 줌세. 물론 그만한 일을 해야겠지만 말이야. 헌데……
현재 상황에 대해 어찌 파악하고 있는가?"

"막심의 부재로 구심점이 사라진 멜도란을 수습하고자 하신
다는 정도입니다. 제국에의 충성을 대가로……."

"열심히 충성하면서 정치적으로도 안정을 꾀한다고 시넬이
말했고?"

"그렇습니다."

허허.

"영특한 녀석이지. 사실 내 수족만 알고 있는 비밀이네만,
내 뜻은 고작 이런 성 하나 갖는 게 아니라네."

지금 위험한 이야기를 듣는 것임을 직감했다. 수족만 알고
있다는 비밀을 내게 말한다는 것은 곧 나를 수족으로 삼겠다는
의미.

그도 아니라면.

'죽인다는 뜻.'

내심 마른침을 삼켰다.

"남 밑에 있기에는 내 나이가 적잖고 나보다 큰 이가 어디에
도 없더군. 나는 말일세. 황제가 되고자 하네. 더 나아가 신이
되고자 하지."

그는 푸근한 미소로 답했다.

"사내로서 최강을 추구했네. 그러다 황제의 검과도 겨루었
어. 그 결과가 어땠을 거 같은가?"

나는 직감했다. 질문을 가장한 시험이라는 것을.

'살려면 내 가치를 어떻게든 증명해야 한다.'

머리를 팽팽 굴렸다.

지난날, 마카에게 듣기로는 무승부를 이루고 원수들의 협공을 당해 사망했다고 했었다. 그런데 이렇게 멀쩡한 모습으로 있고 태연하게 묻는다는 것은 승리했다는 의미일 것이다.

……어?

'가만.'

에일락 반테스가 기억하는 란티놀 제국. 그리고 지금까지 굳건한 이 제국은 결코 녹록치 않았다. 마찬가지로 제국의 장수였던 막심의 무용을 떠올려 보자. 비록 아집에 차 있긴 했지만, 그의 실력은 진짜였고 충심 역시 올곧았었다.

'소문에 기초하고 지식에 근거하여 오늘을 보건대.'

그렇다면 아마…….

"승부를 결하지 못했고 합공을 받기는 했지만 이를 이겨 내며 심경에 변화가 일었던 것 같습니다. 아니면 깨달음이라도 얻으셨던지요."

"정확히 말해 보게."

"최강이라 하셨던 것으로 보아 경지가 높아지지는 않으셨나 생각됩니다."

"제법이군."

그가 웃음기를 지우며 서늘하게 답했다.

핏빛의 아우라가 쫘악 펼쳐지더니만 그의 몸이 변화를 보였다.

쫘드득.

뼈가 출렁이고 맞춰졌다. 살거죽이 찢어지며 뼈마디가 돌출

되더니만 점차 굵기를 더해 가며 혈관과 내장이 치솟았다.

핏빛의 아우라는 천정까지 뒤엎으며 피와 살을 더해 갔다.

싸늘하게 퍼지는 저릿한 공포감!

"그래, 생사의 간극에서 경계를 초월하여 나는 나의 유일성을 자각한 존재가 되었지. 내 야심도 그만큼 커지게 되었다. 의미 없는 모든 존재를 자각시키고 그 뜻을 펼칠 기회를 부여하는 것. 그러기 위해 제국이라는 의자가 내게 필요해졌다."

나찰. 지옥의 악귀와도 같이 무한히 커질 것만 같았던 그는 이내 절규하는 악마가 각인된 핏빛 갑주를 입은 사내가 되어 있었다. 혈광이 번뜩이는 그의 두 눈에는 동공이 없이 그저 핏물이 흘러내릴 것만 같았다. 지나치게 창백하여 인위적이기까지 한 매끈한 얼굴. 미소를 짓자 귓가까지 쫘악 찢어지는 입술과 날카로운 치아까지.

'귀신이 인간의 껍질을 뒤집어쓴 거 같구나.'

메그론이 나를 내려 보았다.

썩둑!

재차 어두워지고 내 팔과 다리가 차례로 잘려 나갔다. 남은 목과 몸뚱이 역시 세로로 쫘악 찢어지며 두 쪽으로 나뉜 나의 두 눈이 서로 마주 본다.

고정 능력치로 유지되는 정신 덕에 재차 결합하는 나.

숨 가쁘게 정신을 난도질하는 그의 살의!

다가오는 어둠.

그 속에서 일어나는 찰나의 빛.

깜빡!

아⋯⋯!!!

난 대체 뭘 본 거지?!!

"허허허. 그래. 생각보다 길게 이어진 이야기를 이제 마무리 함세."

어느덧 내 눈앞에는 처음과 같은 신색으로 앉아 있는 메그론이 있었다. 예의 너털웃음을 짓는 그를 보며 나는 식은땀을 줄줄 흘릴 수밖에 없었다.

표정만큼은 흔들림 없이 유지했지만⋯⋯.

"보지 말아야 할 것이라도 본 모습이로군. 가끔 제 갈피조차 잡지 못한 욕망이 거울처럼 비추는 때가 더러 있네. 이는 자네 공부가 아직도 부족하다는 뜻이니 정진하시게나."

내심 침을 꿀떡! 삼키는 것.

그게 한계였다.

"그런데 말이야. 얼마 전에 있었던 일은 자네도 잘 알지?"

"네?"

"직접 가져온 코마족의 눈 말일세."

나는 간신히 떨리는 몸을 딱딱하게 굳히고 답했다.

"예."

"그걸 통해서 대지의 기억을 보는 과정이 나도 좀 궁금했거든. 막심의 전력이 꽤 됐는데 전멸한 과정 말일세. 슬쩍 가서 엿봤는데⋯⋯ 덕분에 재미난 사실을 알았지."

메그론이 손을 움켜쥐었다.

"구국의 영웅 에일락 반테스!"

껄껄 웃었다.

"호승심이 절로 일더군. 한참을 있으며 흔적도 보고 이리저리 견주었지. 그런데 아차 싶더군. 대지의 기억으로 기록되던 기억 중에 나도 포함되었다는 것을 그제야 떠올린 게야."

"이해가 되지 않습니다만……."

"풀라가 에일락 반테스를 되살리기 전에 나와 만났었네. 바로 그 공동에서."

"아, 그렇다면?"

"맞네. 다소 의견 차이를 보이고 결별했었네만, 그 코마족 눈동자에 쓸모없는 것이 함께 기록된 거지. 그러니 어쩌겠는가?"

"회수……."

나는 그가 원하는 답. 조금 더 잔인한 판단을 내렸다.

"……보다는 없애야겠군요."

"헌데 시넬, 그 영특한 아이가 비밀 텔레포트 게이트를 이용하는 바람에 놓쳤지 뭔가. 간발의 차로 게이트를 부숴 버린 덕에 본래 목적지까지는 못 갔을 테지만, 상당히 번거롭게 돼 버렸어."

나는 의아함에 그를 보았다. 대체 어쩌라는 뜻인지 이해가 잘 가지 않은 이유였다.

공간 이동 중에 게이트가 파손되면 튕겨 나가게 된다. 과거에는 다른 사물과 몸이 겹쳐서 사망하거나 땅속, 바닷속으로 가 버리기도 했다지만 텔레포트를 이용하는 이들이 귀족들이기에 그 부분을 개선하는 쪽으로 연구가 우선되었으며 그 결과, 엉뚱한 장소로 이전되는 정도로 발전되었다.

'기껏해야 허공에서 툭 떨어지는 정도지.'

실제로 텔레포트 게이트를 가동하는 마력의 80%가 이용자의 안전에 쓰인다. 그만큼 마법이 쉽다는 뜻이 아니라, 그만큼 마력을 더 들이붓는다는 뜻이다.

'뭐가 됐건 간에.'

에둘러 말하고는 있지만 중요한 것은 '어디로 갈지는 아무도 모른다.'는 사실이었다.

"자네가 일을 해 주어야겠어."

"어떻게 쫓으라는 건지요?"

문득 믿기 어려운 생각이 떠올랐다.

"혹시."

……아니겠지?

"복구시킨 게이트를 사용해서 제가 이동하는 도중에 게이트를 다시 부순다는 말이신지?"

그가 빙긋이 웃었다. 긍정의 답변이었다.

"……제 쓸모가 그 이상은 되지 않겠습니까?"

"그 정도만 되는 것도 영광인 줄 알게나. 왜 곤바로스의 사도들이 무가치한 줄 아는가?"

딱딱하게 굳어 가는 내 안면을 보기는 하는 걸까.

"인간이 가진 무한한 가능성과 의지를 스스로 포기한 까닭일세. 자신의 가치를 주어진 대로 생각하고 숨 쉬는 만큼으로만 살아가는 썩어 빠진 고깃덩이로 전락시킨 어리석음의 산 증명이지. 번민하여 한계를 넓히는 수고는 포기한 채 외물(外物)에 기대고 자족하는. 그리고 그 계약이 곧 삶[生] 전부가 되어 버린 도구들의 상징이 바로 '사도' 들이라네."

메그론은 나의 어깨를 턱턱 두드렸다.

"자네의 결격사유를 이제는 알겠지?"

"자신감 있는 물건보다는 자존감 있는 생명을 거느리고자 하시는군요."

이에 메그론은 묘한 웃음을 짓더니만 책상 서랍에서 무언가를 꺼내 내게 툭 던져 주었다. 거무튀튀한 그것은 손가락 크기의 열쇠였다.

끼이익······

"예상보다 꽤 늦으셨구려."

펍의 문을 열고 들어가자 어둑한 실내에서 마카가 나를 반겨 주었다. 한창 영업할 시간임에도 한산한 것이 아예 오늘 하루는 통째로 빌린 듯했다. 나올 때와는 달리 식탁에는 상다리가 부러질 정도로 빈 접시들이 가득했다. 엄청나게 먹고 마셨음이 분명하다.

"대화가 생각보다 길었습니다. 그런데 다른 두 분은 어디에 계십니까?"

"속 좀 풀러 갔소이다. 알다시피 멜도란에는 각종 아인종이 두루 있고 꽤 반반하니까. 각자 3명씩이나 불렀으니 지금쯤 불타는 시간을 보내고 있겠지."

"많이도 불렀군요."

제렌이나 타치오나 험한 일을 하는 용병이니만큼 욕구를 푸는 데는 씀씀이를 아끼지 않았다. 남자 용병은 돈으로 여자를 사고 여자 용병은 돈으로 남자를 산다. 결혼하면 배우자에게 집중하지만, 그전까지는 마음껏 즐기는 것이 칼날 위에 사는 용병들의 문화인 셈이다.

"그런데 마카 씨는 왜?"

여기서 술이나 먹느냐는 물음.

"금욕 중이외다. 당신이 쓴 그 기술 덕분에…… 뭐랄까. 다음 경지가 보일락 말락 해서 말이오. 정신이 오락가락하는 와중에 봐서인지 아주 요상하게 기억에 남았거든."

대답하며 자리에 앉았다.

"우리 셋은 걸리는 시간이 비슷했는데 제임스 씨는 확 더 걸렸소."

그가 거품 꺼진 맥주잔을 건넸다.

"다른 계약을 한 거 같은데 어떻소? 우리는 여전히 한 팀인 게요?"

"개별 임무를 주시더군요."

"그렇다면 낡은 열쇠는 받으셨소?"

약간의 차이가 있지만 나는 고개를 끄덕였다.

"펍의 주인에게 주라는 말 외에 달리 들은 거 있소?"

역시나 차이를 보였지만 나는 고개를 저었다.

"다행이군."

마카는 고기를 잡아 뜯었다. 한입 우물우물 씹어 삼킨 그는 기름기를 바지에 쓱쓱 닦은 뒤 손을 내밀었다.

"기다린 보람이 있소. 그럼 빚은 지금 갚겠소이다."

악수를 마치고 마카가 씨익 웃었다.

"그거 쓰기 전에 현금은 모조리 챙기시오. 돈 없으면 우리처럼 될 테니."

"우리처럼? 그렇다면 혹시?"

"맞소. 암시장 1회 이용권. 그것도 노블레스 전용 상품까지 두루 볼 수 있는 거."

"왜 두 분이 속을 과하게 풀러 갔는지 알겠군요."

"빈손으로 들어갔다가 구경만 원 없이 했소이다. 언질이라도 해 줬으면 이리 허탈하지는 않았을 텐데."

마카는 한숨을 쉬며 씹어 내뱉듯이 말했다. 그의 아쉬움이 참으로 절절했다.

"충고 감사히 받겠습니다. 제렌 씨와 타치오 양에게도 인사 전해 주십시오."

"그리하겠소. 그럼, '이별의 선물이 재회의 기쁨이 되기를'."

"'만남의 축복이 안식의 침묵이기를'."

언제 어떤 의뢰로 어떤 입장으로서 마주칠지 모르기에 용병들은 작별의 인사를 이렇게 하곤 한다. '동료로서 만날 때는 기쁨을 나누자. 적으로서 만날 때는 고통 없이 죽여 주자.'를 에둘러 표현한 인사였다.

잘 죽여 주는 것이 예의인 것.

인권 보장이 기본 질서인 현실에서는 이해하기 어렵겠지만, 피와 살점이 난무하는 new century에서는 배려였다.

마카와 헤어진 나는 바로 선술집의 주인을 찾아갔다. 현금을 두둑이 챙기라는 조언을 듣기는 했으나 딱히 챙길 방법도, 챙길 이유도 없었던 까닭이다.

'게임 캐릭터였으면 현질이라도 했을 텐데.'

파묻혀 죽을 정도로 돈이 많은 지금으로선 조금 아쉬운 부분이었다.

하지만 잊지 말자.

나는 Z&F의 눈을 피하기 위해 자율 접속권을 가진 독립된 개체가 되었다. 그리함으로 NPC화되었다는 것과 이로써 저들의 서비스를 이용하지 못하는 신세라는 사실을.

물론 당장이라도 강유나에게 말하면 얼마든지 자금을 조달받고 다시 혜택들을 누릴 수 있게 된다. 그러나 고작 아이템 따위를 얻겠다고 기껏 벗어난 감시망에 다시 몸을 들이민다는 것은 그야말로 소탐대실(小貪大失)일 뿐.

즉, 내 자금은 보관함에 고스란히 들어 있는 아이템과 돈이 전부였다.

'대신 고용주가 준 용돈이 있긴 하지만.'

메그론에게서 받은 열쇠를 꺼내 쥐었다.

잠결에 졸린 눈을 비비며 나온 털보 주인은 열쇠를 보고는 눈을 껌뻑거렸다. 그리고 그대로 찬물에 머리를 박았다 빼내고는 내게 손짓했다.

그를 따라 들어간 침실에는 내연녀로 보이는 젊은 여인이 이불로 몸을 꼭 감싼 채 나를 보고 있었다.

퍽!

털보 주인은 거리낌 없이 다가가 뒷목을 때려 기절시키더니만 안쪽의 옷장 문을 열고 옷가지를 우르르 꺼냈다.

소리 나게 다시 문을 닫은 뒤,

철컥! 양말 속에서 낡은 열쇠를 꺼내 꽂고 돌리는 것이 아닌가.

일순간 마력의 유동이 느껴지고 순식간에 사라졌다.

"들어가시면 됩니다."

놀랍게도 옷장 너머에는 어둑어둑하고 긴 복도가 펼쳐져 있었다.

거대한 짐승의 내장과도 같은 복도의 세계로.

나는 삐걱삐걱거리는 옷장 문을 활짝 열고 몸을 들이밀었다.

한 겹뿐이긴 했지만, new century로 접속할 때와 비슷한 느낌이었다.

경계를 넘었다는 자각이 든 순간,

딸깍! 잠기는 소리에 뒤를 보자 어느덧 내가 들어왔던 옷장 문에는 칙칙한 벽이 자리하고 있었다. 고작 출입하는 것뿐이거늘 정교한 텔레포트 게이트가 있는 것이다.

전면을 주시했다. 왼편에는 중세의 수도사들이 입었을 법한 후드 망토가 걸려 있었다. 높이 들어 보아도 일렁이는 어둠으로 내부가 비치지 않는 물건.

신분을 가리는 용도가 분명했다.

나는 이를 걸치고는 잠시 서서 에일락 반테스의 기억을 점검해 보았다. 그러나 생각 외로 건질 것이 없었다. 에일락 반테스 역시 암시장의 존재를 알고 이용했지만, 부관에게 지시를 내렸을 뿐 직접 출입한 적은 없었던 이유였다.

'얼른 빈센트 일행이 자리를 잡아야 하는데……'

잠시나마 지혜의 극점에 도달했을 때, 스스로 잊지 않고자 각인시켜 놓은 몇 가지 행동 지령이 있었다. 그중 하나가 바로 이번에 부른 빈센트, 스칼렛, 화랑을 통한 옛 전우들의 부활이었다.

에일락 반테스는 물론 거인이다. 그러나 전쟁은 일개인으로 지배하기에는 너무나도 큰 괴물이기에 홀로는 백전(百戰)에 불태(不殆)였었다. 그가 진실로 불패(不敗)의 위업을 달성하는 데에는 손과 발이 되고 능숙하게 대처하는 부관들이 있었기에 가능했다.

유기적으로 움직이고 신뢰와 실력을 바탕으로 목숨까지 내맡길 수 있는 부관들!

내 머릿속에 남아 있는 1차 계획은 대략 이 정도다.

에일락 반테스가 시선을 모으는 동안 빈센트 일행이 그들의 유골을 찾아 되살려 불사의 군대를, 저 제국조차 피하던 그란시아 왕국 전성기의 군대를 완벽하게 부활시킨다. 그 힘으로 정복해 나가며 펠마돈의 비서를 모으고 각종 신비를 파헤쳐 나가는 것이다.

오히려 잘된 것이기도 했다. 에일락 반테스가 경험하지 못한 부분이기에 불안하지만, 새로운 진실을 접할 수 있을 테니까.

나는 긴장과 기대를 품고 걸음을 내디뎠다.

저벅. 저벅.

발걸음 소리만이 들리는 조용한 복도.

얼마지 않아 철문이 나타났다. 위에서 아래로 총 4개의 열쇠 구멍이 있는 철문. 그중 내 열쇠는 두 번째에 딱 들어맞았다.

철컥!

손가락 크기의 작은 열쇠가 돌아가자 마력이 순식간에 요동치더니만 철문이 뒤로 열렸다.

이제는 두 번째라서 놀랍지도 않은 '경계'를 넘어선다.

넓은 홀.

너무도 높아 천정이 선뜻 가늠되지 않는 화려한 홀이었다. 작은 가판대부터 큰 상점까지. 대관절 이곳이 지하인지 지상인지 구분조차 되지 않았지만 은은한 밝기 덕분에 시야가 어둡지는 않았다.

곳곳에 나와 같은 이들이 있었다. 물건을 파는 이들 역시 그러했고 지나는 손님들도 후드 망토로 얼굴과 몸을 가리고 있었다. 다만 기이한 점은 지나는 이들 곁에는 전부 동물, 수인종, 몬스터 따위의 것들이 죄다 수발을 들고 있다는 사실이었다.

"어서 오시우."

밑에서 나를 부르는 늙수그레한 소리.

무릎 어림에야 닿을락 말락 한 작은 노파였다. 창백하기까지 한 하얀 피부색과 대비되는 크고 새카만 눈동자는 생기로 가득했다.

주름 가득한 외관과 대비되는 모습.

노파는 살짝 발을 굴러 둥실 떠올랐다. 바닥에 끌리다시피 하던 옷은 옛날 색동옷을 연상케 하듯 오색의 선명한 색채를 띠고 있었다.

'위시 부족을 볼 줄이야.'

땅의 종. 그 갈래 중 하나인 '수확의 위시'가 맞았다.

"홍~ 홍~"

반인반요의 종으로 구분되는 땅의 종들에게는 공통적인 특징이 있는데 바로 지극히 자그맣다는 것이다. 그러나 작다 하여 무시할 수 있는 이는 단연코 없었다. 이들이 작은 것은 나약함이 아니요, 땅과 그만큼 밀접하고 친숙한 까닭이다.

지저 세계에 거주하며 간혹, 땅 위의 세상을 구경 나온다는 이들. 인간의 상식을 벗어나는 선천적인 특이 능력의 소유자들. 알려진 것보다 숨겨진 진실들이 더더욱 많은 신비의 종들이 되겠다.

'르에르가 농경이라면 위시는 채집이었지.'

르에르 부족이 땅을 기름지게 한다면 위시 부족은 열매 맺는 식물들의 생장을 조율한다. 위정자들이 참으로 탐낼 만한 매력적인 능력이지만 억지로 부릴 수도, 찾아도 만날 수조차 없는 희귀성으로 정평이 나 있었다.

"처음이우?"

끄덕.

이에 노파가 손을 내민다. 갓난아이의 것처럼 작은 손. 주름하나 없이 앙증맞고 귀엽기까지 한 그 손에 나는 메그론에게서 받은 열쇠를 꺼내 올려놓았다.

그녀는 옷자락으로 뽀도독 소리 나게 열쇠를 닦았다. 놀랍게도 찌든 때를 지우는 것처럼 열쇠의 표면이 벗겨지더니만 재질이 핏빛의 홍옥으로 변모했다.

"오래간만에 귀한 손이시우. 어디 보자······ 물건은 몇 개나 구하우?"

[분수에 맞는 만큼 가져가라.]는 말과 함께 받은 열쇠에는 그가 나를 평가하며 내 그릇만큼 허용한 액수가 들어 있다고 했었다. 무슨 뜻인지 정확하게 이해되지는 않았지만, 나는 신용 대출. 혹은, 계약에 대한 선수금 정도로 받아들였다.

······가만히 생각해 보면 높은 경지에 오를수록 쉬운 말도 참 어렵게 하는 거 같다.

"구할 수 있는 만큼."

말하자 목소리가 변조되어 기이하게 울렸다.

후드 망토에 이런 기능도 있었구나 싶다.

"흥흥. 고맙수."

위시 노파가 양손으로 꼬옥 쥔 열쇠를 한입씩 입에 넣었다.

오물오물거리는 입. 치아가 몽땅 부러지지는 않을까. 씹히기나 할까 우려가 된다. 아니나 다를까. 볼이 불룩하게 한참을 입 안에서 이리저리 굴리더니만 어쩔 수 없다는 듯 고개를 푹, 숙이고는 그냥 꿀떡! 삼켜 버리는 것이었다.

"꺼억~!"

가슴을 통통 치다가 그제야 소화가 되는지 숨을 길게 내쉬었다. 그 순간, 창백하던 노파의 얼굴이 빨갛게 달아오르더니만 주름이 펴지기 시작했다. 고통이 적잖은지 끙끙 신음하는 노파.

그러나 마치 시간을 거꾸로 거슬러 오르는 것 같은 순간이었다.

변화가 끝나기 무섭게 거울을 꺼내 본 약간 젊어진 그녀가 송골송골 맺힌 땀을 닦으며 숨을 내쉬었다.

"20년쯤 젊어졌구~ 이제 조금만 더 노력하면 길이 보이우. 흥흥~ 우선 이것부터 받으시우."

품에서 청보라색의 패를 꺼낸 그녀가 뚝 분질러서 반을 내게 주었다. 절단면을 보니 본래 두 조각이 나는 구조였다.

"내 루콘이우. 여기서 쓰는 화폐이자 표식인데 내 손님이라는 뜻이우."

받아들기 무섭게 그녀는 둥실 날아서는 내 머리맡에서 이야기를 시작했다.

"초행인데 내가 가이드입내~ 하면서 설명조차 못 한 거, 늦었지만 사과하우. 사실 서너 시간 전에 쭉정이들이 3명이나 지나갔거든. 물건 살 능력도 안 되면서 구경만 하는 것들이었는데, 우리도 순번 기다려서 손님 마중하는지라 손님 잘못 받으면 손해가 이만저만이 아니라우."

따라오라 손짓한 그녀.

"그래서 내 이래 실수했수. 아니면 얼른 보내 버리려구 말이지. 흥흥~"

구수하게 말을 잇는다.

"찾는 물건부터 바로 찾아 드리는 게 좋수, 온 김에 이거저거 설명해 주는 게 좋수? 참고로 가이드는 전적으로 신뢰해도 좋수. 원래 여기 룰이 친절, 봉사, 만족시키는 만큼 수당이 떨어지는 방식이고 손님이 주머니를 여는 만큼 우수리가 들어오거든. 게다가 속임수나 사기는 맹약의 룬으로 강제되었으니 안심하시구."

"맹약의 륜?"

익숙한 단어가 나왔다.

"혹시 륜에 관심 있수?"

"궁금하긴 하오. 사고자 한다면 몇 개나 살 수 있겠소?"

"홍홍~ 감정 끝난 게 22개인데 급이 아주 낮수. 미감정 상태로 발굴된 것들은 153개던가? 쫌 더 늘었으려나? 아무튼 그쯤이라우. 어떤 종류인지, 급이 높은지 낮은지는 사 봐야 아는 거니까 나도 딱히 추천해줄 만한 것도 없구."

예상을 웃도는 엄청난 숫자. 이토록 흔하고 흔한 것이 륜이었다니.

게다가 급이 낮다고 한다. 그건 대체 무슨 말이란 말인가.

정보가 부족했다.

다행하게도 위험천만한 메그론과는 달리 술술 이야기보따리를 풀어헤치는 노파가 있으니만큼 쉽게 정보를 얻을 수 있을 것 같았다.

하지만 그전에 확인이 필요했다. 그녀 스스로의 장담대로.

'과연 믿을 만한지를.'

어느덧 걷고 걸어 의자 모양의 식물이 자리한 곳에 이르렀다. 화려한 홀이 백화점이라면 이곳은 골목 시장이나 작은 휴게소쯤으로 느껴졌다.

"여기가 공터라우. 자잘하고 저렴한 물건들이 조기서 팔긴 하는데, 사실 얘기를 듣고 싶어 하는 거 같아서 일루 왔수."

"잘 봤소."

"다행이우. 홍홍~ 기왕이면 나갈 때도 나를 지명 가이드로 삼아 주길 바라우."

현실의 상담원이 손님에게 '매우 만족하셨다면 좋은 점수를 주시기 바랍니다.' 하는 듯했다.

"우선 가이드에 대해 알고 싶소. 시간이 넉넉하니만큼 가능한 한 자세히 알고 싶군."

"흥~ 평범한 이들은 보통 암시장이라는 게 침침하고 은밀하고 엄청 음흉한 그런 거로 알고 있는데 그런 건 평민용이라우. 거기선 사기도 심하고 도둑맞을 일도 많고 좀 퇴폐적이고 그렇거든. 하지만 이쪽은 다르우."

"노블레스용이라서 그렇소?"

"맞수. 높은 신분은 체면을 아주 따지거든. 우선, 암시장이라는 게 모든 지성체들과 종족들, 또 전 세계의 지배층들이 공동으로 묵인하는 곳인 건 알고 있을 것이우. 그만큼 큰 시장이라서 층이 나뉘는데 평민용과는 달리 여기는…… 이리 말하면 되겠수. 품위 지키고 마구 실수해도 되는 놀이동산. 단, 평민들은 꿈도 못 꿀 규모의 연습장이우. 이쪽으로 설명하면 좀 길고, 우선은 가이드에 대해서 물었으니 간단히 답하겠수. 가이드는 종족마다 있는 똑똑한 별종들이우."

"별종?"

암시장 곳곳에서 보이던 다양한 가이드들이 머리를 스쳤다.

"왜 있잖수. 똑똑한 몬스터나 특이한 이종족들. 나 같은 경우는 위시 부족이지만 식물 가꾸는 것보다는 동물이 더 좋수. 다른 종족들이랑 만나서 노는 게 더 재미있고 태어날 때부터 쭈그렁한 이 얼굴도 싫구."

그녀의 얼굴을 자세히 보았다.

"르에르 부족은 전부 노땅이고 위시 부족도 전부 노파라우. 한 10년만 어렸다가 땅의 소리를 듣는 순간부터 팍삭 늙어서는 죽을 때까지 이 얼굴이지. 다들 괜찮아했지만 나는 싫었수. 그래서 예뻐지고 싶었고 그러다 여기 온 거라우."

"젊음을 위해서?"

"맞수. 어떤 종족이건 간에 욕망을 품었고 그 욕망이 순수성을 간직하고 있다면 이곳에 들어올 자격이 생긴다우."

'순수성을 간직한 욕망이라⋯⋯.'

내심 그녀의 말을 되뇌어 보았다. 사회에 반(反)하지 않으며 개인으로서 품는 소망을 말하는 것이리라. 개인으로서 기원하고 기도하는 것의 응답이 곧 가이드로서의 자격이라면, 이는 다분히 종교적이지 않은가.

하면 그 대상이 누구일까.

"가이드들은 전부 그런 소원을 이루고자 계약하고 온 이들이우. 여기엔 없는 게 없고 구하려고 하면 죄다 구할 수 있어서 예뻐지는 것도 가능하다우. 물론 대가도 지불해야 되지만 가능하다는 게 어디우?"

"전 세계를 아우른 시장이니 가능할 법도 하군. 그런데 이러한 시장을 최초로 누가 계획한 것인지는 아오? 그리고 현재 이 대단한 곳의 주인이 누구인지도?"

"당연히 신이라우."

내심 짐작했던 바다. 중요한 것은 어떤 신이냐는 것일 터. 나는 이곳이 new century라는 사실을 새삼 되뇌며 다시 물었다.

"어떤 신이오?"

"융켈이우."

'융켈!'

막연하기만 하던 내게 한 줄기 빛이 비치는 것 같았다. 이 단서와 기회를 잘 살려야 한다.

나는 팔짱을 끼며 잠시 생각에 잠겼다.

'무작정 묻는 것은 참으로 무의미하지.'

쓸데없는 질문은 메그론에게서 배운 식대로 표현하면 '무가치' 한 낭비가 된다.

질문은 '모르는 것'을 알고자 하는 것이다. 그렇기에 올바른 질문을 하기 위해서는 내가 무엇을 모르는지, 무엇을 알고자 하는지를 확실하게 이해해야 한다. 이것이 질문자의 기본자세요, 요건인 바.

우선은 내가 가진 정보를 정리해 보자.

'융켈이 어떤 존재던가.'

신진권 사장을 통해 처음 듣게 된 이름으로서 그의 계약자이기도 하다. 처음 추측대로 생각을 이어 나가자면, 태진이와 계약한 '악마'와 겁륜이 한 진영, 신진권 사장과 '초월자 융켈', 그리고 성륜이 반대 진영이 되겠다.

양측은 모종의 대립을 했고 초월자인 융켈이 이기게 되자 악마가 역전을 노리며 태진이와 계약, 시간 회귀를 사용하게 된다. 신진권 사장과 함께하며 지켜본 결과, 그는 시간 회귀가 이루어졌다는 사실을 전혀 알지 못하고 있었다. 다소의 핸디캡을 갖고 다시 재개된 게임인 셈이다.

하지만 그렇다고 할지라도.

'태진이와 악마가 너무 불리해.'

권력, 재력, 무력 등. 사회 전반을 두루 걸치는 현실의 모든 것을 손에 쥔 신진권 사장. 모든 정보를 통제할 수 있는 강유나라는 막강 전력과 비교하면, 게임 폐인인 태진이는…… 솔직히, 아무리 생각해도 격이 떨어진다.

new century에서 어떤 목적을 이루느냐는 임무라손 쳐도.

'운영자와 플레이어 간의 겨룸. 여기서 페어플레이라는 게 과연 가당키나 하겠는가.'

현실과 게임의 관계는 다분히 종속적일 수밖에 없다. 태진이가 게임에서 아무리 빨리 성장하고 돈을 현금화시킨다고 해도, Z&F의 주식을 사서 되판 나의 이익에는 견줄 수가 없다.

가치가 다른 까닭이다.

게다가 녀석의 게임 경험과 센스만 믿고 악마라는 존재가 회귀를 시켰다면…… 이는 큰 오산이라고 자신 있게 말할 수 있다. 게임의 노하우를 혼자만 갖고 성장한다는 건 현 상황에서는 완전히 글러 먹었으니까.

'미안하게도.'

과거의 new century는 부유층만 즐기고 대다수 여론에는 의심과 회의가 팽배했었다. 신진권 외계인설부터 가상현실을 이용한 집단 최면과 세뇌론까지 온갖 음모론이 가득했으며 실제로, 현 인류로서는 불가능한 가상현실이기에 공공연한 외면을 받았다. 어떤 부작용이 있을지 아무도 몰랐으니까.

그렇기에 대중들이 접하는 데 다소 시간이 걸린 것이 사실이었다.

하지만 지금은 완전히 다르다.

바로 1,000억 이벤트 때문.

가상현실을 독점한 기업의 이윤까지 나눠 먹을 수 있다는 어마어마한 이벤트.

사람들에게 불씨를 확 키운 결정적 사건으로, 현재 시시각각 new century의 비밀과 비법들이 파헤쳐지고 있었다. 사실 당연한 순서였다. 전 세계 인구가 모조리 달려들어 파헤치는데 뭐가 남아나겠는가.

'이것이 바로 돈의 힘.'

수많은 사람이 동시에 달려들며 온갖 짓을 다 해 버리는 통에 체감도와 칭호의 비밀? 그런 건 이제 상식이 된 지 오래였다. 홈페이지의 텅 비어 있던 공란들? 채워 넣는 순간 따박따박 현금으로 팍팍 답례하는 Z&F 덕분에 다들 혈안이다. 벌써 과거 10년 차에 도달해 있을 정도였다.

누구는 일부러 죽는 것만 1,000번 하겠다고도 하고 어떤 수학자는 캐릭터의 능력치와 스킬 간의 수치, 체감도에 따른 호환성을 아예 분석해서 최적의 절충점을 올리기도 했다. 실제로 배 터지게 먹어서 폭식으로 죽은 플레이어, 불 속에 뛰어들어 본 이, 마을의 기본 퀘스트만 반복적으로 수백 번씩 하는 이에 이르기까지 온갖 기상천외한 경험담들이 수두룩하게 올라오고 있는 것이다.

보답은 확실하게 돌아온다.

게임 하지, 돈 벌지, 재미있지. 이 좋은 벌이를 누가 마다하랴.

'세계는 이미 변했다.'

발명과 혁신이 천재의 전유물이라 하지만 발견과 응용은 범인도 가능하다. 지금 그 수많은 변수와 응용이 세계 각국에서 new century의 흐름 자체를 바꾸고 있는 실정.

수많은 사람의 직장이 달라지고 삶이 변화했다. 당장 게임업계의 종사자들은 울상을 짓고 빠져나가는 유저를 잡지 못해 전전긍긍이다. 개발도상국에서 한국 돈 100억을 획득한 누군가가 등장할 수도 있을 것이다. 그 돈이면 그 나라 정치가 바뀔 수도 있을 터.

곳곳에서 일어나는 예측불가의 이 파급효과가 사회에 어떤 영향을 끼칠지 누가 짐작이라도 하랴.

'새삼 미안한데……'

이벤트 한 방으로 태진이의 가장 큰 무기를 완벽하게 증발시켜 버렸다. 게임 지식과 게임 스토리뿐 아니라 랭커와 칭호들까지 전부.

하지만 나도 살려고 애쓰자니 어쩔 수 없었다.

삼가 애도를 표할 뿐이다.

⊠　　　⊠　　　⊠

"한 잔 하시우."

가이드 노파가 할로윈 파티에서 쓰일 법한 호박 모양의 잔을 내게 건넸다.

김이 모락모락 나는 주홍빛 액체는 따뜻했다. 꿀처럼 달콤하고 옅은 향이 산뜻하게 풍겨 오는 묘한 차.

찰랑거리는 호박 잔을 받아 들고 보니 새삼 주변의 풍경이 눈에 들어왔다.

풀잎 의자에 색동옷을 입은 꼬꼬마 노파. 건네받은 호박 잔의 액체는 공터 중심에 자리한 둥글넓적한 접시꽃에 가득 담겨 있었다. 그녀는 잎사귀 하나를 따서는 둥글게 말더니만 접시꽃 수술을 국자처럼 사용했다.

쪼르륵.

잎사귀 잔에 옮겨 오더니 내 곁으로 둥실둥실 날아와서는 호로록 마신다.

웃음이 절로 나왔다. 참으로 동화적인 풍경이지 않는가. 나 역시 잠시 여유를 나누며 차를 마셨다. 첫맛은 달콤하고 머금으니 감미로우며 목 넘김이 깔끔하다.

"좋구려."

예의, 흥흥~ 웃음을 흘리는 노파였다.

나 역시 팔짱을 풀며 생각을 마무리 지었다.

신진권 사장과 김태진.

누가 봐도 힘의 균형추가 여실하다. 그 때문에 나는 승리자 융켈이 아닌, 역전을 노리는 '악마'의 노림수를 알아내야 해법을 찾을 수 있게 된다. 하지만 태진이가 게임 폐인이라는 단서를 빼고는 다른 정보가 없으니 추측하기가 어려우니.

'접근 방식을 조금 더 원론적으로 가 보자.'

악마는 시간을 거스를 정도의 힘을 가진 존재다. 아울러 반대 세력인 new century의 신인 융켈과 동급일 것이다. 그렇다면 역시 '마신' 중의 하나일 터. 악신 중에 누가 있을지. 융켈과 대립하는 존재가 누구인지를 알면 악마의 정체를 알 수 있을 것이다.

아니, 그보다는.

'누가 진짜 악마인지부터 알아야겠어.'

강유나는 융켈을 악마라 했다. 태진이는 자신이 악마와 계약했다고 했다.

과연 누가 진짜 악마란 말인가.

매듭은 거기서부터 풀어 나가는 것이 옳을 것이다.

"융켈은 선신이오, 악신이오?"

"흥~? 그게 무슨 말이우?"

"이 거대한 암시장을 계획한 것으로 보아 무슨 의도가 숨어 있지는 않나 해서 묻는 것이오."

본심을 숨기며 묻자 그녀가 대꾸하며 잔을 입에 가져갔다.

"신의 의도를 우리가 어찌 알겠수. 그냥 행운의 신이니까 그냥 불행과 행운이 결집되는 자기만의 신전을 만든 거라고 전해질 뿐이라우."

"막대한 돈이 오가는 시장을?"

"돈만큼 순수한 것도 없잖수."

하긴, 그렇다.

여하간.

"어떤 의도건 상관이 없다는 말이구려."

"보다시피 이 공간을 채우고 가꿔 나가는 것은 우리 필멸자들이 아니겠수? 같은 암시장이지만 이제는 급이 완전히 나뉘어 버린 이곳처럼. 돈만 오갈지, 보물이 오갈지, 여기처럼 체면이 오갈지는 다 하기 나름이우. 신은 그저 안배하고 기다릴 뿐이니까. 다만……."

"다만?"

"저급해지면 또 다른 암시장이 만들어진다고 하우. 거기에 물든 이들은 새로운 암시장에 다시 못 들어온다고도 하구. 쉽게 말해 평민들 암시장을 이용해 본 적이 있으면 여긴 들어오지도 못한다우."

"그래서 신전이라고 한 것이군. 더러워지면 아래로 편입되고 새로이 생성된다라……."

"기록이 그렇고 모두가 그리 여기며 조심한다우. 잘만 다니면 여기는 아주 좋은 놀이동산이 되구. 아참, 그리고 선신이니 악신이니 하는 건~"

위시 노파는 차를 한 모금 꿀꺽 삼키곤 간단히 답했다.

"우리 편이면 선신, 남들 편이면 악신 아니우."

'……그렇지. 암, 그렇고말고.'

그녀의 대답에 나는 한참을 멍하니 있었다.

맞다. 나는 왜 잘 알면서도 어찌 이리도 멍청한 질문을 던졌단 말인가. 에일락 반테스를 통해 머나먼 죽음의 경험을 가졌다. 성전(聖戰)이란 존재할 수 없음을 실감했었다. 그런데 선과 악을 구분하려 했다니.

new century로 치면 이러한 사고방식은 철저하게 지배받는 자들. 암시장으로 표현하면.

"내가 인간중심적인…… 그것도 평민적인 질문을 했었군. 사과하리다."

"흥흥~ 괜찮수. 처음 방문하는 손님 분 중에 그런 농을 하는 분들이 제법 있으니까."

나는 비로소 에일락 반테스의 기억 중 일부를 이해한 셈이었다. 참으로 뒤늦은 깨달음이지만 이는 메그론의 말대로 좋은 후회였다.

덕분에 이제 new century의 신에 대해 제대로 개념이 잡혔다.

"관계 속에서 얽고 얽히는 선이 진실로 옳은 것이고."

개인을 위한 절대의 선과 절대의 악은 분명 존재한다. 그러나 전체를 위한 선악은 있을 수 없다. 도도하게 흐르는 시간과 세계라는 구분 속에서 인간의 편의와 잣대로 옳고 그름을 구분하는 것은, 그것이 곧 아집이며 광기(狂氣)일 뿐이니까.

'자존감이라.'

메그론의 말이 새삼 와 닿았다.

아름답고 행복하게 살아가는 것이 선이고 죽고 병들고 다치는 것이 악이라 한다면 이 얼마나 편협한 사고이고 저급한 방식이겠는가. 참으로 나는 인간적인 사고방식과 인간을 위한 사고방식에 너무나도 얽매여 있었다.

영원히 죽지 않는 축복. 영원히 죽지 않는 저주.

천국과 지옥. 기쁨과 슬픔의 나눔.

그리고 고통.

역시 새삼 느끼는 바지만 나는 참으로 어리석고 부족하다. 그러나 피하지도, 좌절하지도 않으리라. 독일의 시인 에셴바흐가 말하지 않았던가.

"번뇌의 입김으로 혼이 성장한다."

내가 살고 있는 지구가, 현실의 지성체가 인간뿐인 이유일 것이다. 문명이 오직 인간만의 것이기에 그랬던 거다.

하지만 이곳은 달랐다.

new century에서는 신이 실존했다. 수많은 이종족이 존재한다. 인류는 지배자가 아닌 세계의 한 주민이었고 협력자이자 공동체인 것이다. 그렇기에 자신감이 아닌 자존감이 중요하다 메그론이 말했던 것이다.

'가치는 필멸자들이 부여하는 것.'

노파의 말을 되뇌며 나는 호박 잔의 차를 단숨에 삼켰다.

화끈하다. 뱃속이 훈훈하게 더워진다.

위시 노파.

처음에는 깜짝 놀랄 모습이었고 지금 역시도 아름답지는 않은 그녀였다. 하지만 대화를 나눌수록 참으로 가깝게 느껴지고 호감이 간다.

내 마음의 빗장이 그만큼 열린 이유일 것이다. 그만큼 성숙해진 까닭일 터.

"내가 얼마만큼 쓸 수 있는지 가늠이 잘되지 않는구려. 루콘에 대해 알려 주시겠소?"

청보라색의 패를 보이자 그녀가 남은 반쪽을 꺼내 들었다.

"말했다시피 이곳에서 쓸 수 있는 화폐를 의미한다우. 바깥의 돈으로 치면 일만 개의 금화가 1루콘이라 생각하면 되는데 손님께서는 현재 50루콘을 쓸 수 있수."

최소 단위를 구하는 데 무려 십만 펠룬. 과연 노블레스 급의 암시장다웠다.

"혹, 루콘을 구할 수 있는 다른 방법은 없소?"

"왜 없겠수. 세 가지나 있지. 하나는 방금 말했던 것처럼 돈으로 사는 거고, 두 번째는 도박이라우. 푸폰을 깨뜨리는 거거든."

"푸폰?"

"'봉인된 유물.'이라는 고대어인데…… 발굴된 유물 중에 상층의 암시장이 강제로 하층에 편입되면 보관 중이던 물품들이 압착, 변형돼서 가라앉게 된다우. 균열은 이리저리 얽히고설켜 버리고. 그렇게 생성된 수많은 균열들 안에는 살아 있는 건 마물이 되고 물건은 구슬로 변하게 되는데……."

"흥미롭군."

던전과 보물. 인디아나 존스를 꿈꾸는 이들에게는 눈이 번뜩일 내용이었다.

"흥흥~ 그 구슬들이 바로 푸폰이구. 그걸 트레저 헌터들이 발굴해서 비싼 값에 내놓수. 그 안에 뭐가 들었는지는 아무도 모르우. 축복이나 저주는 물론 고대의 무기부터 잡동사니들까지 온갖 게 튀어나오는지라 장담을 못 하거든."

물건의 가치를 모르는데 깨뜨리면 왜 루콘을 벌 수 있다는 걸까. 선뜻 이해가 가지 않아 반문했다.

"잡동사니조차 루콘이 된다면, 누군가가 푸폰에서 나온 물건들만 산다는 거요?"

"그건 여기 주인이 누군지를 생각하면 쉽게 안다우."

그녀는 흔들의자처럼 풀잎 의자를 앞뒤로 흔들었다.

'암시장의 주인은 융켈이다. 그는 여행자와 행운의 신.'

그렇다면.

"행운과 불운을 시험한 그 자체로 돈을 지급한다?"

"맞수. 또 푸폰의 물건이 값나가면 값나갈수록 루콘이 더 지급된다우. 이를 판매하는 거 역시 소득이 되고…… 아참, 던전에서 운 좋으면 멀쩡한 유물도 나오니 그것들을 파는 것도 부수입이 된구."

얘기를 따져 보면 푸폰은 말 그대로 도박인 셈이다. 만약 내가 벌고자 한다면 푸폰을 사서 깨뜨리는 행운보다 트레저 헌터가 돼서 유물을 발굴하는 편이 옳을 것이다.

'보물 사냥꾼이라.'

분위기가 동화적이라 그런가. 사막을 횡단하고 보물섬을 찾아 떠나는 아름답고 신비로운 이야기가 떠오른다. 요정 친구랑 마법사 동료, 대장장이와 도둑 등 다른 동료와 여행한다면 그야말로 동심을 완벽히 재현하는 것이리라.

'필요하다면 유물 사냥꾼이 되는 것도 고려해야겠군.'

세상으로부터 잊힌 정보가 그곳에 잠들어 있을 수도 있으니까.

나는 루콘을 꽉 쥐며 물었다.

"세 번째는 무엇이오?"

"나를 만족시키면 되우. 내 경우는 젊음인 것처럼 가이드를 만족시키면 모은 루콘을 보상으로 내주거든."

나는 그녀가 열쇠를 먹던 모습을 기억했다.

마카와 제렌, 타치오와는 다른 내 열쇠. 이를 기뻐하며 먹고는 20년이나 젊어진다고 했던 모습. 그리고 그녀의 소원까지.

그렇다면 혹시 메그론이 준 것은 어떤 종족이건 가치 있게 쓸 수 있는 기운은 아니었을까.

"생명력 같은 것으로 구할 수도 있는 것이오?"

"그거보단 높은 것이라우. 더욱 순수하고 본질적인데 말로는 표현할 수 없는 힘이니까. 가졌는지 시험하고 싶으면 내가 준 루콘에다 집중해 보시우. 그럼…… 음?"

"……허?"

나는 그녀의 눈을 따라가다 기이한 것을 보았다. 아무도 없는 구석진 부분에서 공기가 투명한 커튼처럼 펄럭인 것이다. 하늘하늘 거리던 커튼에는 색색별의 작은 물건들이 장난감처럼 담겨 있었다.

내용물을 풀밭에 와르르 쏟아 내고 스르르 사라져 버리는 공기 커튼.

"저건 무엇이오?"

"아래쪽 시장에 대량으로 물건이 풀렸다는 것이우. 암시장에 물건이 갓 들어오면 감정이 마쳐짐과 동시에 값나가는 건 우리 쪽을 거쳐 나가는 게 순서니까. 아무도 안 사면 저 물건들이 쭈욱 가라앉아서 평민들 시장에 가 버리는 거라우. 어디 보자~"

둥실둥실 가는 그녀를 따라가니 애들 소꿉놀이하듯 손가락만

하게 떨어진 물약과 무기, 책 따위들이 빛을 발하고 있었다. 하늘하늘거리는 투명한 천 자락이 밑에서 나부꼈다.

"저렴하긴 한데 불쏘시개들만 잔뜩이우. 판매자가 라치라는 흑마법사인데 퓰러? 퓰루? 아, 퓰라라는 스승이 죽고 나서는 급처리하려고 잔뜩 내놓은 것이라는군. 에구구. 바보같이 여섯 명이 동시에 풀어서 값이 이리된 거구먼. 많이 급했나 보우. 한번 구경해 보겠수?"

고개를 끄덕이자 그녀가 커튼 모서리를 잡아 이불 털 듯 털었다. 그러자 튕겨 오른 물건들이 내려가지 않고 허공에서 멈추더니 물방울에 둘러싸이는 것이었다.

"읽다가 맘에 드는 게 있으면 잡으시우. 전부 최하 값인 1루콘씩이우. 밑에서 사면 훨씬 저렴하지만 여기서는 이보다 더 싼 화폐가 없거든. 대신 아랫동네에서 애걸복걸해도 이쪽에서 사면 지들은 구경도 못 한다우."

수십 가지의 물건은 대략 내가 가진 〈망자의 광란〉과 〈탐욕자의 갈망〉급의 아이템. 그리고 스칼렛에게 주고자 택했던 〈카임의 황금 정수〉급의 물약들이었다. 이 중 나는 재미난 물건들을 볼 수 있었다.

〈용감한 무모(無謀)〉

종류 : 알약

효과 : 1Lv up

설명 : 100Lv 이하의 초보자는 그 수준을 강제로 끌어 올릴 수 있다.

〈용감한 자만(自滿)〉

종류 : 물약

효과 : 숙련도 100% up

설명 : 100Lv 이하의 훈련자는 자신의 스킬을 강제로 성장시킬 수 있다.

〈용감한 오해(誤解)〉

종류 : 종이

효과 : 완료 보상 (아이템 + 경험치)×3

제한 : 여행자

설명 : 100Lv 이하의 여행자는 자신의 입지를 단단히 다질 수 있다.

〈낙오자의 안도(眼到)〉

종류 : 타투

효과 : 능력치 확장 + 추가 능력치 +20

제한 : 융켈의 계약자

설명 : 200Lv 이하의 융켈의 계약자는 주력 스킬과 관계된 감각을 각성시킬 수 있다.

이 외에도 퀘스트 물품 획득률 증가, 장비 아이템 획득률 증가 등등, Z&F가 유료로도 지원하지 않는 효과의 물건들이 수두룩했다.

이름만큼이나 재미난 효과의 아이템이다. 흥미롭게 보던 나는 노파에게 물었다.

"혹시 배송도 가능하오? 원하는 이에게 물건을 전달해 주는 것 말이외다."

"물론이우. 하지만 신분이 높으면 높을수록 배송료도 올라간다우."

"여행자의 경우는 어떻소?"

그녀가 손가락 하나를 들어 보였다.

"1루콘?"

고개를 끄덕여 답하는 그녀. 나는 머릿속으로 계산하고는 재차 물었다.

"내가 비전을 찾소. 다만 한 시대를 풍미할 정도의 업적이 있으나 현재는 하자가 있어서 그 누구도 익히지 못하는 그런 비전이오. 이에 해당하는 비전서의 값이 얼마쯤 되오?"

"적게 잡아도 100루콘이라우."

"가장 진실에 근접한 신화가 기록된 서적을 찾소. 이는 얼마요?"

"최소 600루콘이우."

양쪽 다 현재의 돈으로는 엄두도 못 낼 것들이었다. 애당초 암시장에 들어서며 기대했던 물건들을 구하지 못한다는 것을 확인한 나는 현재 눈앞에 있는 아이템들을 사기로 했다.

하지만 그전에 확인을 해 보기로 한다.

"끝으로 하나만 묻겠소. 이 아이템들의 이름을 바꿀 수 있겠소이까."

"라벨뿐만 아니라 감정된 부분의 설명을 변경해도 된다우. 이곳만의 특권이지. 다만 그 책임은 스스로 몫이우."

자신의 격을 낮추는 행위는 보이지 않는 융켈이 판결할 터. 양심에 맡긴다는 것이었다. 돌아보기를 한 점 부끄러움이 없는 나이기에 망설임 없이 아이템들을 골랐다.

"〈낙오자의 안도〉 1개. 〈용감한 무모〉, 〈자만〉, 〈오해〉가 각 10개. 〈기도하는 자의 중지(中指)〉가 2개. 〈경멸하는 자의 벽지(擘指)〉도 2개. 〈음해하는 자의 소지(小指)〉까지 2개…… 너무 충동구매하는 거 아니우?"

짐짓 당황하며 계산하는 그녀에게 내가 웃음을 보였다.

"그래 보이오?"

"안 그래 보여서 이상하우. 아이구~ 이런 거에다 43루콘을 쓰다니, 대관절 이것들을 누구한테 보내려고 그러우?"

"여행자들 사이에서 〈쾌속의 검〉이라 불리는 '카이져' 외다. 그에게 이것들과 함께…… 아참, 종이 있소?"

옆의 나무껍질을 훌렁 벗겨서 건네주는 노파였다. 함께 받은 나뭇가지에서는 초록색의 끈적끈적한 액체가 망울져 있는 바.

나는 잠시 생각을 정리하고는 글귀를 적었다.

[의문의 편지 1 - 1]

이 편지를 읽는 이라면 자네는 여행자 중 가장 뛰어난 이겠지. 아울러 멜도란의 비사(秘史)에도 밀접한 연관이 있을 거네. 이 편지는 그 진실의 한 자락이나마 인지한 자에게만 전달되게 정해졌으니까.

우선, 나를 소개하지 못하는 사정을 이해해 주게. 너무나도 크고 강대한 움직임을 목격한 터라 미약한 나로서는 조심하고 숨어들 수밖에 없었다네. 그저 여행자들의 등장과 더불어 세계에 큰 변혁이 있으리라는 것. 그리고 그 피해를 최소화하고자 노력하는 식자라는 것까지만 알아주게.

그렇기에 진심으로 진지하게 충고하는 바일세.

자네! 더는 멜도란의 진실에 다가서지 마시게. 그곳에는 너무나도 큰 어둠이 있어! 아무리 자네의 자질과 능력이 뛰어나다고 해도 결단코 목숨을 부지할 수 없을 것이니 자중하게나.

이는 충고이자 경고일세.

허나, 만약 진실에 다가설 무모한 용기가 자네에게 있다면 이 편지의 다음 장을 읽으시게. 내, 영웅의 길을 어찌 막겠는가. 그저 미력하나마 도움이 될 만한 것들을 담았네.

아무쪼록 현명한 선택을 하여, 이 편지를 끝까지 읽지 않기를 바라네.

p.s 동봉한 선물은 그저 작은 인연의 보답일 뿐이니 크게 부담 갖지 마시게.

그리고 여기에 〈용감한 무모(無謀)〉 대신 〈1Lv up 비약〉이라 붙이고 페이엔탈로 꾹 찍었다. 이는 봉인으로서 해제 요건은 '편지를 더 읽는다.', '부여 퀘스트를 이행한다.' 로 설정했다.

"한 장 더 주겠소?"

"호홍~ 근데 이거 제법 재밌는데…… 더 같이 읽어도 되는 거유?"

"물론이오."

노파는 동봉한 아이템들을 꾹꾹 눌렀다. 그러자 편지에 아기자기한 그림 도장처럼 아이템들이 쏙쏙 들어가 박혔다.

곧 둥실 날아간 그녀가 개구쟁이 같은 웃음을 지으며 왔다.

"여기 있수~"

종이를 받은 나는 봉인한 편지 아래로 나무껍질에 글귀를 이어 나갔다.

[의문의 편지 1 - 2]

허허…….

자네의 용기에 그저 나는 찬사를 보낼 뿐일세.

나는 명철함과 실천력을 고루 갖춘 자네를 먼발치에서나마 응원하네. 자네와 같은 이들이 많아져 두루 세상에 이익을 끼치기를 간절히 소망하고 있지. 나 같은 필부로서는 한없이 부럽고 또 감탄만 하고 있다네.

이제 자네가 기다리는…… 우울한 이야기를 해야겠군.

자네가 느꼈다시피 현재 대륙에는 기이한 일들이 일어나고 있어. 가히 역사를 뒤바꾸고 제국의 근본을 뒤흔드는 규모의 파격일세. 나는 그 균열의 시작으로 멜도란에 큰 관심을 기울이고 있네.

그러나 나는 자네 역시 알고 있는 풀라와 그의 강력한 마물, 에일락 반테스를 거론하는 것이 아닐세. 그들을 지켜보며 틈을 노리는 제3의 세력. 멜도란을 둘러싸고 어마어마한 일을 벌이려고 하는 존재를 말함이야.

자네는 알고 있는가? 〈철벽의 학살자〉 메그론을! 일인 군단이자 가공할 무력을 자랑하는 압도적인 파괴의 살의를!

그 메그론이 몸을 일으키고 있다네. 플라의 흉계와 에일락 반테스의 폭주. 이로써 혼란에 빠진 멜도란을 삼키려고 말이야. 이미 그 치밀한 음모가 완성 직전에 도달해 있네.

음! 글만 쓰고 있는 내 침이 바짝 마를 지경이로군.

자, 한 잔 들고 마음을 가라앉히시게. 조금 진정하고 마저 얘기함세.

"호호홍~ 이번엔 어떤 음료를 주려는 거요?"

나는 〈용감한 자만(自滿)〉을 꺼냈다. 감 잡았다는 듯 라벨을 그녀가 떼어 내자 여기에 〈숙련도 100% 상승 포션〉이라 적고는 페이엔탈로 봉했다.

강요된 퀘스트는 '포션을 마시고 편지를 더 읽는다.'였다.

"능숙한 사냥꾼 같수? 호호~"

나는 다음 나무껍질에 펜 가지를 가져갔다. 아직 수액 잉크가 제법 잘 나온다.

[의문의 편지 1 - 3]

공공의 적인 흑마법사와 마물들. 그리고 가공할 힘을 가진 죽음의 기사, 에일락 반테스의 폭주. 이는 분명히 가시적이며 명확한 적일세. 그러나 세상은 아직 모르고 있어. 메그론의 야심을 말이야. 그는 황제가 되고자 하네. 란티놀 제국을 갈아엎어 그만의 제국을 완성하고자 하는 게야!

가늠되는가? 그가 일으킬 학살의 폭풍이! 그런 자를 저 앞에 적이 있다는 이유로 제국에서는 한 우리 안에 두고자 하고 있다네. 이는 자기 뱃속으로 칼을 밀어 넣는 격이지.

나 역시도 행운과 우연의 조화가 아니었다면 결코 알지 못했을 걸세. 그는 오랜 세월 자신을 감추고 양의 탈을 써서 모두를 감쪽같이 속여 왔으니. 하지만 그는 참으로 중차대한 빈틈을 보였다네.

바로 멜도란의 진정한 상속녀인 마르셀. 그녀가 메그론의 야심을 알고 그 증거 자료를 확보했다는 걸세. 물론, 그녀의 움직임을 놓칠 메그론이 아니기에 마르셀은 추격을 당했고 간신히 가신들과 피신한 상황이야.

하지만 메그론의 눈이 팔방에 있기에 함부로 나올 수 없는 처치에 놓였네.

이번에는 〈기도하는 자의 중지(中指)〉와 〈경멸하는 자의 벽지(擘指)〉, 〈음해하는 자의 소지(小指)〉를 모두 담았다. 각각 2개씩인 이 반지 아이템들은 각기 사냥 경험치 +5%와 아이템 드롭률 +5%, 그리고 전 능력치 5% 상승의 효과를 갖고 있었다. 나는 이를 〈성장의 반지〉, 〈재물의 반지〉, 〈경험의 반지〉로 작명했다.

그뿐만 아니라 〈1Lv up 포션〉, 〈숙련도 100% 상승 포션〉까지 3병씩 동봉했다.

편지의 해제 조건은 '이어지는 강제 퀘스트의 이행'.

그러자 노파가 물었다.

"보여 주기만 하고 봉인해 두는 게 낫지 않수? 다음 내용을 읽어야만 가질 수 있는 정도로 제약을 주는 방법 말이우."

"여행자들끼리는 경쟁이 매우 치열하오. 그는 현재 조급한 상태이니 욕심을 멈추지 않을 거외다."

"호~ 그럼 이번이 마지막 장이겠수."

나는 수액이 다해 가는 가지로 글귀를 마무리 지었다.

[의문의 편지 1 - 4]

……그래. 현명한 자네라면 내 편지의 의도를 간파했을 걸세.

맞아. 나는 자네가 그녀를 보호하고 구출하여 제국의 수도로 인도하기를 바라고 있네. 그곳에서 진실을 밝히고 제국의 힘이 올바르게 쓰이기를 바라는 것이야.

허나, 메그론의 명분이 너무도 당당하기에 자네의 움직임은 지극히 은밀하고 또 위험할 수밖에 없네. 진실로 구출하는 것이지만 거짓이 태양을 가렸기에 잠시나마 자네는 강도의 탈을 써야 할 걸세.

지금까지의 내 이야기가 허황하고 믿어지지 않는다 해도 나는 이해함세. 하지만 자네가 정의를 위하여 그 용기를 낼 수 있다면, 이 제안 〈퀘스트 : 마르셀 납치〉을 받아들인다면.

우리는 더욱더 깊은 인연으로 한층 나은 세상을 위해 함께 할 수 있을 걸세.

부디 건투를 비네.

그리고는 남은 아이템들을 모조리 담아서 세트로 선사했다.
위시 노파가 투명한 커튼으로 편지를 꼭꼭 싸매며 물었다.

"그런데 가장 중요한 게 빠진 거 아니우?"

"무엇 말이오?"

"마르셀 영애가 어디 있는지 그 위치가 없수. 실패 시의 조
건도 없구."

나는 태연히 답했다.

"먹으라고 주는 거라오."

이에, 잠시 조용히 있던 그녀가 웃었다. 웃음의 의미가 충분
히 짐작된다.

나는 자리에서 일어나 직접 빈 잔에 차를 떴다. 그리고 웃는
그녀에게 건네주었다.

"고맙수~"

"별말씀을."

〈그의 추적 : 김태진 #1-(3)〉

　괭이로 물길을 내는 농부처럼 바닥을 길게 파고 있는 여인이 있었다. 검은 머리칼과 깊은 눈, 검은 무복 차림의 그녀는 비껴 메고 있던 도를 뽑아 검붉은 용암에 담갔다.

　그리고 걸었다.

　땅을 쭉 가르며 오는 그녀. 뒤따르는 작은 용암 줄기.

　하지만 그도 잠시, 곧 그녀의 몸이 아지랑이처럼 떨리기 시작했다. 그러자 멈춰 서 둥글게 작은 구멍을 만들고는 한 줄기 연기가 되어 사라져 버렸다.

　뒤이어 온 사내는 용암이 담방담방 담기는 구멍 근처에서 쪼그리고 앉았다. 그는 랭킹 1위로 유명한 카이져였다. 그의 머릿속을 가득 채운 생각은 실로 간단했다.

　'덥다……．'

　짜증이 났다.

아크 메이지인 오르샨 테쟈르를 설득하기 위해 카이져가 향한 곳은 스펠런 화산이었다. 유로타 왕국 동북방에 있는 이 사냥터는 유황가스와 화염이 이글거리며 용암이 물처럼 흐르는 곳으로서 진입 장벽이 매우 높은 곳이었다.

아무 준비 없이 들어갔다가는 가스로 인해 숨 막혀서 죽고 발바닥에 불이 붙어서 타 죽는다. 그 때문에 반드시 마을 퀘스트를 이행해서 필수 아이템들을 착용해야만 했다. 카이져가 이런 수고를 감수하고 온 이유는 딱 하나를 얻기 위함이었다.

'인삼아…….'

바로 영약으로 유명한 삼두크였다. 오르샨 테쟈르가 만들고 있는 강화 속성석인 〈화염석〉의 제조에 강한 열기를 가진 삼두크만큼 좋은 선물이 없는 이유다.

물론, 이것은 대면할 수 있는 가벼운 선물일 뿐이고 정말 그를 설득할 무기는 따로 있었다.

그러나 별 볼 일 없는 여행자를 그가 만나 줄 리가 없지 않은가. 그래서 문을 두드리기 위한 가장 기본 요건으로서 삼두크는 반드시 필요했다.

'근데 말이지.'

이게 잘 안 나온다.

"나와라…… 나와라……!"

땀이 비 오듯 흘렀다. 쭉쭉 빠지는 체력에 진이 다 빠질 지경이었다.

당연한 일.

스펠런 화산의 평균 몬스터 레벨은 140. 특수성으로 적정

권장 레벨 170에 달하는 사냥터다. 이제 51레벨인 카이져가 있으니 어찌 멀쩡하겠는가. 화 속성 저항 옵션이 달린 장비들을 주렁주렁 달고 있어도 한계로 치닫는 것을 어쩔 수는 없다.

'된다, 다 돼 간다…… 그래, 30분!'

간절히 바라던 시간이 되자 그가 칼을 쥐고 작은 구멍을 노려보았다. 흘러넘치고 있는 용암 가운데에서 머리를 보이는 그것. 녹색의 잎을 흔들거리며 팔처럼 뿌리를 드러내서는 기대어 눕는 인삼. 뽀얗고 새하얀 몸통을 본 그의 표정이 일그러졌다.

'젠장!'

소리친다.

"다이얀!"

곧 인삼의 뿌리가 퐁~ 하니 떠올랐다.

아이가 물 뿌리듯이 용암이 흩뿌려지는 찰나,

카이져의 반지가 일렁이더니 쪽지 창이 떠올랐다.

[체감도를 조절합니다. 80%…… 1%!]

[체감도 변화에 따른 캐릭터 조정에 들어갑니다.]

비산하던 용암 방울들이 모여들었다. 5방울이 카이져의 몸을 향해 호선을 그렸다.

딱!

손가락을 튕기자 다시 일렁이는 반지.

[체감도를 조절합니다. 1%…… 80%!]

[체감도 변화에 따른 캐릭터 조정에 들어갑니다.]

일방향이 된 용암 방울들을 가볍게 피했다. 그리고 거듭해서 떠오르는 메시지에 그는 눈길도 주지 않았다. 그저 쪼그리고 앉아 있던 몸을 일으켜서는 재빠르게 달렸다. 달리며 다시 체감도를 낮춘 그는 딱 50걸음 떨어진 곳에 이르자 안도의 숨을 내쉬었다.

[스펠런 화산 지대를 벗어납니다.]

내쉬는 숨길에까지 따라붙던 열기가 순식간에 식었다. 대신 후유증이 조금 있었다.

[장시간의 고열로 탈진 상태가 되었습니다.]

[누적된 열독으로 4시간 동안 전체 체력이 감소합니다.]

[지속적인……]

그는 확인도 않고 메시지 창을 모두 닫아 버렸다. 어차피 좋은 내용도 없고 지금까지 일주일 넘게 봐 왔던 것들인 까닭이다.

'또 꽝.'

여행자들 앞에 랜덤으로 등장하는 삼두크의 등장 조건은 생각보다 간단했다. '용암 호수를 벗어나지 않고 한 자리에서 30분 이상 머무르면 되는 것.' 딱 그것뿐이기에 그렇다. 현재 이 넓은 사냥터에서 플레이어가 그 혼자인 상황에서는 랜덤으로 등장해 봐야 카이져의 앞일 뿐이니 완전한 독식인 셈이다.

하지만 삼두크를 숱하게 보고서도 그는 한숨을 내쉴 따름.

"운도 없지."

삼두크에도 종류가 있는 까닭이다. 몸통의 색에 따라 효능도 다른데 하얀 몸통인 백삼이 1이라면 빨간 홍삼은 효과가 100. 운수대통해서 나오는 황색의 금삼은 300의 효능을 자랑한다.

그가 노리는 것은 최소 홍삼. 가뜩이나 여행자표 영약이라

멸시받는 마당에 그 정도는 가져가야 했다.

운수를 좋게 하려면 체감도를 더 높이는 수를 쓰면 되지만, 80%만으로도 쪄 죽겠는데 그 이상은 솔직히 버거웠다.

"······지친다."

'약간 타협해서 백삼이나마 100뿌리를 가져가 볼까?'

그냥 해 본 생각이었다. 사실 그것도 쉽지가 않았으니까.

버티는 것만으로 빈사 상태가 되는 스펠런 화산인 데다가 보약이라고 해도 엄연히 약초형 몬스터로 구분되는 삼두크이니 다소 격전을 벌여야 한다.

물장구치듯 용암을 뿌려 대는 녀석을 잡으려면 아껴 둔 포션들을 목욕하듯이 뿌리고 마셔야 했다. 그러나 이건 사냥 경험치도 그렇고 수지가 맞지 않았다.

- 차라리 레벨을 더 높여서 연속적으로 노려보는 게 빠르지 않을까?

"아니, 필요한 퀘스트들은 최대한하고 있어. 보상 경험치가 아닌 사냥 경험치는 효율이 떨어지는 걸 너도 알잖아. 게다가 속성 저항은 스킬 조합으로 생성되는 저항력밖에 답이 없으니까 이게 최선이라고. 차라리 네가 힘써 주는 게 더 빠를걸?"

- 지금 네 수준으로는 무리다. 소환 유지 시간을 늘리고 싶다면······

"레벨을 올려야지."

간단히 일축한 그가 벌떡 일어났다.

"으으~ 영 답답해서 못 있겠다, 다이얀."

카이져의 말에 잠시 가만히 있던 반지가 한숨과 함께 반짝였다.

[체감도를 조절합니다. 1%…… 80%!]

대기 시간도 없으며 한계 체감도가 70%임에도 그 이상의
체감도를 자유로이 쓰는 카이져.

그는 후텁지근한 바람을 맞으며 최하급 포션을 마셨다.

랭커들의 추격이 왕성하니 여기에만 매달릴 수는 없는 노릇.
이제 다시 레벨업을 위해 달려보려는 것이었다.

그때였다.

화산 지대와 어울리지 않는 산뜻한 바람이 다가왔다. 바람의
출처는 연초록빛의 몸을 가진 거대한 독수리.

유유히 날아온 그것이 부드러운 훈풍과 함께 바위 위에 앉았
다. 보기 드물다는 바람의 정령이었다.

'이벤트 몹인가? 그런데 왜?'

불의 정령이라면 이해가 되겠지만 뜨거운 화산 지대에 바람
의 정령이라니.

하지만 독수리는 그의 의문을 풀어 주지 않았다. 대신 한쪽
날개를 펼쳐 부리로 깃털을 정리하는가 싶더니 무언가를 툭 내
려놓을 뿐.

그리고는 훌쩍 하늘 높이 날아갈 따름이었다.

"이게 뭐지?"

잠시 멍하니 있던 카이져는 독수리가 두고 간 물건을 들었다.

검은 봉투. 알 수 없는 금색의 인장이 찍힌 고풍스러운 편지.
범상치 않아 보인다.

— 세리이의 껍질이다. 정령나무를 종이처럼 쓰는 것으로 땅

과 숲의 부족들만 가능하지. 하지만 넌 요정족과의 접점이 전혀 없어.

"모르는 누군가가 나한테 편지를 보냈다는 건데, 그럼 진짜 이벤튼가?"

– 이벤트?

"정령씩이나 다루면서 나한테 편지를 보낼 이는 아무도 없어. 그럼 Z&F밖에 없지. 안 그래?"

– 이를테면?

"랭킹 1위한테 주는 퀘스트라든지 말이야. 이봐, 나나 너나 모르는 건 매한가지라고. 그만 추궁하고 자세한 건 보고 얘기하는 게 어때?"

카이져는 봉투를 뜯고 소리 내어 이를 읽었다. 다이얀을 소환할 수 없기에 그런 것이다.

낭랑한 목소리로 읽던 그가 환하게 웃었다.

"봐. 딱 맞지? 역시 회사 차원의 이벤트라니까."

다이얀은 대답지 않았다.

"왜 또 그래?"

– 이상하지 않나?

"뭐가?"

– 우리가 란티놀 제국의 일에 대해 알고 있고 대처하려는 건 분명한 사실이지. 하지만 직접적으로 퀘스트를 맡은 적도, 다가 간 적도 아직 없다. 객관적으로 볼 때 랭킹 1위라는 것을 제외하면 어떤 공적도 쌓은 적이 없는 너한테 멜도란과 퓰라의 일을 직접 거론한다는 거…… 이상하지 않나?

카이져가 멈칫했다. 변화 없이 항상 냉정한 그녀의 목소리가 그의 마음을 가라앉게 한 탓일까. 무거워진 마음만큼 고개가 끄덕여진다.

"그건 그래. 난 유로타 왕국에서 시작했으니까. 그럼 이건……!"

– 그래. 너를 타깃으로 한 거다. 하지만 정말 그들이 우리에 대해 알았다면 이런 번거로운 수를 쓰지는 않았겠지. 그렇다면 답은 하나다.

그의 눈빛이 흔들리더니만 이내 진중하게 변해서는 깊은 고민에 빠졌다. 손톱을 깨물며 생각하더니만 벌떡 일어나는 카이져.

하지만 이내 고개를 세차게 저었다.

"아닌지도 몰라…… 마저 읽고 얘기하자."

기쁘고 들뜬 기색 없이 거듭 곱씹어 읽은 그가 손톱을 잘근잘근 씹었다.

"네 말이 맞아. 이건 나를 노리고 쓴 거야."

– 만약, 란티놀 제국에서 시작했다면 분명 편지의 내용대로 우리는 움직이고 있었을 거다. 그랬다면 영락없이 이벤트의 일종인 줄 알았겠지. 게다가.

"그래, 마르셀 영애는 그녀의 조상이야. 나한텐 무엇보다도 반드시 지켜야만 하는 대상……!"

카이져는 말을 멈추고는 당장 로그아웃을 해 버렸다. 황급히 캡슐에서 일어나 코드를 뽑고 주위를 두리번거렸다. 그리고 화장실에 들어가서는 반지에 대고 조용히 말했다.

"네 말대로 이건 날 노렸어. 아니, 정확하게는 '과거의 나'를 노린 거야. 네가 말하려는 게 이거지?"

– 그래. 그 하나면 이 모든 의문이 풀리게 된다.

태진은 물을 틀어 그녀의 목소리조차 파묻히게 했다. 조심스럽게 무전을 치듯이 귓가에 댄 상태로 진중하게 되뇌었다.

"나만 회귀한 게 아니었어."

그때, 그의 핸드폰이 마구 벨소리를 울렸다.

❈ ❈ ❈

충격적인 사실을 접하고 한참 긴장하고 있던 순간에 걸려온 전화.

그 발신자는 다름 아닌!

♩♬~ [엄마]~ ♬♪~

'……구나.'

긴장이 탁 풀렸다. 상황이 상황인 터라 경각심을 갖고 보던 타이밍에 이토록 친숙하고도 가까운 이의 전화라니. 선명하게 보이는 두 글자에 안도의 한숨을 내쉰 그가 부담 없이 받았다.

그런데 들려오는 목소리가 다급했다.

"네, 엄마. 무슨 일이세요?"

[태진아, 방에 현화 있니? 왔어?]

"현화요? 그야 당연히 집에 있겠죠."

[확인해 보렴!]

평소 언성을 높이는 일이 없던 엄마였기에 태진이 바로 움직였다.

동생은 어디에도 보이지 않았다.

"방에 없어요. 그런데 왜 그러세요? 현화가 또 연락이 안 돼요?"

[아무리 해도 받지를 않는구나.]

"연습실에 가 있겠죠. 요즘 한창 작곡한다면서 돌아다니잖아요."

[지금 엄마가 기획사에서 바로 나오는 길이야. 여기에도 없어. 아무래도 나영이랑 같이 공항에 간 거 같구나. 이를 어쩌면 좋니.]

저 너머에서는 걱정이 가득했다. 열심히 게임 중이었던 그로서는 선뜻 이해가 가지 않는 상황.

평소 공항에 자주 놀러 가곤 했던 동생이었다. 버스 한 번이면 갈 수 있으리만큼 쉬운 교통편에다가 거리의 음유시인을 꿈꾸며 나영이와 같이 깜짝 공연을 즐기곤 했던 까닭이다. 외국인은 물론 다양한 볼거리가 잔뜩 있기에 영감을 얻기도 좋다면서, 나중에 유명해지면 못할 거라는 당돌한 이야기도 하고 말이다.

'특별한 일은 없는데, 왜지? 설마 연예인이 되지 말아야 할 운명인데 내가 바꿔서 무슨 일이라도 생긴 걸까?'

나비효과를 떠올린 그가 조심스레 물었다.

"한두 번 가는 것도 아닌데 왜 그러세요?"

[지금 테러가 났다고 난리 통인 곳이잖니!]

"예?"

이게 무슨 소리랴.

[지금 아빠랑 같이 나영이네 집에도 가 보는 중이니까, 혹여라도 연락되거나 현화가 오면 꼭! 엄마한테 전화해 줘야 한다. 알겠니? 게임하지 말고 꼭 기다리렴!]

"아…… 네."

엉겹결에 대답한 그가 잠시 멍청하게 서 있었다. 그러다 tv를 틀어 보니 아니나 다를까, 긴급 속보라면서 연기가 자욱한 공항과 혼란스러운 사람들, 경찰력까지 즐비하게 있는 장면이 펼쳐지는 것이었다.

인터넷이나 다큐멘터리로만 보던 장면 같았다.

차이점은 하나.

이국적인 이들이 아닌, 너무나도 익숙한 얼굴들이 곳곳에 가득하다는 것. 그 사람이 그 사람 같은 외국인이 아니라 부상자들의 태반이 한국인이라는 사실이었다.

폭발음과 동시에 중계 중이던 아나운서까지 주저앉는 아찔한 상황이 펼쳐졌다.

'테러라고? 우리나라에?'

단축번호를 눌러 전화를 걸었지만, 통화연결음만 들려올 뿐.

두 번을 더 걸었던 그가 반지 낀 손을 쥐었다 폈다를 반복했다.

"이거, 나랑 같이 돌아온 그놈 짓이겠지?"

편지 온 타이밍이랑 기가 막히게 맞아떨어진다.

— 확실하지는 않지만, 연관은 있을 거다. 하지만 만약 그렇다면…… 절대로 가서는 안 돼.

태진은 대답 없이 옷을 갈아입었다.

- new century 속에서 보낸 아이템들을 생각해라. 또 현실에서 일어나는 저 사태를 잘 봐라. 저 정도로 큰일을 벌이고 이미 앞서는 이가 너를 노리고 있는 거다.

"그래서?"

- 지금은 무작정 달려가기보다 접선해서 의중을 파악하는 것이 좋다.

"방법은 있고? 너도 모른다며?"

- 모두를 알지는 못하지만 엉킨 매듭을 어디에서 풀어야 하는지는 분명하다. 어쩔 수 없이, 위험하지만 가장 확실한 아군으로 우린 관리자, 강유나를 포섭해야 해. 그녀의 집착을 이용한다면 우린 지금 충분히 상황을 역전……

우둑!

하지만 옷을 다 갈아입은 태진은 반지 낀 손으로 관절 소리를 낼 뿐이었다. 그리고는 간단히 답했다.

"잘됐네. 그럼, 생각하고 알려 줘. 나는 힘을 좀 써야겠으니까."

- ……김태진!

노성을 지르려는 그녀에게 태진이 말했다.

"난 말이야. 솔직히 게임만 했었어. 게다가 new century 에서나마 진짜 천재들을 보면서 내가 부족하다는 것도 잘 알게 됐지. 맞아, 친구들 말대로 난 게임 폐인이야. 그냥 게임만 아는 그런 놈."

지갑을 챙기고서는 문을 박차고 나갔다. 엘리베이터를 기다리는 대신 한 번에 일곱 칸씩 훌쩍훌쩍 내려가는 그.

"그런데도 불구하고 난 항상 랭커였고 마침내 한국 제일이자 세계에서 열 손가락 안에 들어갔어. 랭킹 1위만 빼놓고는 다들 나랑 붙는 걸 꺼려했다고. 그 이유가 뭔지 알아?"

도로를 달려간 태진은 택시를 멈춰 세운 뒤 가볍게 택시기사의 머리를 쳤다.

"미쳐서 하다 보니까, 정리는 안 되는데 몸이 딱 말을 해 주더라. 움직일 때랑 멈출 때를."

상처 없이 기절시킨 뒤 뒷좌석에 눕힌 그는 능숙하게 가속 페달을 밟았다.

"난 움직일 때는 뒤 돌아보지 않고 온몸으로 부딪쳤어. 단지 그뿐이야. 감각적으로 판단하고 거기에 모든 것을 송두리째 거는 거. 남들보다 딱 반걸음 앞섰고 반걸음 먼저 쓰러지는 것!"

80km/h…… 100km/h…… 120km/h……

점차 속도가 올라갔다. 차량과 차량 사이를 누비며 신호를 무시하고 달렸다. 아슬아슬하고 위험한 순간 속에서도 그는 눈 하나 깜짝이지 않았다.

"선택하면 뒤는 보지 않아. 매 순간에 목숨을 걸었어. 이게 나다. 이런 내가 왜 회귀를 소원했는데!"

핸들을 쥔 손에 힘이 들어가자 손자국이 나며 핸들이 우그러졌다.

제 신호가 아님에도 질주하다가 옆에서 달려오는 차량에 부딪힐 뻔한 순간이었다.

"다이안!"

핸들을 돌렸다. 달리는 속도 탓에 차체가 빙글빙글 회전하며 시야가 함께 돌았다. 아스팔트 위를 썰매 타듯 타이어 자국을 남기며 차선을 넘나들었다. 그러다 중앙선을 넘어 버렸다.

"지금!"

삽시간에 들이닥치는 차량.

– 미친놈!

반지가 일렁이며 태진의 사고가 흐름을 달리했다. 빠르게 회전하는 차량이 점차 느려지고 저 맞은편에서 달려오는 차량의 동선이 그림처럼 그려졌다. 잔상처럼 움직이는 그 사이를 택시가 스치며 빠져나갔다. 범퍼가 나가고 옆문이 긁히는 것은 애교. 쾅! 두드려 맞아서는 역회전하기까지 했다.

"잘했어, 다이안!"

들썩이며 널브러진 택시기사는 차창에 부딪히며 깨어났다가 머리를 감싸고는 안전띠를 매고자 낑낑거렸다. 그러다 다시 천정에 부딪혀서는 혼절!

태진은 개의치 않았다.

반파되다시피 한 택시의 질주는 공항 인근. 구경하며 막고 있는 사람들이 벽처럼 두른 곳에 이르러서야 멈추게 되었다. 인파를 피해 멀찍이서 세운 태진은 우그러져서 열리지도 않는 문을 발로 찼다.

문짝이 종잇장처럼 나가떨어졌다.

"나중에 더 보상할게요."

지갑에 있는 현금을 몽땅 내놓은 그가 공항을 노려보았다. 정장을 입은 똑같이 생긴 사내들. Z&F의 보안요원들이 벽을 형성했고 그 앞에서 경찰력이 사람들을 나누고 있었다.

'뭐지?'

tv로 접했던 방송과는 달리 불안하면서도 묘하게 침착한 분위기가 지배적인, 일종의 퍼포먼스 같다는 느낌을 주는 액션들을 사람들이 보이고 있었다.

통제되고 있는 분위기. 상황은 전달되지만 왜곡되고 있는 것이다.

"우리 서로 살아야지? 그러니까 치열해져 보자. 솔직히 20년 뒤만 내다보고 차근차근 준비만 했잖아. 이렇게 망가질 줄도 모르고 말이야. 그러니까, 너도 이제 정말로 목숨 걸어 봐."

태진이 다리를 풀었다.

— 이건 정말 무모해!

"목표는 단순해. 현화 구출! 그다음에는 네가 말한 대로 해 보자고."

— 대체 어쩌자는 거지?

"협상 방법? 골 때리는 건 네가 찾아야지. 하지만 이건 확실해. 미쳐 날뛰지 않으면……."

터질 듯이 두 눈의 실핏줄이 튀어나오고 땀을 흘리면서도 태진은 웃었다.

"우린 끝까지 사냥당할 뿐이란 거. 봐, 쟤들 벌써 나왔잖아. 신 회장의 두 팔. 경호와 석호!"

정확히 노려본 그는 복면을 만들어 얼굴을 가렸다.

그리고 달려들었다.

〈그의 추적 : 공영호 #2-(3)〉

[[야속하안~ ♬♪~ 이 마음을~♩♬]]

구성지게 꺾이는 곡조. 젊은 여가수가 참으로 맛깔나게 잘도 꺾는다. 어차피 듣는 이도 없겠다, 혼자만의 공간인 자동차 안에서 공영호는 함께 노래를 불렀다.

"스러지는 꽃 기일~에에에~ 놓아두우~고오~ 잊어야만 하느은~ 사랑의 마아으음~음을~"

콧노래를 흥얼거리며 퇴근하던 길이었다. 여느 때와 마찬가지로 트로트를 들으며 안전운전을 했다. 그러며 오른손을 습관적으로 까딱까딱거렸다. 게임 속에서 익힌 낚시에 뒤늦게 맛이 들린 이유였다.

'스냅이 딸린단 말이지, 스냅!'

손맛, 손맛 하더니만 낚시에서는 확실히 낚는 '맛'이 있었다. 집에 가면 얼른 한 판 해야겠다고 생각하는 그때.

"헉!"

신호가 들어와 가속 페달을 밟으려던 그가 황급히 브레이크를 밟았다. 무언가가 도로를 역주행하며 달리고 있는 것이 아닌가.

빠아앙—!

"야, 이 개새끼야!"

"뒤지려고 환장했어?"

"으아아! 오, 온다!"

"아…… 안 돼! 씨바아알!"

합창하듯 퍼지는 경적 사이로 욕설이 중창단처럼 울렸다.

끼이이익—!

찢어지는 소리에 이어 쾅! 하며 피하려던 차량이 가로수를 들이받았다. 그 사이를 미꾸라지처럼 넘나드는 그것은 중앙선을 넘어서는 쌩하니 달려가 버렸다.

노란색이 선명한 그 차량은.

'택시!?'

동시다발적으로 울리는 경적 소리가 길을 가득 메우는 그때.

그는 보았다.

스치듯 보이는 차창 안의 사람을.

택시기사였다. 머리를 감싸 쥐고 이리저리 팅기는 채로 뒷좌석에 있었던 것이다.

질주하는 택시. 널브러진 운전기사. 이게 무슨 상황이겠는가.

'이건 안 봐도 비디오다.'

공영호는 좌우를 보았다. 다들 놀라서 멈춘 상태. 여기저기서 경적만 가득하기에 그는 움직일 수가 있었다. 와락 핸들을 틀어서는 가속 페달을 그대로 내리밟았다.

그리고 휴대전화로 바로 신고했다.

하지만,

"민중의 지팡이가 왜 안 받아!"

계속 통화 중인 경찰서. 몇 차례를 연달아 하다가 이내 핸드폰을 버려두고 운전에 집중했다. 폭주 기관차가 저럴까. 소싯적 가끔 탔던 총알택시도 저 정도는 아니었다. 실로 목숨 걸고 달린다는 말이 절로 어울리는 질주!

뒤따르다 보니 간 떨리게도 130km/h를 훌쩍 넘어 있었다.

'저 미친 새끼!'

그럼에도 거리가 점차 멀어져만 간다. 제정신으로 저렇게 밟아 댈 수는 없을 터!

"저 자식 정신이 있기는 한 건가? 도대체…… 아이쿠!"

아슬아슬하게 부딪치려는 순간을 간신히 모면한 영호는 한바탕 욕설을 내뱉고는 표지판을 보았다. 다행히 미친 택시가 어디로 향하는지 예상하는 것은 어렵지 않았다. 게다가 저토록 난장판을 피웠으니 뒤를 쫓는 것도 무난하다.

'반드시 잡는다!'

정신 나간 놈 하나로 이 얼마나 큰 피해가 일어났단 말인가. 보지 못했으면 모르되 눈에 띈 이상 절대로 그냥 두고 갈 수가 없었다. 그는 세상의 정의를 위해 목숨 바친다는 숭고함은 없으나 불의를 보고 도망치는 비겁자는 아니었다.

'구하고 잡는다!'

피해자를 구하고 범인을 잡는다. 혹, 놓친다 할지라도 잡을 수 있도록 그 행적이나 인상착의라도 확보한다. 이로써 차후에 일어날 많은 화를 방지할 수 있으리라.

고고한 가치 따위는 없었다. 사고를 보고 다친 이를 보며 든 판단일 뿐이었으니까.

그런데 가면 갈수록 생각보다 차량이 많아졌다. 굉음을 울리며 헬기도 돌고 방송 차량도 보이는 것이었다.

'이건 뭐지?'

경각심이 번쩍 들었다. 심장이 빠르게 뛰는 것을 느낀 그가 트로트를 끄고 DMB를 내비게이션에서 방송으로 바꾸었다. 이만한 사태라면 무언가 말이 있을 것이다.

예상대로 국영 방송에서 침착하게 아나운서가 말하고 있었다.

내용은 참으로 당황스러웠다.

"테러? 공항이 마비 상태라고? 이게 무슨 귀신 씨나락 까먹는 소리야?"

차라리 북한에서 일을 벌였다면 이해가 될 텐데 국제적인 테러 조직이 일을 저질렀다니 대관절 무슨 황당한 소리랴. 그는 혀를 끌끌 차며 꺼 버리고는 말했다.

"하여간 국제적인 녀석들이 왜 일을 여기서 벌여서는. 아무튼, 큰 피해는 없다니까 조만간 수습되겠군. 우리나라도 방비가 참 잘 되어 있단 말이지."

안심된다. 마음이 한결 차분해진 그는 고개를 끄덕였다.

그리고 우회해서 다시금 돌아가려다가 멈춰 서서는 고개를 갸웃거렸다.

뭔가 생각이 날 듯 말 듯 한 까닭.

'가만, 내가 집에 안 가고 여길 왜 왔더라…….'

코팅된 것 같은 편안함 너머에서 두 가지의 단어가 떠올랐다.

기억이 난다. 단순한 목적 두 가지.

택시기사, 범인!

구할 사람과 잡아야 할 새끼.

맞다. 그것 때문에 왔던 것이다. 고요해졌던 심장이 다시 쿵쾅거렸다.

'이럴 때가 아니지.'

모여든 군중과 방송 차량으로부터 관심을 끈 영호는 택시를 찾아 이리저리 돌아다녔다. 생각보다 텅 빈 도로를 넘나들며 다니던 끝에 대기 버스가 있는 곳 맞은편에서 누더기가 된 택시를 찾아낼 수 있었다.

문짝까지 통째로 뜯긴 택시.

다급히 내려서 좌석을 보자 역시나 피를 흘리는 택시기사가 있었다.

다행히 숨을 쉰다. 그러나 어찌 조처해야 할지는 전혀 모르는 상황.

"너넨 좀 받아라…… 옳지!"

휴대전화를 꺼내서는 119를 누르니 다행히도 통화가 되었다.

[예, 소방서입니다. 말씀하십시오.]

"차량 사고로 전화 드렸습니다. 택시가 완전히 찌그러졌고 기사는 의식불명인데 아주 급합니다."

[위치가 어디입니까.]

"그게…… 아, 이거 뭐라고 설명해야 하나. 여기가 국제공항 버스 대기소 근처인데……."

막상 설명하려고 하니 버스뿐만이 아니라 차량도 많았고 건물 이름도 잘 몰라서 얘기하기가 쉽지 않았다. 결국, 위치 추적 기능을 이용해서 어찌어찌 마무리 지은 그는 택시기사의 자세를 편안하게 바꿔 주고는 손을 탁탁 털었다.

그리고 다시 차에 타다가 또 내렸다.

"아, 정신하고는. 그 새끼 잡아야지."

온 이유가 그것인데 그냥 돌아갈 뻔한 것이다.

공영호는 바리케이드 너머에 시선을 두었다. 부딪치는 소음이 들리고 몇몇 덩치들이 훌훌 날아다니는 그곳. 왠지 저기에 있을 것 같았다.

걸음을 옮겼다.

하나같이 정장 차림인 요원들이 있음에도 멈추지 않았다. 이에, 한 명이 나와서는 장난처럼 손가락을 좌우로 흔들었다.

영호는 그가 그러건 말건 저 너머를 보았다. 코앞의 요원이 묻는다.

"무슨 일로 왔습니까?"

"저놈 잡으러."

"이유가 뭡니까?"

"택시를 훔쳐서 부수고 기사를 폭행한 놈. 사이코패스가 분명해서 꼭 잡아야 해."

그는 저 너머에만 관심을 오롯이 쏟고 있었다.

"돌아가십시오. 그는 곧 잡힐 것이고 문제는 다 해결되었습니다."

"그래?"

영호는 그의 말에 고개를 끄덕였다. 뇌리에서 어른어른거리던 목적이 다시 수면 아래로 가라앉았다.

'하긴, 범인이 저기서 나올 수 있을 리가 없지.'

스스로 철창에 들어간 격이니 비로소 안심되었다.

문제 끝!

공항까지 달려온 두 가지 목적이 깨끗하게 해결되었으니 이제 보람차게 집으로 돌아가기만 하면 될 따름이다. 그렇게 그가 '수고들 하시오.' 하며 말하고 돌아서던 때였다.

"잠시만. 혹시 성함이 공영호 씨 되십니까?"

팔짱 끼고 있던 요원이었다. 다른 요원들과 달리 선글라스를 쓴 이였는데 영업사원 경력이라도 있는 걸까. 입가에 그려 놓은 것처럼 웃는 모습의 주름이 잡혀 있었다.

"맞습니다만?"

"저는 경호팀장으로 있는 나경호라고 합니다. 하하, 이름이 잘 어울리지요?"

너스레를 떤 그가 무전기에 귀를 기울이며 물었다.

"공영호 씨는 현재 고등학교 교사로 재직 중이시지요?"

"네."

"김태진이라는 학생을 알고 계십니까?"

"잘 알고 있습니다."

"그렇다면 [   ] 학생은요?"

"예?"

"[   ] 군에 대해 알고 계십니까?"

"무슨 말인지 잘 모르겠습니다."

대답을 들은 그는 무전 연락을 받더니만 더욱더 진하게 웃어 보였다. 이윽고 그가 꺼내는 것은 은보라색의 손수건.

공영호의 두툼한 손목에 매듭지어 준다.

"안에 있을 겁니다. 빨리 찾으시기를 바랍니다."

"예? 그게 무슨 말입니까?"

"선생님께서 태진 학생과 현화 학생을 찾으러 오셨잖습니까."

경호의 말에 뇌리에서 잔영처럼 떠돌던 '잡는다.'가 '찾는다.'로 각인되었다.

"아! 그랬었지요!"

"이 번호로 거시면 현화 양이 받을 겁니다. 서두르세요. 곧 폐막할 때가 다가오고 있으니까요."

"폐막?"

뜻 모를 말에 반문했지만, 경호는 대답지 않았다.

딱!

손가락을 튕기자 요원들의 벽이 갈라지며 길을 만들어 주었다.

제각각 할 일을 하는 수많은 사람 사이로 영호 역시 섞여 들어갔다.

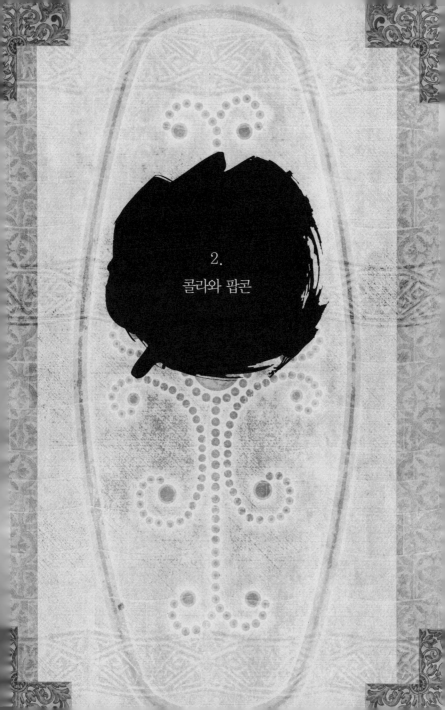

2.
콜라와 팝콘

"다 됐수. 송달료 1루콘을 감해서 남은 금액은 6루콘이라우."

편지를 전달하는 방법이 참으로 동화적이었다. 구불구불 묘하게 꺾인 나뭇가지에 편지봉투를 매단 뒤 밑으로 쭉 잡아당겼다가 가지를 놓은 것이다. 낭창하게 굽어진 기다란 나뭇가지가 탄력 있게 위로 솟구치며 봉투를 저기 먼 곳으로 날려 보내면 끝.

"애매하게 남았구려."

손 그늘을 만들어 멀리까지 보다가 답했다.

"내 생각에도 그렇수. 하여간 손님은 여러모로 재밌수. 아마 내게 필요한 것이 젊음이 아닌 웃음이었다면 100루콘은 졌을 거유."

입을 가리고 맑게 웃는 노파였다.

마실 때마다 느끼는 거지만 이 꽃차. 참으로 향과 맛이 좋았다. 은은한 분위기와 잘 어울려서 마음을 차분하게 가라앉혀 준다.

'자, 그럼 이제 무엇을 해야 할까.'

답은 쉽게 나온다. 쓸 돈이 없으니 열심히 귀동냥이나 할밖에 다른 수가 있겠는가.

"남기자니 아깝구려. 뭐, 권해 줄 만한 거라도 있소?"

"아까처럼 누구한테 선물이라도 보낼 요량이라면 싼 물건들이 있긴 하우. 하지만 손님이 쓸 만한 건 없수."

물건은 많은데 이 돈으로 살 만한 건 없다는 대답.

"그럼 기념품이나 사 봐야겠군. 둘러보면서 내가 정하리다."

"한 번 둘러보시구랴."

일어나 걸음을 옮겼다.

"융켈의 신전이나 마찬가지인 이곳에서 맹약의 룬을 쓴다는 건 왜 그렇소? 내 짧게 알기로 룬은 곤바로스의 추종자들이나 가지는 거던데…….."

new century와 현실 모두에 한 발짝씩 걸치고 있기에 가진 의문이었다. 간단명료하게 볼 때 성륜이건 겁륜이건 모두가 다 곤바로스의 것이 된다. 실제로 new century의 상황에서는 7성륜의 사도, 9겁륜의 사도라 나누기는 하지만 양자 모두 곤바로스의 사도이자 진리 탐구자로서 불릴 뿐이다.

그런데 현실에서는 성륜과 겁륜, 초월자와 악마로 대립하는 양상을 보였고 실제로 이는 태진이의 겁륜과 신진권 사장의 성

룬으로 구분되어 부딪쳤다.

왜일까.

"융켈과 곤바로스 간에는 무슨 관계라도 있는 거요?"

"아니우. 음~ 혹시 룬이 어떻게 생성되는지는 아우?"

나는 고개를 흔들었다.

"그것만 알면 의문들이 싹 해결될 거유. 룬은 명성 있는 자의 집착이 응어리진 물건이라우. 유품인 셈이지."

"유품?"

"룬이 생성되는 데에는 크게 세 가지가 필요하우. 명성이랑 좌절, 그리고 평생 지니고 다닌 상징물."

'애당초 룬은 실패자의 지식이었던 거군.'

룬과 계약을 맺었다는 것은 패배자에게 기댈 만큼 스스로 모자람을 증명하는 셈. 메그론이 과연 무시할 만했다.

집착은 실패한 일로부터 비롯한다. 죽음에 달할 정도의 상황에서 의지는 집착이 되어 평생을 같이 한 사물에 깃든다. 어찌보면 올곧은 신념을 가질 정도의 걸출한 인물만이 룬을 남길 수 있지만, 반드시 그 신념은 꺾여야만 룬으로서 남게 된다. 그래야 그릇된 집착으로서 자리매김한다.

'심약한 자라면 룬에게 먹힐 수도 있겠어.'

룬의 수가 많은 것은 그만큼 많은 인물이 실패하였기 때문이다. 룬의 격이 나뉘는 까닭은 생전에 그들이 도달했던 경지에 큰 영향을 받는 이유일 터.

하지만 둘은 이해가 되는데 한 가지가 이해되지 않았다.

왜 명성일까?

"명성이 없더라도 뛰어난 이가 있을진대 왜 능력이 아닌 명성이 필요한 거요?"

"다른 이들의 집착이 좌절을 고착화하는 염료라서 그렇수. 왜, 존재가 진정으로 지워지는 순간은 아무도 그를 기억하지 못할 때라고 하지 않수? 관계 속에서 나를 자각하는 것처럼, 마찬가지로 아무리 뛰어난 이라고 해도 그에 대해 기억하는 이가 없어진다면 죽어서도 완전히 소멸된다우."

"륜이 존재할 수 있는 것은 결국 유품을 탐하는 이가 있기 때문이라는 거구려."

그녀가 수긍했다.

"그렇기에 륜은 쉽게 올라가고 싶은 이, 들인 노력보다 높은 경지에 도달하고 싶은 이, 상속받아서 누리고 싶은 이들에 의해 유지되고 힘이 되는 거라우."

"허면, 찾는 이가 사라지지 않는다면 륜도 없어지지 않는 거요?"

"그렇수. 대신 후손이 봐도 무슨 륜인지 짐작조차 가지 않게 상징물을 망가뜨려 놓으면 그건 봐도 모르니까 의미가 없어진다우. 이후 세월이 흐르면 기억에서도 잊히는 거고. 륜이란 게 불멸성도 있지만 없애는 것도 그리 쉬운 거유. 원래 집착이라는 게 그런 거 아니우."

"그렇지만 고개만 돌리는 그 일은 참으로 어려운 거외다."

쉽지만 누구나 할 수 없는 삶의 이치와 다를 바 없었다.

"그렇다면 왜 륜을 가진 이들을 '곤바로스의 사도'라고 명명하는 것이오?"

"탐구의 신. 고민과 번민의 신이 곤바로스 아니우. 륜을 가지게 됨으로써 쉽게 힘을 쓰고 위치에 도달하지만, 그 이상을 못 보기에 당연히 지식을 갈급하게 된다우. 자연히 곤바로스를 추종하는 거지."

"허면, 성륜과 겁륜을 구분하는 기준은 무엇이오?"

"성륜은 사물에 깃들어 소유자를 보조하우. 외부에서 힘이 되어 주는 거지. 반대로 겁륜은 소유자의 몸에 직접적인 영향을 준다우. 그 때문에 겁륜의 주인들은 몸의 형태가 변질하고 그 차이로 구분하게 된 것이우."

이름에 따라서 선과 악, 가치관의 차이가 있는 것은 아니라는 이야기다. 그렇다면 현실에서 륜으로 편을 가르는 일은 어찌 보면 선입관에 따른 것일 뿐이라는 얘기가 된다.

물론, 아직도 풀지 못한 고민은 많았다. new century에서는 존재할 뿐, 간섭하지 않는 초월자가 왜 현실에서는 신진권 사장에게 모습을 드러내 직접 계약을 한 것인지. 강유나가 가졌다는 권한은 진짜 그의 것이 맞는지.

'신진권이 만난 이가 진짜 융켈이 맞기는 하는지.'

등등 저들이 털어놓지 않은 속내에 대해서는 아직도 정확한 정보가 없었다. 그러나 지금은 수확의 기쁨을 누려도 좋으리라.

이제 '륜'에 대해서 확실하게 인지할 수 있게 되었으니까. 진짜 조심하고 주의해야 할 적은 륜의 주인이 아닌 륜 그 자체라는 사실을 말이다.

아울러 나는 지금까지 쓸데없이 굴복시키고 있었다.

'륜은 이곳이 아닌 현실에서 꺾어 줘야 하는 거군.'

괜히 new century 안에 가져와 봐야 이곳의 법칙으로 존재할 뿐이니 태우면 홀랑 타 버리는 냉정한 현실에서 망가뜨려 줬어야 했다.

그때였다.

망막 한쪽에서 공항 속의 내가 나를 강하게 부르고 있었다. 이에 관심을 두고 보니, 강유나가 말하는 것이 아닌가. 공항의 아바타를 통해 new century에 접속 중인 나를 부르는 중이었다.

[동생~! 들려? 내가 재밌는 거 보여 주려고 하는데 같이 볼래? 팝콘이랑 콜라랑 같이 준비했어~ 안 보면 후회할걸? 다각도에서 밀착 촬영 중이란 말이야~]

그러며 슬쩍 보여 주는 영상. 그 속에는…… 태진이가 있었다.

나의 빈틈. 치명적인 약점!

나도 모르게 청보라색의 루콘 패를 움켜쥐었다. 뜨거워지는 머리를 스킬의 한 줄기 이성이 차갑게 인지했다.

현실로 돌아가 사태를 해결하는 것. 이것이 급선무라고.

"사고 싶은 물건이 생겼소이다. 6루콘으로 살 수 있는 것 중에 여자가 좋아할 만한 건 무엇이오?"

그녀의 손짓에 따라가 보니 주인 없는 가판대에 옹기종기 장난감 같은 식물들이 모여 있었다. 노파는 앙증맞은 작은 꽃나무에 달린 열매 하나를 떼어 내게 보여 주었다.

〈백화목(百花木)의 열매〉

종류 : 과실

효과 : 체취 변형

설명 : 새벽에 먹은 꽃잎의 향기를 체향으로 풍길 수 있게
된다.

척 봐도 참으로 여성에게 필요할 법한 물건이다. 나는 이를
구매하고는 그녀에게 들고 있던 반조각의 루콘과 함께 열매를
건넸다.

"감사의 표시요."

"엥? 날 주는 게유?"

"그럼 나중에 또 들를 테니 다시 봅시다."

고개를 끄덕인 뒤 바로 로그아웃을 해 버렸다.

눈을 뜬 내 앞에는 정말로, 말 그대로 콜라와 팝콘을 들고
있는 강유나가 해맑게 웃고 있었다.

❈   ❈   ❈

'그대로군.'

호화로운 개인실. 대기 중인 메이드.

야간 조명등에 겹쳐서 피워 놓았던 평화의 불씨까지.

그녀가 따로 손댄 것은 없었다. 하지만 일정에 없던 태진이
를 끌어들인 것으로 보아, 또 어떤 흉계가 있는지 모르는 상황
이다.

나는 평화의 불씨를 거두지 않은 채 메이드에게 손짓했다. 샹들리에에 불이 들어오고 은은한 방 안이 환하게 밝아졌다. 얼음이 사그락거리는 시원한 콜라를 내게 건넨 강유나는 푹신한 침대에 앉으며 새초롬하게 웃었다.

한 모금 쭉 빨아들이니 톡 쏘는 탄산과 얼음의 차가움이 목젖을 저릿하게 강타했다.

"새삼 왜 그래요? 아직 게임은 끝나지 않았을 텐데."

맞은편, 안락의자에 편안하게 있던 나는 중절모를 벗으며 태연자약한 척. 하지만 내심 긴장한 채 상황 파악에 힘썼다.

new century. 안전하게 로그아웃했다.

공항의 게임. 육체 강화능력을 취한 내 아바타는 유리하게 잘 싸워 나가고 있었다.

'침착하자.'

그렇다면 조급해하거나 의문을 표할 필요가 없다.

"설마 지금 와서 봐 달라는 건 아니겠지요?"

"에이~ 한창 재밌어지고 있는데 그럴 리가 있겠어? 다만 동생이 흥미롭게 들을 법한 걸 내가 알아서 그래. 그리고 이렇게 시점을 다양하게 보는 건 나만 할 수 있으니까~"

수북하게 담긴 팝콘을 흩뿌리자 하나하나가 뽁뽁! 터지며 아기자기한 팝콘 모양의 브라운관이 되어 버렸다. 둥실둥실 떠다니는 각각의 화면에는 공항의 이모저모를 동시에 비추고 있는 바, 보고 싶은 부분을 골라볼 수 있는 재미가 있었다.

나와 신진권 사장의 시점만 빼고는 등장인물 모두의 시점까지 다 나왔다. 이죽거리던 허영 덩어리 신진권까지도.

"확실히 그건 그러네요."

나는 중절모를 벗어서는 검지 위에 두고 빙글빙글 돌렸다.

"그런데 게임 포인트가 부족했나요? 없던 타깃이 생겼는데, 누나가 끌어들였어요?"

태진이는 왜 불렀을까.

"자기 발로 직접 달려온걸? 저 애 동생이 마침 공항에 있었는데 아메바가 애들 불러서는 죄다 못 빠져나가게 했잖아. 그 난리 통에 공항을 못 벗어난 거야 글쎄. 그래서~ 동생을 구출하기 위해 짠! 하고 온 것~ 멋진 오빠지?"

"생각 없는 짓이지요."

가식 없이 진심으로 비웃어 주었다.

능력이 들통 나는 거야 어차피 이들의 눈과 귀가 세상 곳곳에 있으니 달리 방도가 없다. 그러니 그렇다손 치자. 하지만 드넓은 공항 어디에 동생이 있는 줄 알고 저렇게 무작정 부딪친단 말인가.

"왜 그래~ 그래도 겁륜의 주인이잖아? 그래서 말인데 보너스 포인트는 몇 점으로 할까?"

"보너스 포인트요?"

"잰 돌발 이벤트나 마찬가지잖아."

"겁륜을 챙겨 왔으면 사람 1점, 륜 1점, 합쳐서 2점으로 치지요. 그런데 누나, 이러면 제가 헷갈리잖아요."

"왜에~?"

그녀가 들고 있던 통을 바닥에 거꾸로 쏟았다.

와르르.

쏟아져 내리는 팝콘들이 또르르 구르더니만 짧은 팔과 다리를 뽑아서는 벌떡 일어났다. 아장아장거리며 마치 장난감 병정들처럼 작은 팝콘들이 행진.

"모두가 다 보이는데도 저는 제 시점만 고수해야 하니까요."

"능청은. 지금도 잘만 의식 분리를 시켜 놓고는 또 모른 척 다 뒤집으려는 거지? 이번에도 손수건 끊어 버리면 나 진짜 울 거야."

싸우는 팝콘 브라운관 밑에서는 폴짝폴짝 뛰고 조용한 브라운관 밑에서는 초소 경계를 하는 군인처럼 좌우를 두리번두리번거리는 등 다양하게 귀여웠다.

나는 행글라이더를 타고 날아다니는 팝콘을 씹어 삼켰다.

"설마요. 그런데 저 녀석을 보여 주려고 부른 건가요?"

김태진.

"별로야? 난 처음 보고 3초는 고민했다구."

"그 정도씩이나요?"

일반인에게 3초는 짧은 고민의 시간이지만 그녀 정도 되는 인물에게는 하나의 화두를 해결할 만한 시간이다.

"저 치의 겁륜이 체감도 조절이잖아. 몸 상태를 봐서는 절대로 쓸 수 없는 괴력을 보이고 있는데 쟨 능력자가 아니거든. 그렇다면 저런 힘을 쓸 수 있는 이유가 뭘까? 체감도를 끌어 올려서? 땡~ 몸이 넘~ 허접해. 동생 정도는 돼야 하는데 쟨 약간 운동한 학생이거든."

현실적인 이유로 탈락.

조각 같은 몸은 체지방이 10% 미만일 때 가능하다. 그런데 지방은 충격을 완화하는 완충제의 역할도 있다. 즉, 건강상의 이유를 배제하고서도 보여 주기 위한 몸과 강한 몸은 차이가 있는 것.

그녀가 보여 주는 태진이의 알몸은 극단적인 식단 조절과 운동으로 만들어 낸 모델의 몸과 같았다. 즉, 힘이 있어도 제대로 쓸 수가 없는 몸뚱이였다.

"new century의 체감도 조절 능력으로 저 정도가 가능하다? 이것도 땅~ 경계를 허무는 건 동생이 보여 줘서 우리 쪽에서 여러모로 실험해 봤거든. 쟤가 옮겨 다니는 체감도는 내 가용 범위 안에서일 뿐~ 이를 넘어서질 못하고 있어. 그럼 답은 하나지."

불가능을 가능케 한 힘. 일반적인 물리법칙과 상식을 농락하는 능력.

"겹륜의 효과."

나는 콜라 컵의 뚜껑을 열어 얼음을 와작와작 씹어 삼켰다. 목젖을 넘어 뱃속까지 시원해질 정도로 단번에.

그때였다.

쾅!

"여기들 모여서! ……어?"

무섭게 방문을 박차며 등장한 신진권 사장이.

"……재미있는 이야기를 하고 있었군. 나도 끼워 주게."

이내 온화한 낯으로 다가와 말했다. 본의가 아니리라, 내 스킬 효과로 강제된 마음의 안정일 테니까.

이곳은 평화지대. 다들 잠잠해야 한다.

신진권은 자신의 감정 변화가 이상한 듯 몇 번 입을 벙긋했다. 하려던 말과 다른 몸의 반응, 그 간극에서 방황한 것이다. 그러나 스킬의 효과를 이길 수는 없다.

결국, 그는 평화로운 대화에 동참했다.

"같은 결론에 도달한 것 같군."

"너나 나나 같은 데이터를 수집하고 있으니까."

둘은 내가 잘라 먹은 브라운관을 보았다. 강유나는 메이드가 쟁반 가득 가져온 팝콘을 브라운관에 덧붙였다. 곧 조각구름 모여 뭉게구름이 되듯 태진이의 모습이 더욱 크고 선명하게 나왔다.

"중간마다 간헐적으로 기복이 있다. 아마 자신의 능력이 아닐 테지."

시간과 함께 쌓아 온 힘을 컨트롤하지 못할 리 있을쏘냐.

"이는 절대적으로 겁륜의 힘일 거다."

"마찬가지야. 표본이 더 필요하긴 하지만 대략은 보여. 즉~ 체감도의 함정에 빠지지 않고 보면 겁륜의 효과는 확실히 계약자의 신체에 머무른다는 거지."

"캐릭터의 힘을 일부 끌어온 것으로 보기엔 굉장히 미흡하다."

"자체 강화로 보는 게 좋을걸? 가만 보자~ 니 건 능력이 계약이었지?"

신진권과 강유나는 태진이의 능력을 보고 성륜과 겁륜의 특징을 짚어 냈다. 이래서 태진이가 나선 것을 보고 내가 혀를 찬 것이다. 이들 앞에서는 물 마시는 것조차 조심해야 하니까.

틈을 보이면 몽땅 벗겨져 버린다.

하는 수 없다.

먼저 치고 들어갈밖에.

운이 좋았다.

다행히 내가 알고 있는 내용이라 저들의 대화에 낄 수 있었으니까.

"'성륜은 사물에 깃들어 보조하고 겁륜은 계약자의 신체를 강화한다.' 이 얘기를 하려고 내 방에 모인 겁니까?"

냉소적으로 간단히 일축.

"어라?"

"알고 있었는가?"

다 마신 콜라를 메이드에게 건네고 나는 중절모를 눌러썼다.

"고작 이런 일로 부르다니, 정말 실망이군요."

다시금 new century에 접속하려는 낌새를 보였다.

강유나가 다가와 어깨동무하며 말했다.

"에에이~ 설마 저거겠어? 실은 이걸 보여 주려고 한 거야."

신진권 사장이 손가락을 튕겼다.

"괜히 장난쳤다가 손해만 보는군."

한 여자 경호원이 들어왔다. 아름다움을 최우선으로 치는 그의 취향이 제대로 반영된 미녀로서 뭇 사내들의 기를 죽이는 190cm의 거대한 키와 떡 벌어진 어깨, 튼튼하면서도 길게 뻗은 각선미가 중성적인 매력을 풍기게 하는 묘한 여자였다.

"사과할 겸 내가 정말 아끼고 아끼는 아이를 주지. 자질이

내가 본 최고였는데 얼마 전, 개량에도 성공해서 능히 나와 겨뤄도 부족함이 없는 성공작이라네. 희귀 표본이라서 나도 같은 제품을 만든다 감히 장담할 수 없지."

신진권 사장은 그녀를 내 앞으로 인도했다.

그녀가 내게 고개를 숙였다.

"앞으로 네가 모실 주인이니 인사해 보려무나. '이상현 님' 이라고 부르면 된다."

나는 이게 무슨 장난질인가 해서 가만히 보았다.

다시금 신진권 사장이 말했다.

" '주인님' 이라고 부르면 된다. 앞으로는 너는 네 '주인님' 의 말에만 따르도록 해라."

이에, 그녀가 충성을 맹세하듯 절을 했다.

"앞으로 오직 주인님만 따르고 모시겠습니다."

딱 부러지고 강인한 목소리. 섬김을 받는 것이기에 과히 기분이 나쁘지는 않았다. 다만 의문이 해갈되지 않았을 따름.

대체 이 무슨 놀음일까?

"동생~ 쟤한테 동생 이름 불러 보라고 해 봐."

"네?"

"한번 해 봐~"

장난을 받아 주기로 했다.

"내 이름이 뭐지?"

"주인님이십니다."

'뭐?'

다시 물었다.

"이상현. 이것이 내 이름이니 앞으로 나를 '이상현 님.' 이라고 불러라."

"네, 주인님."

미간이 찌푸려지는 나.

이를 보며 신진권 사장과 강유나가 고개를 끄덕였다.

그 순간, 본능적으로 나는 중차대한 변수가 발생했음을 직감했다. 김태진으로부터 말미암은 정보와 이름을 알려 주어도 제대로 말하지 않는 눈앞의 노예까지.

상황을 모두 파악하지는 못했다. 그럼에도 지금을 주도하지 못하면 돌이킬 수 없는 사태가 발생하리라는 강한 위기감과 기시감을 느꼈다.

에일락 반테스의 전장 경험이 선사해 준 육감일까.

모른다. 중요한 것은 저들의 입을 막아야 한다는 사실.

"예상대로군."

주억거리는 신진권의 말을 강유나보다 먼저, 내가 받았다.

"역시네요."

"그래…… 응?"

그가 흠칫 놀라서는 나를 보았다.

그러다 눈짓하는 신진권 사장과 고개를 도리도리 젓는 강유나. 자신이 답한 것이 아니라는 의미다.

이윽고 내게로 모이는 시선. 이제 어찌해야 하나.

감도 못 잡은 상황에서 어찌 행동해야 할까. 물어보면 뭐라고 답해야 하지?

대관절 어떻게 해야 그럴듯하게 있어 보이고 나를 지켜 낼 수 있을까.

순간, 뇌리를 스치는 이가 있었다.

철벽의 학살자, 메그론! 보누스의 탈을 쓴 살인마.

'그와 같이 행동하자.'

생각하는 것조차 부족한 시간이다. 나는 즉각 연기했다.

"방금 자네가 말했나?"

"동생이 말한 거야?"

한쪽 입꼬리를 올리는 미소.

신진권 사장과 강유나에게 시선조차 주지 않았다.

오만하기 그지없는 자세를 연출했다. 의자에 몸을 파묻고 손가락을 까딱거려서 갓 생긴 나의 노예를 불렀다.

"와라."

강하고 이지적인 매력의 그녀. 서구적인 얼굴에 이기적인 콧날, 붉은 입술에 이르기까지 아름다움과 강함이 조화로운 여자 경호원.

크지만 순하기보다 서늘한 깊이를 보이는 그녀가 다가왔다. 나는 손을 당겨서.

까딱. 까딱.

의자 우편을 가리켰다.

"꿇어라."

털썩.

한 치의 망설임도 없이 무릎 꿇은 그녀. 내심 하지 않던 짓을 하는 어색한 기분에 몸 둘 바를 몰랐지만, 그녀는 참으로 순종적이었다. 말을 정말 잘 들었다.

"이거 하나는 괜찮군요."

애완견을 쓰다듬듯이 머리칼을 만져 주었다. 사람을 가축 대하듯 한다는 생각에 손이 잠깐 멈추었지만, 나는 마음을 다잡았다.

'냉정해라.'

여유 있는 척 연기하는 지금, 나는 백척간두에 있는 것과 같다.

"내 소유물이 맞느냐?"

"네, 주인님."

메그론을 회상했다.

표정은 지극히 무감정하고 오만하게.

강유나와 신진권 사장에게는 스치듯이 보여 준다. 참으로 심드렁하고 의미 없다는 눈빛을.

미간을 잠시 찌푸렸던 것은 '지겨움'의 발로였을 뿐이라고.

"커흠! 자네도 알고 있었나?"

모른다. 무슨 이야기를 하고자 하고 무엇을 테스트했는지. 거기까지는 아직 내 생각이 미치지 못했다. 만약 생각할 시간을 준다면 기억을 반추하여 파악해 낼 수 있을 것이다. 그러나 그런 시간조차 나의 약점이 될 뿐이니, 나는 이리 행동할 수밖에 없다.

"내 이름이 뭐라 했지?"

"주인님이십니다."

"그래?"

단서임을 직감했지만 이를 지식으로 꿰기에는 연기하기도 바

뺐다. 의식을 나누는 등의 이야기는 내게는 그저 헛소리일 뿐이니 나는 연기에 충실했다.

"동생~ 갑자기 왜 그래? 그 애가 그렇게 맘에 든 거야?"

슬쩍 쳐다본 뒤 무응답으로 대응.

"너의 이름은 월향이다. 앞으로 너는 나 이외, 그 누구의 말도 듣지 마라."

"네, 주인님."

"월향아, 지금 당장 일어나서."

자상한 어조로 천천히 말했다.

"그를."

오른손을 뻗어 신진권 사장을 가리켰다. 그리고 왼손으로 은밀하게 피워 둔 평화의 불씨를 회수했다.

"죽여라."

탕! 탕!

대답이 끝나기 무섭게 일어난 그녀가 순식간에 총을 꺼내어 쏘았다.

"갑자기 그게 무슨…… 헉!"

"도, 동생!"

신진권 사장의 어깨와 허리춤으로 피가 번진다. 놀랍도록 빠르게 몸을 젖힌 것.

그 찰나에 치명상을 피하다니 실로 기민한 대처가 아닐 수 없다.

"크윽!"

그는 쓰러지려는 몸을 뒤집으며 손으로 바닥을 내려쳤다. 그

탄력으로 삽시간에 거리를 벌리며 자세를 잡았다.

"자네, 도대체 왜…… 제길!"

그러나 언제 따라붙은 것일까.

비호처럼 몸을 날린 월향이 덮치며 양손을 내리꽂았다. 양손에 들려있는 나이프가 정수리를 관통하고 다른 하나는 숙이는 목등뼈를 끊어 버렸다.

"끄으……!"

눈을 부릅뜨고 고꾸라지는 신진권 사장. 놀란 강유나를 뒤로 한 채 월향이 내게 돌아왔다. 호흡의 가빠짐도 없이 처음과도 같은 신색. 다른 것은 얼굴에 약간 튄 핏방울이 전부일 뿐이다.

'과연.'

그의 장담대로 월향의 실력은 진짜였다.

"제법이군."

"감사합니다, 주인님."

다시금 무릎 꿇은 그녀.

머리칼을 쓰다듬며 나는 내심 마른침을 삼켰다. 이어, 화려한 조명 덕에 제 존재조차 무색해진 야간 조명등 속에 다시금 평화의 불씨를 겹쳐 두었다. 안전이 확보되자 조금이나마 마음의 안정이 되었다.

"동생…… 갑자기 왜 그러는 거야?"

마른침을 삼키며 묻는 그녀에게 나는 신진권 사장의 시체를 가리켰다.

"응?"

"치우세요."

"내가?"

"안 치우실 겁니까?"

"어? 아, 아냐."

마구 고개를 흔든 그녀가 손뼉을 쳤다. 시체가 가라앉으며 피가 튀고 총탄이 부딪친 자국까지 말끔하게 사라져 버렸다. 고요함이 감도는 실내.

안색이 창백해진 내 전속 메이드들은 다리를 떨면서도 자리를 지켰다. 나가라는 지시가 없었기에 빠져나가는 것조차 할 수 없다. 노예라는 것은 참으로 가련한 존재였다.

그때 쿵쿵거리는 소리와 함께 신진권 사장이 문을 박차며 무섭게 들이닥쳤다. 작정하고 온 듯 총을 들고 들어선 그는.

"이상현! 너…… 으으!"

우두커니 서서는 몸을 부들부들 떨었다. 살의를 품었지만, 평화의 불씨 탓에 표출할 수가 없는 까닭. 몸과 정신의 괴리로 그는 혼란스러워했다.

"아직도 모르십니까?"

이번엔 내 차례. 월향만 쓰면 나에 대한 두려움이 희석될 우려가 있었다. 그렇기에 직접 힘을 쓰기로 했다.

일어서서 두 손을 가슴 어림에 올렸다.

동선에 자연스럽게 야간 조명등에 둔 평화의 불씨를 회수.

그리고 움직였다.

스르르르-!

환혼력을 가미한 손. 냉기를 삼엄하게 뿜어내는 두 손이 환상처럼 떠돌며 잔상을 그렸다. 손과 손의 잔영이 뻗어 나가며 냉기를 겹겹이 쌓았다. 이로써 만들어지는 극한의 온도.

모두가 경악하며 보는 찰나, 108수를 완성한 나는 신진권 사장에게 그대로 뻗었다.

쩡!

관통하는 냉기의 벽!

삽시간에 전면이 그대로 얼어붙었다. 빙룡의 숨결과도 같이 부채꼴 모양으로 꽝꽝 얼린 나.

"긴장들 푸시기를. 여자와 아이에게는 마구 손을 쓰지 않습니다."

주저앉아 바들바들 떠는 메이드들에게 웃음을 보였다.

흩날리는 풀잎. 저무는 해를 보듯이 태연하고 편안하게.

"누나."

"어어, 어?"

"치우세요."

"아, 알았어."

나는 자리에 앉았다.

평화의 불씨를 다시 피운 사이 깨끗해지는 실내. 그러나 아직 남아 있는 한기는 둥실둥실 떠다니던 팝콘들까지 냉각시킨 상황이었다.

다시금 피우는 평화의 불씨.

이후 재차 들어온 신진권 사장. 딱딱하게 굳은 낯의 그를 보며 부드럽게 말했다.

"대화하고자 하면 앉으시지요."

"……."

"아직도 모르십니까?"

"……음!"

그는 불쾌함을 억누르며 자리에 앉았다. 그리고는 한 번의 호흡으로 순식간에 화를 가라앉혔다.

"왜 나를 죽인 거지?"

"우리의 입장을 재확인할 필요가 있어 보이더군요."

어깨를 으쓱해 보였다.

"그게 무슨 말이야?"

"말 그대로예요."

메그론을 떠올리며 가능한 한 푸근하고도 자상한 미소를 지었다.

"누나도 마찬가지입니다. 제 주인 이름도 부르지 못하는 선물을 준 그나, 흥미로운 일이 있다며 깨워 놓고는 이런 모습들이나 보여 주는 누나나."

왼손을 뻗어 강유나의 턱을 잡았다. 이 손은 쥐면 사람의 턱뼈 정도는 쉽게 으스러뜨릴 수 있다.

"우리가 매우 가까운 사이가 된 거지요? 그래서 내가 많이 우스워 보이지요?"

"아니야!"

"그런 이유라면 오히려 내가 섭섭하군! 지금까지 아무 이유 없이 자네에게 온 적도, 자네를 부른 적도 없잖은가!"

강한 저들의 반응이다.

이럴 때 메그론이었다면 이렇게 행동했을 것이다.

"아닙니다. 우리는 이쯤에서 확실하게 짚고 넘어갈 필요가 있어요. 여러분은 나와 함께 있는 이 시간, 그리고 나와 대화를 나눌 수 있는 시간에 대해 참으로 소중하고 귀중하게 인지해야 한다는 것을. 이것이 두 분 모두에게 매우 큰 기회임을 자각하는 시간을 말입니다."

따스한 웃음을 짓고.

"그래야 우리는 이토록 무가치한 시간 낭비를 하지 않게 될 테니까요."

"?!"

"동생!?"

강유나의 턱을 놓아준 나는 시계를 찬 그 손으로 중절모를 들어 보였다.

"new century로 자유로운 여행을 하게 되었습니다. 접속 권한에 계약의 힘까지 가지고 말이지요. 그럼 질문드리겠습니다. 내가 하고 있는 여행의 수준이 어느 정도일지 짐작이 됩니까?"

"그, 그건……."

"나의 시간과 그 가치를 너무 낮게 보지 마시기 바랍니다. 사실 두 분 모두 나와 함께한다는 것, 같은 시간을 보낸다는 것에 대해 자부심과 자긍심을 가져도 되는 사람들이니까요. 그런데 이렇게 실망스러운 모습을 거듭 보여 주신다면…… 후후."

잠시간의 침묵이 맴돌았다. 생각이 복잡하다는 것인지 맑게 웃던 그녀도, 언제나 권위에 차 있던 그도 잠잠했다.

안도의 숨을 내쉬며 나는 절정에 치달은 연기에 종지부를 찍기로 했다.

"그래도 정이 있으니 단번에 끊는 것도 매정하지요. 특별히 기회를 드리겠습니다."

"어, 어떤…… 걸?"

"나를 깨운 이유. 내게 보여 주고자 했던 근거. 두 분이 도달한 결과에 대해 변명할 기회를 말이지요."

"변명의 기회?"

거듭 반문하는 강유나를 가만히 응시했다.

"계속 무가치한 말이 나온다면…… 약속하지요. 그 입과 혀를 찢어 드리겠습니다."

뜨끔한 기색으로 그녀가 입을 다물었다. 딱딱하게 굳은 신진권 사장까지 확인한 나.

"신중하게 답하시기를 기대합니다. 나는 우리의 관계가 매우 깊고 더욱 오래도록 가치 있어지기를 희망하니까요."

은은한 웃음을 지었다.

✖   ✖   ✖

환혼력으로 싸늘하게 냉각된 실내.

고요와 정적의 순간이 하염없이 늘어만 갔다.

오들오들, 바르르 떨면서도 자리를 고수하고 있는 메이드들 사이로 신진권 사장과 강유나는 침묵만을 공유했다.

'어이할까…….'

헛헛한 미소를 연기하며 반문했지만, 답은 명확했다.

기호지세(騎虎之勢)!

나는 내민 패를 믿고 자신 있게 나아가야 한다.

그리 결심하고 다시 연기하려 할 때였다.

"부탁하지. 딱 한 가지만 먼저 알려 줄 수 있겠는가?"

나는 월향의 머리를 쓰다듬는 채 고갯짓을 해 보였다. 승낙의 뜻임을 안 그가 물었다.

"왜 저것은 나를……."

"월향."

그는 이를 악물었다가 평온한 신색을 회복했다.

"그녀에게 사과하지. 내가 묻고 싶은 것은 왜 월향과 달리 나는 그녀를 공격할 수가 없는 건지에 대한 걸세."

손아래에 느껴지는 그녀의 머리칼은 기억에도 남지 않았다. 연기하고 물음에 대해 고민을 하기에도 바빴으니까.

'평화의 불씨에 대한 거군.'

야영 스킬의 극의로 '일대에 다툼이 없다.'는 효과를 부르는 스킬. 아마도 조금 전 허망하게 두 번의 죽임을 당하면서 자신이 무력했던 이유를 되짚은 듯하다.

그러나 스킬에 대해 알려 주고 '불씨를 끄고 꺼뜨리는 타이밍에 따라 전혀 손을 쓰지 못했다.'라며 친절하고 정직하게 알려 줄 의무 따위, 내겐 없다.

"그간의 정을 보아 한 번은 무례를 허락하지요."

월향에게서 손을 떼서는 팔걸이에 얹었다.

"이유를 물으셨지요? 간단합니다. 이곳이 곧 나의 영토이기에 일어난 일일 뿐이니까."

"영토? 하지만 자네의 방은 내가 수시로 바꿔서 제공했는데?"

'어쩐지.'

인테리어니 뭐니 하면서 매일매일 방 일곱 개를 번갈아 가면서 제공한다더니만 자고 나간 흔적까지 조사하려 했었나 보다. 허영 덩어리가 '새 침대에서 예쁜 새 여자랑 자면 좋아!' 하며 잔소리를 퍼붓던 이유가 저런 것에 있었을 줄이야.

"쯧."

절로 혀를 차고야 말았다. 처음으로 연기와 내 감정이 딱 일치했다.

"어떠한 곳이건 내가 있는 곳이 곧 나의 영토입니다."

"다툼도, 안정도 모두 자네의 뜻 아래에 있다는 건가?"

혼잣말하던 그가 한숨을 탁! 내쉬며 수긍했다.

"변화가 있으리라고는 짐작했네만…… 국격을 넘보는 절대 권력이라니. 숨이 막히는군."

"나도 하나 물어봐도 되지?"

신진권 사장이 무장해제의 뜻을 표하며 강유나를 보았다.

어깨를 으쓱거리자 그녀는 생글생글 웃었다.

"계약의 성률 말고 딴 거 더 있지? 3개 정도?"

무서운 통찰력!

나른한 척 응시하던 내 눈에 힘이 들어갔다. 시린 환혼력이 자연스레 어리자 강유나는 반사적으로 맞은편의 침대로 도망쳤다.

나는 호흡을 가라앉혔다.

멀찍이 있는 신진권, 그리고 강유나.

내 곁에 남아 있는 이는 오직 월향뿐이었다.

'답답하구나.'

여유있는 척 연기는 해 대는데 속내는 갑갑했다.

대체 저들이 무엇을 알고 어떤 점을 경계하는 걸까. 답을 듣기 위해 나는 무관심한 척, 턱을 괴고는 기다리다 지친다는 듯이 눈을 반개했다.

"사실, 알아도 증명할 수 없는 신비만큼이나 자네의 존재는 우리에게 있어 불가해의 영역이었다네. 과거의 행적이 워낙 평범했던 터라 자료가 시원찮기는 했지만, 함께하며 느낀 것만으로도 충분히 자네는 신비로웠어."

"가장 쉬운 예로, 동생은 지금까지 머리카락 한 올조차 빠진 적이 없어. 직접 알아보고 싶었지만 깨어 있을 때는 당연히 안 되고 잠을 잘 때도 이상한 힘으로 스스로 보호했잖아?"

그녀는 심통이 난 아이처럼 볼에 바람을 넣었다.

첫 만남부터 틈이 날 때마다 다양한 분신들이 나를 시험했던 기억이 떠올랐다. 자다 일어나 보니 주위를 빼곡하게 두르고 있는 수많은 아메바를 되새겨 보자. 과연 내게 아무런 능력이 없었다면 나는 어찌 되었을까.

"사이코키네시스라 할지라도 육체적 능력이 이해 불가. 체취는 물론 체모까지 남기지 않는 육체. 간혹 남기는 타액으로 분석했지만, 아무런 특이 사항도 없었다네. 그뿐만 아니라 new century의 것이 분명해 보이는 야영 스킬의 보호 기능이 우리를 더욱 혼란스럽게 했지."

"자꾸 우리, 우리 하면서 나랑 엮지 말라니까? 아무튼, 동생의 현상에 대한 이해는 쉬웠는데 도저히 연결고리를 찾을 수가 없었던 거야."

마력적이며 뇌쇄적인 매력의 강유나 역시도 그저 애처롭게만 본다면 어느 순간 뼈와 가죽만 남은 자신을 스스로 보게 된다.

새삼 되뇌었다. '고정된 지혜와 마력 덕에 살아 있음을 잊지 말자.'라고.

"그러다 실마리가 보인 거야."

짝짝!

손뼉을 치자 방 안에 일렁이는 한기 너머로 물안개처럼 영상이 투영되었다. 어른어른거리는 광경 속에서 아는 이들의 모르는 문답이 들려왔다.

[공영호 씨는 현재 고등학교 교사로 재직 중이시지요?]
[네.]
[김태진이라는 학생을 알고 계십니까?]
[잘 알고 있습니다.]
[그렇다면 이상현이라는 학생은요?]
[예?]
[이상현 군에 대해 알고 계십니까?"]
[무슨 말인지 잘 모르겠습니다.]

공항 입구를 배경으로 요원들 사이에 서 있는 두 명의 대화였다. 난데없는 엉뚱한 이의 등장.

나는 왜 선생을 불렀느냐고 묻고 싶었지만 이내 묻지 않았다.

저들의 표정에는 공영호 선생에 관한 관심이 조금도 없었던 까닭이다.

'하긴, 선생을 인질로 두고 나를 협박한다는 건 지나친 상상이지.'

곧 영상이 안개로 휙 덮이며 다른 이들이 떠올랐다. 이번에도 역시 아는 사람들의 모르는 대화. 비어 있는 기타 케이스를 멘 현화와 드럼 스틱을 무기처럼 쥐고 있는 나영이었다.

매캐한 연기와 방제 셔터로 혼란스러운 상황.

그녀들을 보호하고 안내하는 이는 듬직한 경호원, 석호였다.

[됐다. 이곳 공원에서 잠시 숨을 돌리자고.]

[하아…… 고마워요, 아저씨.]

[진짜 고마워요.]

[고마우면 이제 오빠라고 불러 주는 게……]

[어? 아저씨 뭐라고 했어요?]

[……아니다.]

[아무튼, 이게 대체 뭔 일이래?]

[몰라. 곧 수습된다고 하니까 좀만 있다가 가면 될 거야.]

[야, 너 진동!]

[전화 왔네? ……오빠다!]

[태진 오빠야? 얼른 받…… 엥? 끊어졌다…….]

[괜찮아. 또 하겠지, 뭐~]

[그래~ 오빠가 찾아올 때까지 기다리자. 원래 그러기로 약속했었지?]

[어? 아아~ 맞아.]

심각한 주위 상황에는 아랑곳하지 않은 두 여고생과 주먹을
쥐고 부르르 떨고 있는 석호였다. 그는 몇 번이고 말을 하려다
가 끊기고, 하려다가 무시당하기를 반복한 뒤에 말을 할 수 있
었다.

[그런데 너희들 상현이라고 아니? 너희 오빠랑 같은 나이
인……]

[오빠요? 당연히 알죠.]

[아저씨, 그 오빠랑도 알아요?]

[기왕이면 말을 끝까지 듣는 게…….]

[아이, 답답해.]

[생각난다. 아부지 돌 굴러가유~ 하는 느릿느릿한 사투리.
아저씨 고향이……]

[시꺼! 아무튼 상현이를 안다 이거지?]

[물론이죠~]

[오빠는 왜요? 오빠도 여기 있대요?]

[……잠깐. 너희들 상현이 이름을 알고는 있니?]

[아이, 참. 아저씬 아까부터 같은 말만 계속하네요. 오빠가
오빠죠!]

[맞아. 오빠를 오빠로 부르지 뭐라고 하겠어요?]

[이름이 오빠라고?]

[네, 오빠요.]

[이 아저씨 취향에 맞추려면 오라버니라고 해야 되나?]

[그건 좀 이상하지 않아? 오라버닝~ !]

[으으…… 손발이 오그라들고 있어!]

[아아…… 내가 왜 했지? 아무튼, 오빠라구요!]

다음은 익숙한 저택이었다. 중세의 성을 복원시킨 듯한 풍경과 수많은 메이드와 집사들까지. 그들에게도 역시 나의 사진을 보여 주며 동일한 질문을 던졌는데 모두 '그분', '손님', '주인님'이라고만 할 뿐, 명확히 내 이름을 부르는 이는 어디에도 없었다.

그러면서도 누구 하나, 의문을 표하는 이가 없었다.

마지막 영상은 모르는 이들의 모르는 대화였다. 복장으로 보건대 다른 저택에서 일하는 연구원인 듯했다. 또 다른 신진권 사장이 안경 쓴 이를 불러 세우고 말했다.

[잠깐 와서 따라 해 봐라. 상현달. 그믐달. 초승달. 이상현.]

[네?]

[잔말 말고 따라 해. 상현달. 그믐달. 초승달. 이상현.]

[예에. 상현달. 그믐달. 초승달. 이상현.]

[이 사진 봐라. 이름이 이상현이거든?]

[네.]

[따라 해 봐. 이 사람은 이상현입니다.]

[이 사람은…… 네?]

[못 알아듣냐? 이 사람은 이상현입니다, 라고 해 보라고!]

[그게…… 이게 뭡니까?]

[뭐?]

[잘 모르겠습니다. 다시 말해 주시면……]

[……됐어. 가 봐.]

[네.]

그녀가 보여 준 영상은 여기까지였다.

강유나는 우아하게 손을 올려 모았다가 펼쳤다. 곧 퐁당 소리를 낸 방울 하나가 다섯 갈래로 흩어지며 지금까지 보여 준 각각의 사람들로 나타났다.

"원래 보여 주려고 했던 건 이거였어. 최소한 륜과 동급이 되어 버린 사람. 즉~ 부를 수 없는 자가 되어 버린 인간. 하지만 뭔가 묘한 어긋남이 있는 누군가라서 얼~른 알려 주고 싶었거든."

작은 영상.

마치 게임 시작 시에 캐릭터를 선택하듯이 빙글빙글 돌고 있는 듯하다.

신진권 사장이 덧붙였다.

"자네를 인지할 수 있는지 없는지는 간단히 분류하면 평민과 능력자의 차이가 되지. 하지만 문제되는 건 자네를 부를 수 있는 자와 없는 자의 차이라네. 또한, 평민 중에서도 자네를 인지하는 자가 있기도 하고 없기도 한 미묘한 차이가 있었지. 이 간극 속에서 드러나는 각각의 단서들 덕분에……."

현화와 공영호 선생을 가리키는 그.

"우리는 볼 수 없는 자네의 행적에 대해서. 또한, 자네의 변화에 대해서도 나름대로 파악할 수 있었네. 다만 이 정도의 파격적인 변화일 줄은 예상 못 했지."

"에이~ 정확히 말하자구. 언제인지랑 어떤 방식인지만 대충 알았을 뿐이잖아. 쪼금 늦긴 했지만. 암튼 지금이라도 륜의 비밀을 나름 알았으니 다행이지 뭐야~"

그리고는 설명을 다 마쳤다는 듯이 나를 보는 두 사람이었다.

'……아직 혼란스러운데.'

아직 막연하기만 할 뿐, 저들이 얼마만큼 어떻게 알았는지에 대해 이해하지 못한 나였다.

나는 저물녘 노을과도 같은 넉넉한 미소로 답해 주었다.

시험 출제자로서 만족하지 못했으니 더 떠들라는 의미.

평화의 불씨와 환혼력을 이용한 새로운 기술이 압도적이었으니만큼, 저들은 내 기분을 맞출 수밖에 없는 상황이다.

"브리핑을 해 보자면~ 하나! 동생을 모르는 사람들은 동생을 인지하되 인식할 수 없다."

모르는 이들에게 내 사진을 보여 주며 나를 부르게 하는 장면이 확대되었다.

"둘! 동생을 아는 사람들은 동생을 인식하되 부를 수 없다."

"덧붙이자면 그 자체에 대해 당연하게 여겼다네. 여기까지는 일찍이 알고 있던 부를 수 없는 자. 즉, 륜의 속성과도 일치했지."

저택의 많은 메이드와 집사, 요원을 보여 주었다.

"셋! 일정 시점을 기준으로 동생에게 진화 혹은 진보가 있었다아~ 부언 콜!"

강유나는 손가락 세 개를 힘차게 뻗었다.

"예컨대 자네가 자율 접속권을 가진 시각을 기점으로 자네를 인식하는 평민들에게 차이가 보였다네. 조사한 이들이 꽤 있으나 저 둘이 가장 대조적이더군."

나를 모르는 공영호 선생.

나를 아는 김현화.

"하나 더~"

손가락으로 허공을 눌렀다가 떼었다. 곧 화면들 속에 동심원이 일더니만 쭉 따라 올라오는 이가 있었다.

정장 차림의 그들은 신진권 사장의 보디가드인 경호와 석호.

"현화라는 여자는 자네를 인식했지만 부를 수 없었어. 그런데 이 두 녀석은 자네의 이름을 명확하게 지칭했지. 이유가 뭘까? 신체적인 차이? 지능? 이 녀석들은 평민들보다는 낮지만, 고작 그 정도일 뿐 기준점에는 한참 미달이었다네. 그래서."

신진권 사장이 나를.

정확하게는 내 옆을 가리켰다.

"월향을 자네에게 선물했지."

나를 알지 못하는 이들 중에서 그가 장담할 정도로 뛰어난 존재.

"월향."

나는 쓰다듬던 것을 멈춘 뒤 그녀를 일어나게 했다. 비단결 같은 검은 머리칼과 순종이 싹 가시며 철탑이 서 있는 듯 묵직한 기세와 깊은 눈으로 고요히 내려 본다.

그녀의 숨소리는 지극히 미미하고 깊어 기복조차 느낄 수 없었다.

"결과적으로 월향은 자네를 부를 수 없었고 이 둘은 여전히 자네를 불렀다는 차이를 확인했지. 다시 말하지만, 그녀는 우연하게 만들어 낸 최고의 돌연변이일세. 허영의 내가 발광하다가 만들어 낸 산물이니까. 조금 전의 상황으로 우리에게는 다소 손해가 있었지만, 그 역시도 훌륭한 근거가 되었다네."

강유나가 쌜쭉한 눈으로 신진권 사장을 보았다.

"자꾸 우리, 우리~ 할 거야?"

"쯧. 그와 나의 거리나 그와 너의 거리나 매한가지인데 뭘 자꾸 그러는 건가."

"어머~ 난 울 동생이랑 깊고 찐한 사이가 될 거라고. 우리가 얼마나 가까운지 아직 몰라?"

"……훗."

"야!"

콧수염을 씰룩거리며 웃노라니 강유나가 발끈해서 벌떡 일어났다.

똑. 똑.

나는 팔걸이를 쳤다.

두 사람 모두 헛기침을 하며 고쳐 앉았다.

"월향은 경호와 석호 따위와는 비교도 할 수 없지. 그런데도 불구하고 자네를 부를 수 없었어. 인식은 했으나 이름을 부르지 못한 걸세. 그렇다면 한참 모자란 저것들은 자네를 어떻게 불렀을까. 우리…….”

“야!”

“크흠! 정정하지. 나는 자네가 과도기 상태를 넘어 격이 완숙기에 이르렀기에 그렇다고 본다네.”

이번에는 강유나의 심술 때문인지 자연스럽게 영상이 떠오르지 않고 있었다. 그러자 신진권 사장은 뒤로 손을 뻗었다. 곧 공손하게 지팡이를 가져오는 메이드.

척, 하니 쥐어서는 바닥을 쿵! 찍었다.

좌악 뻗어 나가는 마력이 영상을 옭아매서는 끄집어내었다.

“어쭈?”

“나라고 놀고 있었겠는가.”

피식 웃는 강유나였다.

“자네는 첫 만남에서부터 매우 놀라웠으나 ‘격’의 차이를 보일 정도는 아니었다네. 헌데, 어느 순간 그 틀을 벗어나 버린 게야.”

강유나는 신진권 사장이 집중해서 가져온 영상을 단번에 쏙 빼서는 자유자재로 늘리며 다른 영상과 합쳤다. 그것은 중절모를 받은 이후 나의 행적과 내가 만난 이들의 영상. 대형 화면을 통해 빠르게 감은 영화처럼 휙휙 지나가는 장면들이었다.

“급진적 변화!”

척!

강유나는 스스로 가리켰다.

“동생의 진보에는 자율 접속권이 지대한 영향을 끼쳤다는 거야. 하지만? 그럼 난 왜? 나도 하고 있는데 난 왜 격이 안

올라갔을까? 해서~ 따라쟁이가 용감하게 나섰고 나도 해 봤
어~!"

신진권 사장이 손을 들었다. 소매를 걷으니 어울리지 않게
개나리와 토끼가 그려진 보호대가 보였다.

강유나 역시 작은 회중시계를 품에서 꺼냈다.

서로의 륜과 권한을 주고받았다는 표시다.

"남자가 쪼잔해서는. 쩨쩨하게 일 회 이용권이 뭐니?"

"누가 할 소리를. 이것 역시 일 회 접속권이지 않는가."

다시금 신경전을 벌이며 티격태격하는 둘.

강유나가 발을 동동 구르자 거미줄처럼 뻗어 나가는 그녀의
환상이 더욱 견고해졌고 이에 반격하는 신진권 사장의 지팡이
역시 더욱 섬세하고 유려해져 있었다.

"이래선 다시 원점이잖아."

"역시, 얻은 만큼 내줬군."

"치사해!"

나는 조용히 입을 열었다.

"월향아."

"네."

"저들을 죽……."

"아냐, 아냐!"

"성격이 아주 급해졌군. 자네가 륜과 자율 접속 권한을 동시
에 가졌으니 우리도 따라 했다는 걸 보여 준 것에 불과하니까."

검지를 뻗자 으르렁거리던 둘이 삽시간에 멀찍이 떨어졌다.

"그 결과, 보다시피 우리…… 나는 진일보했지. 여기서 확신

하게 된 것은 인간의 틀을 벗어나기 위해서는 인간 외적인 힘이 필요하다는 걸세. 즉, 부를 수 없는 자와 계약하고 그 맹약을 지키는 것 자체가 속박이라는 사실을 깨달았다는 게야."

다소 수다스럽게 말하던 그가 나직하게 말했다.

"계약자는 륜을 가짐으로써 힘을 발휘할 수 있게 되네. 그렇다면 이런 생각을 해 보면 어떻겠나? 두 개, 세 개의 륜을 가지게 된다면? 그만큼 발휘하는 힘의 증대를 가져오지는 않을까? 여기서 더 나아가."

나 역시 그를, 그녀를 보았다.

"자네처럼 륜을 삼킬 수 있다면?"

"각각의 가능성을 극한까지 끌어 올릴 수 있게 될 거 같지 않아?"

어느덧 장난기가 가신 저들의 눈에서는 기이한 열망이 타오르고 있었다.

"삼켰다?"

"왜 그래~ 동생이 보인 힘의 총량을 생각할 때."

"고작 몇 개, 또 계약만으로 빌려서는 나올 수가 없었다네."

웃음 뒤로 슬쩍 손에 힘을 주었다.

긴장감이 피어올랐다.

나는 일대를 훑고 서늘한 실내를 시야에 두었다. 톡톡 튀던 팝콘 영상들은 찌그러지고 부서져 굴러다니고 있었고 콜라는 살얼음판이 되었다.

심히 노골적인 상황.

륜의 매력이 그토록 대단했을까. 지금 저들은 욕망에 취해 있었다. 그렇다면 어떤 선택을 해야 하겠는가.

다시금 머리싸움을 하며 하하호호 지적 유희를 즐겨야 할까.

'……솔직히 한계가 왔지.'

수 싸움을 포기한다면 한 바탕의 격전은 피할 수 없으리라.

'이참에 정리하자.'

손아귀에 힘이 들어갔다.

빠각!

팔걸이가 조각났다.

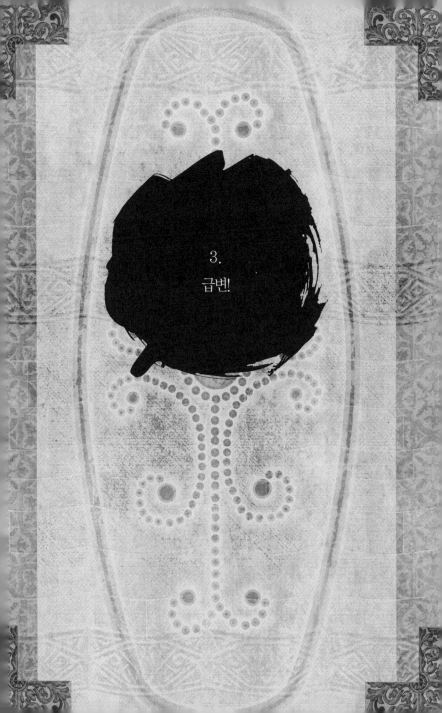

3.
급변!

"재미난 이야기를 하시는군요."

모든 문제가 그렇다. 발상에 따라, 시각에 따라 한없이 어려워지고 한없이 쉬워진다.

어렵게 생각해 보자.

지금 상황을 어찌 받아들여야 하는가.

잔상처럼 떠도는 의문들이 복잡하게 뒤엉켰다.

저들은 어떻게 내가 륜을 흡수했다는 사실을 안 걸까. 그 방법을 묻는 저의는 무엇일까. 저 노골적인 열망에 무슨 답을 주어야 할까. 지금까지처럼 내가 메그론의 연기를 해도 괜찮은 걸까. 혹, 내가 놓치고 있는 것은 없는 걸까.

이 모든 실수, 모든 잘못의 시작은 여기에 있다.

주어진 상황에 따라 해석, 파악한 근거를 토대로 정답과 최선의 답을 찾으려는 행위를 한다.

그 어리석음에서부터 비롯되는 것이다.

나로부터, 안으로부터의 답이 아닌 남으로부터, 바깥으로부터의 정답만이 전부라 믿는 것.

"같은 팀원이라 하셨습니까?"

거듭 물었다.

내가 살아 숨 쉬는 이유. 나의 진정한 목표와 간절한 소망이 무엇이던가. 회귀 이후 가장 후회했던 것, 그리고 지난 삶에서 나를 좌절케 했던 일이 무엇이었나.

필요가 아닌 존재로 만족하고 슬픔과 기쁨을 모두 공유할 수 있는 친구.

그리고 언제고 돌아갈 수 있는 집과 따스한 온기를 만끽할 수 있는 행복.

신뢰와 배려에서 피어나는 사랑을 갈망했다.

그것이다. 나는 이를 위해 노력했고 행복하기 위해 죽지 않고자 노력했다. 내가 이곳에 있는 이유는 거창한 세계 정복, 세계 평화, 신이 되거나 완전한 인간이 되는 것이 아니다.

감시의 눈과 저들의 진정한 의도. 그 한계를 알고자 함이었다.

그리고 이곳으로 온 초기의 목표는 진즉 달성했다. 접속 권한에다 룬에 대한 정보도 내가 더욱 깊이 알고 있다.

그렇다면 저 둘은 나에게 있어 무가치하게 된다. 저 둘은 내게 있어 확실한 결격 사유가 될 뿐 아니라.

'가장 확실한 방해물이 된다.'

꼬여 버린 태진이의 인생이지만 적은 심히 막강한 상황.

녀석은 내가 방해함으로 인해 컨트롤할 수 있으나 이들은 완벽하게 태진이의 앞날에 재앙을 부를 것이다.

그렇다면!

'어찌해야 하는가.'

해법, 묘책!

내겐 있다. 분명히 있었다. 단번에 역전시킬 방도가. 어떤 실수라도 걸작으로 연결 지을 수 있는 수단이.

나는 질문을 정리했다. 짧은 시간밖에 쓸 수 없으니 머릿속으로 물음을 던져두는 것이다.

"공항에서도 한 말입니다만, 저는 이런 모호함…… 매우 마음에 들지 않습니다."

장갑을 벗었다. 자연스럽게 손을 맞잡았다.

겁륜 발동. 성륜의 활성화!

뇌성벽력이 치는 것일까. 억눌려 있던 지혜가 용수철처럼 무섭게 솟구쳤다.

1초.

이해되지 않던 모든 질문의 해답이 일목요연하게 펼쳐졌다. 내 어설폈던 연기는 물론 아바타 게임의 맹점과 실수들까지 또렷하고 명확하게.

이를 갈무리하는 찰나,

- 저 둘을 없앤다.

사전에 준비해 둔 질문이 방향을 잡았다.

뇌리를 스쳐 간 모든 정보가 일시에 부유한다. 끝없이 분열하는 신진권 사장과 막대한 권한을 갖고 모습을 숨기는 강유나를 없앨 수 있는 방법은……

– 불가(不可)!

그렇다면 달리 묻는다.

가장 막대한 타격을 입히는 방법은……

– 가능(可能)!

2초.

머리가 통째로 삶아지는 듯했다. 미간이 불타는 것 같은 통증이 엄습했다.

그러나 확장되어 가는 지혜가 능히 감당했다. 이로써 뜨이는 제3의 눈.

– 심안(心眼).

한계로 치닫는 지혜로 마력의 운용과 그 묘가 궁극에 달했다. 삽시간에 대기와 벽을 타고 장악해 나가는 마력으로 세세하게는 인체의 내부 장기와 뼈까지, 넓게는 저택 전체를 완벽하게 눈 아래에 두게 되었다. 막대한 정보량을 능히 감당하자 마치 전장을 지배하는 에일락 반테스와도 같이 모두가 손아래에 놓인 듯했다.

일대를 아우르며 보지 못하는 것을 보게 하는 심안은 내게 충격적인 사실을 알려 주었다.

3초.

마음이 초조해졌다. 한 달을 넘게 사용하지 않았거늘 성난 성륜이 겁륜을 씹어 삼키기 직전에 치달은 까닭이다. 지난번의 6초에 비한다면 턱없이 부족했다.

내가 적응하는 만큼 일그러진 성륜 역시 더욱 빠르게 대처해

나가는 것이리라.

나는 진체를 찾아 심안을 확장시키는 한편, 나를 지킬 수단을 찾았다.

쇼크웨이브와 환혼력의 운용을 가미하는 응용 기술, 그리고 숨겨진 장소를 마침내 감지하는 찰나.

- !!!

엄습해 오는 섬뜩함!

황급히 맞잡은 손을 떼며 벌떡 일어났다.

그런 내게 저들이 몰려온다. 두 눈과 아직 잔상처럼 남아 있는 심안이 보여 주는 그녀. 피부부터 혈관과 장기까지 투과될지니 실체가 적나라하게 드러났다.

"설마 여기서도 한바탕 하려고? 난 슬로우 슬로우 탭 탭~이 좋은데…… 한 번만 봐줘. 응? 동생~ 응?"

눈앞의 강유나.

거짓!

"협력자로서 내가 잘못한 것이 있다면 말해 보게. 자네의 뜻을 존중하고 시정하겠네."

신진권 사장.

거짓!

선물 받은 메이드들 모두.

거짓!

'전부 아바타라니!'

생김새만 다르고 속은 똑같은 것들이었다. 오직 하나, 옆에 서 있는 월향만이 진짜였다. 비록 신진권 사장의 륜, 페이엔탈의 인장이 찍혀 있기는 했지만.

이러니 아무리 태연하게 연기해 봐야 어리석었던 것이다. 죽어 나가던 것들이나 신진권 사장이 주던 선물들이나 모두가 다 아바타였거늘, 나는 나름대로 살린다고 애를 썼고 연기하는 척 신경을 썼던 것이니까.

저택에 지내던 내내 말이다.

"큭!"

입가가 절로 비틀렸다.

그나마 월향이나마 진짜인 것은 저들이 경호와 석호, 두 경호원의 비교 대상으로 급히 가져온 까닭이다. 메그론의 흉내를 내며 벌인 일이 그들의 예측을 벗어났기도 했을 것이고.

"후후…… 하하하하!"

연기인 척 나의 지혜는 끊임없이 시험받고 있었다.

광소를 터트렸다. 이윽고 뚝 웃음을 그쳤다. 그리고 나를 보며 황망해하며 무어라 말하는 저들을 무시한 채 월향에게 말했다.

"꿇어라."

속박받게 만들어진 인형. 복종하는 꼭두각시.

나는 보관함에서 카임의 황금 정수를 꺼내 월향의 머리에 그대로 부었다.

두 방울만으로도 기적을 일으켰던 마엔호프의 걸작이 그녀의 전신으로 흘러내린다.

황금빛 액체가 머리칼을 타고 흐르며 삽시간에 불타올랐다. 불길에 손을 얹어 그녀에게 새겨진 인장을 지운 뒤 나의 것을 새겼다.

"내가 너의 주인, 이상현이다."

이유 없이 깊기만 하던 그녀의 두 눈에 나의 상이 맺히기 시작했다.

나는 만족스러운 웃음을 보이며 명령했다.

"월향, 이제 너는 나를 위하여 살고 너를 위하여 죽어라."

"네, 이상현 님."

그녀의 몸 구석구석에 스며드는 황금 정수를 뒤로한 채, 강유나에게 걸어갔다.

"뭐지? 어떻게 그 아이가 동생의 이름을 말하는 거야?"

"계산 밖이로군. 설마 주인에 따라 인형의 격도 상승한다는 그런 건…… 헉!"

해맑게 웃는 강유나의 머리를 오른손으로 후려쳤다.

우드득!

팽그르르 돌아간 머리가 그대로 뼈를 이탈해서 튕겨 나갔다. 주인 잃은 그녀의 가슴에 왼손을 넣어서 회중시계를 꺼냈다.

손끝으로 집어서 힘을 주자 쨍! 깨져 버리는 시계. 이를 나의 페이엔탈.

차고 있던 시계에 밀어 넣었다.

꿀꺽! 잘도 삼켜 버린다.

"자, 자네……."

기함하고 있는 신진권 사장을 보았다.

"말했지요. 한 템포 빠르게 가겠다고."

"설마!"

눈이 마주치기 무섭게 대항치 않고 텀블링하는 그.

급히 몸을 돌려서는 메뚜기처럼 뛰어 도주했다.

그때.

쿵!

언제 움직인 것일까. 이글거리는 화염이 유성처럼 내리꽂혔다.

"크악!"

척추를 그대로 찍어 버린 월향.

버둥거리던 신진권 사장이 지팡이를 내리찍는 것을 내가 빼앗았다. 일그러진 성륜이 있는 왼손으로 쥐었음에도 무반응인 지팡이.

쥐고 가볍게 힘을 주어 부러뜨리자 손쉽게 부러져 버린다.

가짜였다. 진짜는 고작 시계와 보호대가 전부인 것.

"무가치한 장난을 치느라 박자를 놓치셨으니…… 이제 당신이 상상할 수 있는 최악을 보여 드리겠습니다."

장갑을 다시 끼며 보호대를 쭉 찢어서는 쓰고 있는 중절모에 넣었다. 역시 스르르 흡수되었다.

"그게 무슨 헛소리냐! 네가 시작한 게임이고 우리는 거기에 맞췄을 뿐이…… 크아악!"

월향이 발을 지그시 밟자 그가 이를 빠드득 갈았다.

"조용히 하시기를. 이상현 님에 대한 무례는 제가 용납지 않습니다."

"이, 고깃덩이 주제에 감히! 좋아, 끝을 보자!"

"끝이라……."

피를 토하며 악에 받쳐 소리치는 그를 내려 보았다.

"참으로 쉽게 말하는군요. 목숨이 여벌로 있어서 그런 겁니까?"

말과 동시에 발걸음 소리와 귀를 찢을 듯한 파공성이 들렸다. 거센 폭발음과 함께 벽이 터져 나가며 화염과 총탄이 빗발쳤다.

이를 쇼크웨이브로 밀쳐 냈다.

"오느라 수고하실 필요 없습니다."

환혼력을 일으켜 불길을 그대로 얼리고 쇼크웨이브와 혼용하여 몸에 둘렀다.

"기대하시기를."

버둥거리는 그의 숨통을 끊은 뒤 월향에게 눈짓.

내게서 멀찍이 떨어짐을 확인한 이후 발을 굴렀다.

환혼력이 깊숙이 퍼지며 꽝꽝 언 바닥이.

쩌적!

부서져 내렸다.

"제가 찾아가겠습니다."

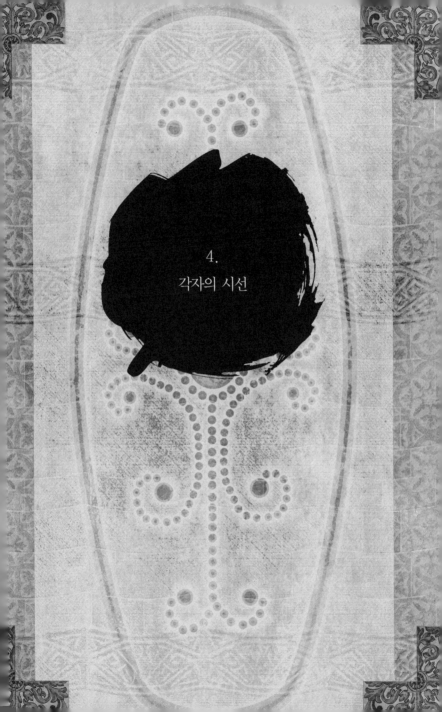

4.
각자의 시선

김태진은 제지하는 Z&F의 경호원에게 달려들었다.

"거기, 멈추시오. 지금 이곳은 출입이 통제…… 자, 잠깐!"

깊숙이 파고들어 완전히 밀착한 상태에서 손바닥으로 턱을 올려쳤다. 말하던 그의 입이 강제로 다물어졌다.

"끄읍!"

부러진 치아와 잘린 혀가 툭 튀어나왔다. 방심한 이에게 가하는 치명적인 일격! 태진으로서도 현실에서는 처음으로 사용하는 폭력이었다.

만일 보통의 사람이었다면 피와 고통의 신음을 듣고 잠시나마 멈칫했을 것이다. 후유증이 남을 중상이니 죄책감도 느낄 터다.

하지만 그는 달랐다.

'속전속결.'

완벽한 new century의 세계에서 체감도를 조절하며 사냥에 익숙해진 까닭이다. 외려 연거푸 옆에 있는 경호원까지 당황을 틈타 쓰러뜨렸다.

"다이얀, 정신 지배를 풀 수 있나?"

– 좁은 범위에 한해 잠시는 가능하다.

기계처럼 버티고 움직이는 무리 탓에 공간이 나지 않았고 행동 역시 여의치 않은 상황이었다.

"신호하면 즉시 써."

쓰러진 경호원의 허리춤에서 진압봉을 빼 들었다. 이어, 그의 무릎을 밟고 어깨를 발판 삼아 힘차게 도약, 반지 낀 손을 휘저었다.

반지의 입이 열렸다. 유색 투명한 연기가 사방으로 흩어졌다.

"어?"

연기를 접한 이들의 얼굴에 표정이 생기기 시작했다. 흐릿한 동공에 초점이 잡힌다.

"……뭐지?"

"저 자식 잡아!"

기계적으로 사람들을 조율하던 Z&F의 요원들이 빠져나왔다. 벽처럼 서 있던 이들이 흔들리자 방송사의 기자들과 구경꾼들이 벌어진 틈으로 요동치려 했다.

그때 뒤에서 팔짱 끼며 보고 있던 그들이 움직였다.

"얼라? 저 아새끼 보소? 우리 애들을 미주가리씨빠빠로 만들고 있네."

"제법 피 좀 묻혀 본 놈 같아."

나경호와 한석호.

"저런 놈은 내 담당이지. 간만에 힘 좀 써 볼까나."

석호가 손가락을 풀었다.

"적당히 만져 줘라. 그동안 난 애들 수습할게."

"흐흐. 누런 싹수가 퍼래지도록 만들어 줄 테니 걱정하지 말라고."

경호가 손가락을 물고 길게 휘파람을 불었다. 처음보다 중음이 길어지는 늑대울음 같은 그 소리에 요원들이 다시 제자리를 찾았다.

하지만 정신 지배가 풀린 군중에게는 효력을 발휘하지 못한 탓일까.

"아악! 밀지 마! 얘네들 안 밀린다고!"

"뭐야, 이 똑같이 생긴 것들은?"

"너희들! 국민의 알 권리를 무시하는 거냐!"

언성이 높아지며 불만이 쏟아졌다.

"Z&F에서 나왔다고 했지? 게임 하나 만들었다고 우릴 우습게 보는 모양인데, 니네들 얼굴 다 찍혔어!"

"백날 찍어 봐라. 언론 따위야, 뭐."

갖가지 소리에 품에서 경호가 귀마개를 꼈다. 뭐라고 떠들건 말건 자신은 명령에 따라 움직이면 그만이다. 실제로 저들이 찍은 것이 방송될 리도 없었고.

"기왕이면 왼쪽으로 찍어. 난 그쪽에 자신 있거든."

태연자약했다.

한편, 징검다리 밟듯 요원들의 어깨를 밟아 넘어온 태진은 황급히 두 손을 십자로 겹치며 배를 막았다.

"요놈!"

깊숙이 꽂는 주먹.

석호가 그의 진로를 막아섰다.

"으윽!"

통나무를 연상케 하는 근육에서 뿜어져 나오는 괴력에 태진의 몸이 절로 들썩였다. 손으로 전해지는 아찔함에 몸을 웅크린 그가 발을 뻗었다.

놓쳤던 진압봉을 걷어찬 것. 떨어지는 것을 투척 무기처럼 사용한 것이다.

그러나,

"장난하냐?"

석호는 진압봉에 턱을 세차게 맞았음에도 파리가 앉았다는 양 한 번 쓰다듬을 따름. 곧 레슬링 선수처럼 자세를 한껏 낮췄다.

잡히면 모조리 으스러뜨리겠다는 듯, 트럭처럼 달려들었다. 기겁한 태진이 황급히 몸을 우측으로 굴렸다.

쾅!

대신 맞은 가로등이 그대로 우그러졌다.

'엄청난 힘!'

딱딱하게 굳는 태진의 낯. 그러나 모르는 바도 아닌 상황이다.

몬스터 플레이어로서 강화 인간의 절정으로 평가받는 신진권

회장의 두 팔이다. 외려 전성기와 비교하면 부족한 수준.

자신이 덜 성장한 만큼 그도 덜 만들어져 있는 것이다. 그렇다면 빈틈을 유도하는 것이 현명할 터.

"무식하기가 멧돼지 같은데?"

"뭐? 돼지?!"

"떡대 돼지야. 힘만 세면 단 줄 아냐?"

"요 새끼가!"

도발하며 다람쥐처럼 빠져나가는 태진을 쫓아 석호가 씩씩거렸다. 와락 달려들며 걷어차는 발길질.

경찰차를 뒤에 두고 도발하던 태진이 날렵하게 차량의 보닛으로 뛰어올랐다. 허나, 안착하기 무섭게 석호의 킥에 차가 우그러지며 보닛이 튀어 올랐다. 정강이와 차가 부딪쳤건만 차가 반파되다시피 한 것이었다.

그러나 태진 역시 실전이라면 뒤지지 않는 몸. 놀라긴 했으나 대처는 기민했다. 차체가 튀어 오르는 그 힘 그대로 몸을 회전하며 석호의 목덜미를 찍어 내린 것.

"큭!"

체중을 실은 찍기에 처음으로 석호가 신음을 내뱉었다. 연거푸 뒤축으로 턱을 후려치자 석호의 고개가 반대쪽으로 홱 돌아갔다.

찌푸린 인상이 고통의 정도를 표현한다. 손을 뻗어 움켜쥐려 했지만 쏙 빠져나간 태진이 거리를 두며 재차 도발했다.

"몬스터 같은 새끼. 멧돼지처럼 달려든다고 다 될 줄 아냐? 기술 없는 힘 따위론 내 상대가 안 돼."

손가락을 까딱까딱거린다. 더 도발해서 공략하려는 속셈.

그가 오크와 인간의 변형체라는 것을 알기에 쿡쿡 찌르듯이 말한 것이었다.

"뭐?"

하지만 이는 실수였다. 지나친 도발이 그를 진심으로 분노하게 한 까닭이다.

"하…… 참나. 기생오라비같이 생긴 게 뭐가 어쩌고 어째? 이 마빡에 피도 안 마른 새끼가 지껄이는 거 보소? 아그야, 어서 숨어 있다 튀어나왔는지 모르지만 니가 세상을 아직 모르나 본데, 이참에 철근을 제대로 씹게 해 주마."

석호는 턱을 이리저리 움직이다가 침을 타악 뱉었다.

"반반한 자식아. 잘난 새끼야. 무서운 게 없제? 그래 보이제?"

핏기 없는 맑은 침을 발로 짓이기며.

"깅게 귓구녕 열고 잘 들으라. 살려면 말이제."

그가 치아를 어금니까지 드러냈다.

"나가 지금부터 달릴 것이여. 넌 열나게 튀어야 해. 안 그럼 큰일이 나 버릴 테니께. 이를테면……."

힘을 불끈 쥔 석호.

"그 손가락, 잡히면 갈아 버린다. 뼈마디를 으깨 주마. 깅게 잘 튀어라. 알것제? 잡히면!"

아래로 들어간 손이 번쩍 치솟았다. 팽창한 근육이 옷을 찢고 단추가 튕겨나가며 괴력을 발산했다.

후웅―!

반파된 경찰차가 조약돌처럼 붕 떠서는 꽝! 떨어졌다.

태진은 왼쪽으로 피했다가 소스라치게 놀라며 뒷걸음질 쳤다.

"뒤진다, 이 새끼야!"

꽝!

바위처럼 덮친 석호. 바닥에 균열이 일며 방사형으로 쩍쩍 갈라졌다. 석호의 뼈마디에서도 기음이 들릴 정도였고 입가로 핏줄기가 보였으니 무모한 공격이었으리라.

허나, 효과는 확실했다.

차량으로 피어오른 먼지.

흔들리는 땅으로 태진이 일순간 균형을 잃은 까닭이다. 그 찰나에 달려든 석호의 손이 태진의 손목을 움켜쥐려 한다.

사색이 된 그가 손을 빼는 사이, 뚝 떨어진 석호의 왼손이 다리로 향했다.

실제 노림수인 셈.

'이럴 리가! 힘만 센 돼지가 어떻게 이런 수를!'

'손가락'이라는 위협에 당황한 태진의 작은 실수였다. 아니, 정확하게는 판단 실수이리라. 분노에 눈이 뒤집힌 석호가 설마 이런 수를 준비했을 줄은 상상도 못 했으니까.

상황이 급했다.

발끝을 튕겼다. 상체를 눕히고 팔꿈치를 확 접었다가 밀어올린다. 텀블링이 아닌 양팔의 근력과 다리를 뻗어 내는 힘을 모두 담아 물구나무서듯 걷어찬 것.

숙인 석호의 명치와 턱을 제대로 때렸다.

임기응변이지만 절묘한 한 수.

허나.

"기술이라고?"

강철 같은 근육에 왼발이 미끄러지고 아래턱을 올려치던 오른발은 성공적으로 쳤음에도 턱! 하니 붙잡혔다.

분노한 석호에게 있어 고통은 느껴지지 않은 까닭이다.

"흐흐흐. 힘없는 기술 따위, 애들 장난일 뿐이지."

"이런 씨발…… 으아아악!"

"그럼 하나씩 조져 주마."

거꾸로 들어 올리고 서서히 힘을 가했다. 꽉 쥐는 손에 발목이 으스러질 것만 같았다. 발악적인 공격은 강철 같은 근육에 막힐 따름.

이대로면 뼈마디도 추릴 수 없게 되리라.

"다이얀!"

절박한 외침에 반지가 일렁였다.

비명이 음절로 나뉘며 시간의 흐름이 달라졌다. 가속하는 사고와 신경이 반응속도를 삽시간에 배가시켰다. 정적의 순간, 그 속에서 태진이 유일하게 살아서 움직였다.

잡힌 발목을 지지대 삼아 상체를 일으켰다.

'끄-으-으!'

나름대로 단련했지만, 아직 갈 길이 먼 미숙한 몸. 그 때문에 태진의 육체가 과부하에 걸렸다. 누구보다 빠르게 움직이는 만큼 저항과 무리가 큰 것이다.

다이얀이 가속도를 줄였다. 깜빡이는 석호의 두 눈이 슬로우

모션처럼 보일 정도.

감았다 뜨던 석호의 두 눈이 놀라움을 담는 순간.

상체를 바로 세운 태진이 양손으로 석호의 두 눈을 꿰뚫듯이 찔렀다.

"이건…… 으윽!"

석호가 손을 놓으며 고개를 젖혔다. 아슬아슬하게 스친 손끝이 눈꺼풀을 가르고 각막을 지나 망막에서 느껴졌다.

신경 가속을 통한 반응 속도의 극대화!

후유증은 있지만, 위기에서 구원해 주는 태진의 한 수였다.

"크아아악! 이 새끼가!"

두 눈을 감싸며 물러난 석호가 피눈물을 흘리며 노성을 질렀다.

'씨바. 나도 아프다고!'

가까스로 풀려난 태진이 욱신거리는 발목을 움켜쥐며 바닥을 굴렀다. 다행히도 불구가 되지는 않았다. 단지 급격한 체력 소모로 미칠 듯이 숨이 가쁠 따름.

그러나 위기는 끝나지 않았다.

"이게 웬일이냐?"

경호가 다가온 것이다.

혼란을 완벽하게 수습한 그의 등장에 태진이 이를 악물었다.

"잡히면 죽여 버리겠어! 으으아아아!"

"그만 소리 질러라. 한 방이면 다 나으니까. 그리고……."

주사기를 품에서 꺼낸 그가 석호에게 던지는 사이 태진은 거리를 벌리려 했다.

"넌 나랑 면담 좀 하고."

단거리 선수가 질주하는 속도로 걸어온 경호가 태진의 앞을 가로막았다. 영업용 미소를 짓는 그가 말하려는 찰나, 반지를 톡톡 두드린 태진이 주먹을 내질렀다.

복서와도 같이 뻗은 주먹이 반지가 일렁이는 순간.

파앙!

급가속하여 바람처럼 작렬했다.

기습!

그러나 어느새 움직인 걸까. 손바닥으로 척하니 막고 있는 경호였다.

"가속 능력자였냐?"

늑대인간의 기민함, 본능을 꿰뚫기엔 역부족인 것.

선글라스를 살짝 들자 맹수와도 같은 그의 눈빛이 번뜩였다.

"상성이 석호랑 안 맞았군. 뭐, 실망하지 말라고. 능력자 사냥할 때 너 같은 놈들은 죄다 내 담당이었으니까."

선글라스를 고쳐 쓴 그.

"그럼 놀아 볼까?"

권법의 기수식과도 같이 자세를 취했다. 발톱처럼 손가락을 펼친 그가 웅크린 맹수처럼 슬쩍 자세를 낮추자 태진이 다리를 구부리며 용수철처럼 튀어 나갈 채비를 했다.

'한 수 싸움.'

피하고 일격에 끝을 본다.

속도와 속도. 저쪽에서 콧김을 뿜어 대는 석호가 부활하면 답이 나오지 않게 된다. 이 때문에 한 수로 승부를 보아야만

한다.

'2차 가속을 이용한 카운터로 가면 돼!'

냉정한 사냥꾼.

경호는 석호와는 성향이 다른 인물이다. 어설픈 도발은 않았다.

터질 듯한 폐를 억지로 누르며 태진이 일격필살의 자세로 바꾸자 경호가 웃었다.

그때 벨소리가 울렸다.

"어이쿠."

자세를 삽시간에 풀고는 공손하게 숙이며 휴대폰을 받았다. 앞에 태진을 둔 채로 완벽히 무방비 상태를 한 것이다.

"네~ 아가씨. ……물론이죠. 공항은 철통같이 봉쇄하고 있습니다. ……하하. 자리 이탈한 거는 잠깐 재밌는 녀석이 와서 놀다 보니 ……아이고, 사장님께는 제발 비밀로 해 주세요. ……네?"

그는 잠시 손으로 휴대폰을 가렸다.

"너, 이름이 태진이냐?"

엉뚱한 물음에 눈을 껌뻑거렸다.

"왜 왔어? 호기심? 친구? 여동생? 그도 아니면…… 아, 반응 보니 여동생이구나."

그리고는 접대용 미소를 지으며 통화했다.

"네, 맞습니다. ……여부가 있겠습니까. 분부대로 확실히 이행하겠습니다. ……네. 그럼 편히 감상하십시오. 예~!"

허리까지 굽신굽신.

경호는 휴대폰을 공손히 품속에 넣은 뒤에야 비로소 안도의 숨을 내쉬었다. 그리곤 습관처럼 손수건을 꺼냈다가 도로 넣었다.

"뭐하냐?"

"어?"

"들어가."

"……진담이냐?"

경호가 피식 웃었다.

"그럼 내가 너랑 농담하랴. 그리고 그따위로 대답할 거면 아예 말을 말고 그냥 들어가라. 알았지? 반토막 난 말투만큼 혀도 토막 내기 전에."

미소를 머금은 그. 경호가 선글라스 너머로 살기를 번뜩였다. 마치 봐준다는 투로 말하는 태도가 태진의 자존심을 건드렸다. 누구보다 앞서 나갈 자신이 있고 그것이 확실한 자신을 룬의 계약자도 아닌, 변형 능력자 주제에 무시하다니.

"퉤!"

"……[상현]이 친구니까 한 번은 봐주마."

"뭐라는 거냐? 묶인 개 주제에."

"……!"

덜컥 몸을 경직시킨 경호. 살기가 농밀해짐에도 태진은 이를 비웃으며 지나쳤다. 애석하게도 그의 말대로, 명령이 떨어진 이상 경호는 가만히 있을 수밖에 없었으니까.

다만, 관자놀이로 굵은 힘줄이 꿈틀거릴 뿐이었다.

정적이 감도는 사이 멀어지는 태진을 보는 경호와 석호.

"저 시건방진 아새끼를 어이할까. 아, 미쳐 불겠네."

"표준어 써. 아가씨 아시면 둘 다 쪽쪽 빨릴라. 그리고 옷 안 입으면 사장님이 월급 감봉시킬 거야."

"아, 알았다."

"몸은 좀 괜찮아졌냐?"

"물론이지."

눈꺼풀은 물론 동공까지 잘린 상처였지만 묻는 경호나 답하는 석호에게는 가벼운 부상일 뿐이다. Z&F의 신약은 new century의 포션을 목표로 한 만큼 효과가 탁월했다.

"시야가 뻑뻑하긴 좀 하구마. 아직 포션 따라가려면 한참 멀었나 봐."

"오크족의 재생 능력을 믿어."

"크. 너만 하겠냐."

부하가 가져온 깨끗한 셔츠를 다시 입었다. 그때, 경호의 휴대폰이 다시 진동했다. 문자였다.

이를 본 그는 만족스러운 웃음을 지었다.

"석호야."

"와?"

"아가씨가 현화한테 가서 뭐 좀 물어보라신다. 난 여기 통제해야 하니까 너보고 가라시네?"

"또 뺑뺑이 돌리기는. 현화는 또 뭐 하는 애냐?"

넥타이를 매며 신경질을 내는 석호.

"저 새끼 여동생."

"……진짜지?"

"그래. 이, 복 받은 새끼야."

경호가 손을 내밀었다.

"내 몫까지 부탁한다. 위치 찍혀 있으니 먼저 찾아. 저 새끼한테 깜짝 선물도 주고."

"걱정 말그라."

석호가 힘 있게 맞잡았다.

※   ※   ※

"이건 우리가 알던 과거가 아니야!"

짐짓 태연하게 멀어진 후 태진은 와락 신경질을 냈다.

짜증이 머리끝까지 솟구쳐 올랐다. 앞이 캄캄했던 까닭이다. 가슴속이 꽉 막힌 것 같았다.

일어나는 생소한 사건뿐 아니라 세세한 하나하나 모두가 계산 밖이었다.

태진은 자신의 오판을 절절히 실감했다. 멀찍이 떨어진 그는 기둥에 주먹으로 도장을 새겼다. 회귀 전과는 다르게 확실하게 달라진 육신. 가히 초인이랄 수 있는 몸임에도 저 둘을 제압하지 못했다.

시간이, 미래가 확실하게 뒤틀린 것이다.

– 위험했다. 하지만 누가 회귀했는지 적이 확실해졌어.

단서를 찾았다는 다이얀.

"뭐? 어떻게?"

– 생각해 봐라. 저 둘의 실력이 어땠지?

"저 녀석들…… 전투력이 3.0 버전이야. 초창기에는 저렇지 않았어."

완성형에 비하면 미흡하지만 휘둘리지 않고 통제하는 경지에 올라 있었다. 적수가 없는 현실에서 스스로 수습한다는 것은 결코 하루 이틀에 해결되는 일이 아니다.

그뿐만 아니라.

- 저 아바타들 역시 15년 뒤에야 나오는 것들이었지.

주위에 즐비한 요원들. 골격부터 생김새까지 찍어 낸 듯이 똑같은 이들의 등장.

복제 인간들이다. 그 가운데 불특정 다수로 섞여 있는 아바타였다.

5년마다 애벌레가 나비로 변태하듯 엄청난 변화를 보이는 Z&F. new century 진행 중의 것이 진보이고 변화라고 한다면 5년마다 보이는 혁신은 가히 진화에 해당했다.

이 중에서도 아바타의 등장은 막바지에나 있었던 일.

퀘스트 진행 도중 플레이어는 히어로급 NPC. 퀘스트 몬스터들을 죽여야 하는 경우가 더러 생긴다. 이때 중요도에 따라 Z&F에서는 직접 컨트롤을 하여 난이도를 상향했었는데, 랭커들이라면 '반드시'라고 해도 좋을 만큼 저 둘과 부딪치게 된다.

플레이어와 이를 교묘하게 막아서는 중간 보스급의 몬스터 플레이어.

유저를 막아서는 유저라는 방식이기에 Z&F의 경호원, 그리고 그 정점에 해당하는 경호와 석호는 어마어마한 인기를 누렸었다. 랭커 잡는 NPC로서 말이다.

"무슨 말을 하려는 건데?"

– 급성장한 이유가 뭘까?

"전투 경험을 충분히 쌓았기 때문이겠지. 그게 왜?"

– 아직도 모르겠나? 회귀한 누군가가 현실에서 저들을 단련 시켰다는 것이 첫째, new century에서의 퀘스트가 급속도로 진행되며 둘이 성장했다는 것이 두 번째다. 이 두 가지를 가능케 하려면 네가 아는 최강자를 찾으면 된다. 퀘스트를 꿰뚫고 있는 너를 바짝 추격하며 1위 자리까지 넘볼 만한 이가 누구겠나?

"……군림자!"

부동의 1위. 최강자인 군림자.

"아니라고 말해 줘…… 씨발!"

갑자기 적이 분명해지는 듯했다. 회귀자의 최강 무기인 '미래'를 마구 흩트리는 이. 지난 삶에서도 괴짜 짓을 하며 압도적인 실력을 자랑했던 그라면 이런 얼토당토않은 상황을 저질렀을 법했다.

– 만약 그가 회귀하여 미래 따위 전혀 신경 쓰지 않고 모조리 다 새싹 밟기를 하는 것이라면?

"그래서 신진권 회장이나 두 경호원이 분발했을 뿐이라면……!"

환장할 따름이다. 허탈하기까지 했다.

"이게 뭐야……."

만약 그렇다면 너무 허망하지 않은가.

하지만 아귀는 맞아떨어진다.

─ 이토록 엉망진창으로 상황을 바꾸는 이는 '아무것도 갖지 못한 자'이거나 '아무것도 필요치 않은 자'만이 가능하니까. 너처럼 목적이 있는 이들은 결단코 저지를 수 없다. 이에 해당하는 가장 무욕하고 가장 뛰어난 자는 '그'뿐.

예상치 못하게 얻은 결과에 태진이 탄식을 내뱉었다. 그는 대신 꽉꽉 눌러 담았다.

언제고 갚아 주리라고.

※   ※   ※

복수는 나중의 일이었다. 우선은 동생을 찾는 것이 시급한 바.

뜀박질하던 태진은 길에 나뒹굴던 자전거를 타고 공항을 누볐다. 한 손으로 계속 현화에게 전화를 걸었지만 받지를 않는 상태.

"왜 이렇게 안 받는 거야!"

끼익─

자전거를 세운 태진이 멈춰 서서 주위를 연신 두리번거렸다. 이윽고 한 곳을 탁 짚고는 페달을 밟았다.

─ 애당초 연락조차 되지 않았었다. 대체 넌 뭘 믿고 뛰어든 거지?

"감."

─ ……

그녀는 침묵 이후 탄식했다.

– 실로 기막힌 답변이군.

"다들 그렇게들 말하더라고."

인정하면서도 태진은 당당했다.

"움직이고 실천하면서 길을 찾는다. 갈 방향에 대해 고민하고 따지면서 돌아올 시간 따위는 생각하지 않아. 나를 보고 나를 믿고 나는 '간다'. 그리하면 무엇이 되건 답은 나오거든. 봐, 너를 만나고 돌아오기까지 했잖아?"

– 무대책이 대책이란 소리냐?

"너보단 무식하지만 아는 한도에서 온 힘을 기울일 뿐이라는 거야."

비꼬는 다이얀에게 태진은 웃어 보였다. 가슴을 탕탕 치기까지 하며 양팔을 쫙 벌렸다.

바람을, 온갖 소음을 한껏 품에 안으려는 듯이.

"나는 나를 잘 알아. 네가 원한 것은 영웅이고 대장군이었겠지만 나는 야전 사령관쯤 될 거야. 넓고 멀리 보는 건 못 해. 알아도 능력이 안 돼. 하지만 누구보다도 용감하게 나설 수 있고 누구보다도 앞서 나간다는 건 자신할 수 있지. 그렇기에 누구보다도 먼저 반응할 수도 있어."

– 미친놈.

"엄청나게 많이 들은 말인데?"

회귀 전에도 한 친구에게 부지기수로 들었었다.

'빌린 돈을 갚긴 해야 하는데.'

이 일을 끝내고 찾으면 될 일이다. 우선은 당면한 과제부터 해결해야 하니.

'아자!'

태진은 '회귀'를 하며 잊었던 자신을 완전히 되찾았다. 자신을 끌어 올렸고 높은 위치에 오르게 하였던 그것은 '광기(狂氣)'였다. 달리고 달려서 부러져도 바라보는 몰입!

회귀하며 계획을 세웠다. 미래를 위해 어제 와 오늘을 준비했었다. 지나치지 않게. 시간의 흐름을 거스르지 않기 위해 '과거의 자신'을 연기하고 살아왔다.

그러나 이제는 꼬일 대로 꼬인 상황.

'피부로 느낀다. 동물적으로 행한다. 그리함으로써 활로를 찾는다.'

차라리 잘됐다. 이제는 되고 싶었던 나. 그림 그리듯 '꿈꿔 온 나'가 아닌 '치열함을 간직한 나'가 되는 것이다.

'목표에 대한 확신'만' 갖고 본다.'

태진은 두 눈을 감았다.

들려왔다. 울리는 총성, 누군가의 비명, 방화 셔터가 내려가는 소음 등. 근원지가 모호한 둔중한 울림들 사이에서 그는 몸이 반응하는 곳으로 몸을 돌렸다.

방향이 정해졌다.

"그 치열함이 행운을 가져다줄 테니."

– 그 되지도 않는 철학은 어떻게 생긴 거냐?

"내 지난 삶이 말해 줬어. 그러니까 우선 나를 믿어 보라고. 만약 그게 힘들다면, 나를 선택한 네 안목을 믿어."

– 다 저질러 놓고 딴소리를 하기는.

"하하하!"

자전거 페달을 힘차게 밟았다. 사나운 바람이 귓전을 두드렸다.

"아까 그 녀석들이 아가씨라고 하는 거, 들었지? 공항 사태의 주최자는 강유나가 분명해. 그러니까 너보다는 내가 나을 거야. 그녀는 게임을 매우 즐기니까."

- 하긴, 그녀는 이색적인 것을 좋아했지.

살아 있는 컴퓨터가 강유나다.

new century를 유지, 보수하면서도 정작 자신은 느낄 수 없는 모호한 한계 때문일까.

그녀는 새로운 것에 집착했다. 새로운 경험, 새로운 물건, 새로운 지식, 새로운 무엇들에. 이를 이용하여 관심을 끄는 데 성공한다면 활로가 보이리라.

- 단, 한 가지는 잊지 마라. 결단코 나를 드러내서는 안 된다는 것.

"알았어. 조금 전처럼 애절하게 안 부를게. 대신 눈치껏 잘 도와줘."

- ……알겠다.

반지의 벌어진 입이 사라졌다.

태진 역시도 과장된 웃음을 지웠다.

"후우우."

한껏 긴장하면서도 숨을 골랐다. 몸을 이완시키며 감각에 집중했다.

사실 태연하게 떠들고 믿으라고는 했지만, 과거와 큰 차이는 있었다. 바로 기회가 단 하나뿐이라는 사실.

아무리 현실 같으니 어쩌니 해도 new century는 가상의 현실이다. 죽어도 약간의 손해를 감수하면 다시 도전할 수 있다. 그러나 100% 현실은 그 '한 번'이 전부가 된다.

죽으면 그것으로 끝.

'하드코어 플레이지.'

그럼에도 이리 행동하는 이유는 기호지세인 까닭이다. 돌이키기엔 너무 늦었고 상황을 통제하는 데 한계가 있었다.

그는 잘 알고 있었다. 위기의 순간 믿을 수 있는 것은 오직 자기 자신뿐이라는 사실을.

그래야만.

"아쉬움은 있을지언정 후회가 없을 테니까."

그때.

"!!"

태진은 유령과도 같은 것이 지나가는 것을 보았다. 벽과 바닥 장식재들 사이에 몸을 겹쳐 두고 위아래를 번갈아 보며 다니는 유령.

'스펙터?'

본능적으로 뒤를 쫓아가던 그는 유령의 만행을 보았다.

저 앞에서 엄폐물을 두고 경찰들과 대치 중인 Z&F 요원들 사이에서 불쑥 튀어나온 그것.

어려 보이는 여자 유령은 양손에 든 나이프를 놀렸다. 투명하던 몸이 실체화되기 무섭게 요원들의 목에서 핏줄기가 솟구쳤다.

"크아악!"

"이것들이!"

탕! 탕!

두 눈을 관통당할 뻔하던 순간에 쏘아진 총알.

허공에 녹아들 듯 투영되는 그녀의 몸을 그대로 뚫고 지나가 버렸다. 마찬가지로 실체화되었던 나이프 역시도 무방비 상태의 요원을 뚫고 스러졌다.

"칫!"

다시금 날뛰려던 그녀가 새침하게 땅으로 꺼지듯이 사라졌다. 그리고 간발의 차로 전류가 번쩍이는 탄환이 바닥을 두드렸다.

'테이저건 같은 건가?'

비슷해 보이기는 했지만, 동심원을 그리며 꾸물거리는 전류가 요원들에게 피해를 주지 않는 것으로 봐서는 스펙터에게만 통하는 신무기인 듯했다.

그사이, 두 줄기의 화염이 테이블과 가판대 따위로 만든 엄폐물을 불살랐다.

"젠장! 또 온다!"

"숙여!"

농구공처럼 응어리진 둥근 공이 불타는 엄폐물들을 포탄처럼 튕기기까지 했다.

불 채찍의 근원에는 선글라스를 고쳐 쓰는 거구의 사내와 장풍을 쏘아 내듯 자세를 취한 피곤해 보이는 중년인이 있었다.

그러나 먹고 먹히는 먹이사슬을 보여 주는 걸까.

"자꾸 피해 다닐 거야?"

"위!"

놀라운 위용을 보이던 그들이 좌우로 몸을 굴리며 손을 뻗었다. 선녀가 강림하듯 자욱한 먼지구름 사이로 땀에 흠뻑 젖은 미녀가 유유히 내려왔다.

장풍과 눈에서 뿜어내는 불줄기가 와락 쏟아지는 것을 뻥! 하니 걷어찬 그녀가 돌연 송곳처럼 추락해서는 나락을 쓸 듯이 바닥을 유려하게 회전했다.

아찔하기만 한 백옥 같은 다리 끝에서.

쐐애액!

파팡! 팡!

날카로운 섬풍과 강렬한 파공성이 일었다.

"이건 반칙이야!"

"으아아!"

납작 몸을 엎드리매 뒤의 머리칼과 옷이 훌렁 잘려 나가고, 뒤이어 다가온 충격파에 몸이 휘청 날아가 버렸다.

"쿠웩!"

와락 날아가 기둥에 부딪힌 거구의 사내가 피를 왈칵 토했다. 중년인은 뒤에서 받아 주던 유령과 함께 나뒹굴며 타박상과 찰과상에 신음했다.

"무슨 에어 워크가 저 모양이냐……! 커헉!"

"말은 그만하고 빨리 일어나요! 무겁다고!"

"아, 미안."

깔렸던 유령 여자. 앙칼진 소리에 중년인이 사과했다. 같은 배경임에도 다른 공기가 흐르는 듯했다. 처참한 저들은 난민촌의 절박한 공기였고, 찰랑이는 머릿결을 쓸어 넘기는 미녀의 주위는 평화롭고 따사로운 공기였다.

"능력이란 건 쓰기 나름인 거 몰라? 하여간 죄다 단세포들이라니까."

사박. 사박.

환하게 웃으며 걸어오던 그녀가 돌연 귀를 막았다.

"유나─! 당장 오지 못 하나!"

"아이, 참. 저쪽은 너무 빡 쎈데."

"나 혼자서는 버겁…… 크아아악!"

들려오는 외마디 비명에 이내 곱게 찡그리고는 다시 박차 올랐다.

"알았어~ 알았다구. 하여간 시원찮은 남자라니까."

계단 밟듯 허공을 밟아 스카이라운지에 가 버리는 그녀. 저 레벨존에 구경 왔던 선수가 고레벨존으로 되돌아가는 것 같았다.

위쪽에선 맹수의 포효 소리와 함께 공항 전체를 울리는 육중한 울림이 연거푸 퍼졌다. 중량감이 다른 파공성이 꽝꽝 울렸다.

'뭐야, 이게?'

대관절 저 위에선 어떤 일이 일어나는지 엄두도 나지 않을 지경.

꿀꺽!

침을 삼킨 태진이 슬금슬금 자전거를 눕히고 벤치 뒤에서 고개만 내밀었다.

"다이얀, 저런 게 가능한 거냐?"

– …….

"다이얀?"

얼이 빠져서 묻는 물음에 그녀는 답을 하지 않았다. 대신, 어깨를 톡톡 두드리며 답해 주는 이가 있었다.

"혼자 얼빠져 있는 이 볼품없는 친구는 누군가?"

돌아본 그곳에는 지팡이 끝이 놓여 있었다.

상황에 전혀 걸맞지 않은 새하얀 정장과 지팡이. 태진은 시선을 위로 올리다 절로 주저앉았다.

"다이얀? 네 달링이냐? 이름으로 봐선 괜찮은 미녀 같은데…… 어때, 내 비서와 비교하면?"

미녀의 젖가슴을 주물럭거리는 콧수염이 인상적인 남자.

신진권 사장이었다.

"다, 당신이 여긴 왜……?"

그가 씩 웃었다.

"왜긴. 보너스 포인트 벌려고 왔지."

툭툭…….

지팡이가 어깨에서 머리로 올라왔다. 목탁 두드리듯 정수리를 4/4박자로 때렸다.

아프지는 않지만, 모멸감을 주기에 충분했다.

"어디에 있을까. 보너스 포인트~"

정수리를 두드리던 그가 태진의 이마를 밀었다.

나름 한 성격하는 태진이 틱! 지팡이를 손으로 잡아 확 당겼다. 비록 당황하긴 했지만 이런 취급을 당할 정도는 아니니까!

그러나,

'이익!'

조금도 꿈쩍이지 않았다. 외려 슬쩍 밀려서 이마에 닿고 만다. 벽에 주먹으로 인을 새길 정도의 신체. 평범한 인간을 뛰어넘는 힘임에도 가볍게 밀리는 상황이었다.

"쥐꼬리만 한 실력으로 봐선 같이 온 거 같긴 한데, 영 느껴지질 않는단 말이야."

눈으로 위아래를 훑는 신진권 사장.

태진으로서는 그저 기함할 일이다.

압도적인 이 힘은 류을 통하거나 몬스터 플레이를 통한 강제 변환으로만 가능하다. 그러나 신진권의 류은 계약의 류. 더불어 그의 목표가 '완전한 인간'임을 잘 알고 있었다.

완전한 인간을 추구하기에 그는 수많은 실험 결과에서 비인 간적인 것들은 모두 배제해 왔다. 요원들이나 실험체에게는 모두 적용했을지언정 자신의 육체에는 인간으로서의 완전함만을 녹여 냈던 것이다.

그런데 그런 그조차 원칙을 어겼다니.

'군림자, 이 새끼! 도대체 어디까지 헤집어 놓은 거야?'

목표가 있게 되면, 적이 있게 되면 합심하고 분발하게 되는 것이 당연한 이치. 작금의 모든 상황이 압도적인 군림자의 무력을 이기고자 저들이 변화한 것이라면 설명이 되긴 했다.

다만, 그 범주가 어마어마할 지경임에 기가 막힐 따름.

"설마 다이얀인지 하는 게 류일 리는 없을 테고. 대체 어디에 숨겨 놨냐, 너?"

"대체 뭘 말하는 거냐?"

"이거 봐라?"

안간힘을 쓰고 있는 태진에게 한 손으로 콧수염을 쓰다듬는 신진권 사장이 슬쩍 말했다.

"완력 강화."

"!"

또렷하게 들린 단어가 이해되는 찰나, 태진의 손이 대책 없이 밀려 나갔다. 압도적으로 밀리는 힘의 차이. 마침내 지팡이가 그의 손을 사뿐히 밀어 버리고는 태진의 머리를 힘차게 때렸다.

빡! 빡! 빡!

머리통이 울렸다.

"이, 이건 도대체……!"

"돌연변이체들이 가진 능력이지. 연구했다가 쓸데없어서 폐기하려고 했는데 얼마 전에 반성할 일이 생겼었거든. 왕창 죽었던 덕분에 깨달았단다. 이런 능력을 변이라고 치부한 것이 멍청했다는 사실을. 사람에 따라서 얼마든지 쓰는 힘이라는 사실을 말이야. 후후."

"얼마 전?"

"그래. 유독 '나' 만 죽은 얼마 전! 가장 친절하고 자상한 '나' 만 죽이다니!"

"너무했어요, 진짜."

"정말 미웠다구요."

"하지만 사장님~! 힘내세요!"

우울해하는 그를 비서가 꼭 끌어안아 주었다. 위로해 주는 것이다.

신진권 사장은 혀를 내밀어 그녀의 귓등을 핥였다.

"그래. 모두가 발아래에 있는 것들인데 말이지. 크하하하!"

바르르 떠는 반응을 즐기며 여전히 태진의 머리를 반복적으로 때렸다.

'뭐, 뭐지? 이 미친놈은!'

자존광대하며 잘난 척이 어마어마했다. 일찍이 알고 있는 신진권은 대단한 카리스마를 발휘하던 이라, 쉽사리 매치가 되지 않았다.

게다가 중간마다 나오는.

"나의 이 뛰어난 머리로 다시 보니 엄청난 가능성이 있더군. 해서 얼른 따라 해 봤지. 특히, 위에 있는 '그'를 보면 신체 강화 능력이 최고인 거 같더라고."

'그'는 또 누구란 말인가.

"누굴 따라 했다는 거냐?"

"요거 봐라? 하등한 자식이 자꾸 나와 맞먹으려 드네?"

물음에 신진권 사장이 코웃음 쳤다.

"윽!"

강화된 완력으로 머리를 때리자 그 아찔함에 치가 떨릴 지경이다.

"그나저나 대체 륜은 어디 있냐? 포인트 벌기 쉽지 않구나. 반지 따위는 아닌 거 같은데."

피하려는 동선을 죄다 차단하며 때려 오는 지팡이였다. 당황스러운 것은 반지가 륜이라는 사실을 눈치채 놓고도 저리 떠든다는 사실.

"다이얀이 왜 아니라는 거냐?"

"명색이 '륜' 씩이나 되는데 내가 이렇게 쉽게 듣고 말할 리가 없잖느냐."

"……뭐?"

뜻밖의 말에 멍청하게 있다가 세차게 맞았다.

"아악!"

"거참, 이상하네. 몸을 봐서는 륜의 힘을 제대로 쓰는 거 같은데 막상 그 '격'이 느껴지지 않으니…… 원격으로 힘을 줄 수도 있었나?"

태진이 머리를 쥐고 고개를 숙이자 신진권 사장이 그제야 지팡이를 거두었다. 지팡이를 어깨에 걸친 그는 태진과 눈높이를 맞추었다.

"의자."

"네, 주인님~"

비서가 엎드렸다. 신진권은 가느다란 허리를 의자 삼아 앉았다.

"태진아, 1포인트 가지곤 내가 부족하거든. 우리 협상하는 게 어때? 네가 가진 겹륜을 내게 바치면 특별히 살려 주마."

시가를 꺼내 입에 물자 다른 비서가 불을 붙였다. 긴 흡연에 불이 쭉 빨려 들어갔다.

'이 자식!'

태진이 이를 악물었다.

이게 대체 뭐란 말인가. 공항에 들어서면서부터 지금에 이르기까지 모두가 엉망진창이고 걷잡을 수 없는 일들의 연속이었다. 게다가 하나같이 무시하는 꼴들이라니.

무력함에 화가 치밀었다. 알 수 없음에 짜증이 솟구쳤다. 자신의 목숨을 손바닥에 올리고 있다는 투의 오만함이 태진의 눈이 뒤집히게 하였다.

"개수작……."

"뭐? 웅얼거리지 말고 또박또박 얘기해 봐라, 이 얼간아."

신진권이 귀를 기울였다. 시가를 문 채로 귀에 손나팔을 하고 태진이에게 붙였다. 고개 숙인 채 부들부들 떨던 김태진은 살기충천한 눈을 번쩍 들었다.

"개수작 부리지 말라고!"

"뭐?"

가속!

꽉 쥔 주먹에서 작게 일렁이는 검은 안개. 시간이 달리 흐르기 시작했다.

그의 손끝이 신진권 사장의 목젖을 정확하게 노렸다. 반사적으로 신진권 사장이 물러서자.

"죽어!"

주먹이 급가속하여 턱을 올려쳤다. 앉아 있던 몸이 절로 일으켜질 정도의 힘!

"커읍!"

목이 꺾였다. 얄미운 그 입을 강제로 다물게 하고 물고 있는 시가가 토막 나 떨어졌다. 신진권 사장의 동공이 풀렸다. 놓친 지팡이가 굴러다녔다.

파이팅 포즈를 취하듯 주먹을 힘차게 위로 뻗은 태진.

발끝으로 서서 기둥 넘어가듯 뒤로 꺾인 신진권.

"까아악!"

"사장님! 괜찮으세요?"

"어머! 이를 어쩜 좋아!"

세 명의 비서가 당황하며 그를 뒤에서 받쳤다. 그사이 태진은 경직되어 위를 보았다.

강유나가 향한 곳. 공항에서 가장 격렬한 굉음이 퍼지는 그곳. 거대한 유리부터 바닥의 균열이 시작되는 시발점. 그곳에 신진권 사장이 혀를 내두르는 군림자가 있을 것이 분명했다.

저곳을 봐야 꼬인 이 상황을 풀 실마리가 발견될 성싶었다.

"직접 봐 주겠어."

회귀 전에는 경외의 대상, 회귀 후에는 모든 사태의 원흉인 그를 찾아가리라. 대체 어떻게 회귀를 했는지를 묻고 작금의 사태에 대해 철저하게 따져 볼 것이다.

태진이 그리 움직이려 할 때였다.

까드득!

치아가 부딪치며 갈리는 소리.

우두둑!

관절이 뒤틀리며 맞춰지는 소리가 들렸다.

'서…… 설마?'

올려친 태진의 주먹으로 무게가 실리기 시작했다.

"아, 나 이거 쪽팔려서…… 럭셔리한 내게서 감히 피를 봤겠다?"

스으으……

악물은 치아 사이로, 콧김 대신 뿜어져 나오는 연기와 함께 신진권이 무표정하게 태진을 내려 보았다.

"내가 아무래도 [상현]이 때문에 실수를 한 모양이야."

"뭐라고?"

"못 알아들어? 크큭…… 역시 하등한 놈이로군. 너 따위 것한테 협상씩이나 하고 대화를 시도했다니. 그래, 포인트건 룬이건 개새끼한테 무슨 말을 하고 요구를 하랴. 말 안 듣는 건 패고 보면 되는데 말이야."

그가 피로 붉어진 치아를 보였다.

이에 태진이 답하려는 순간.

불끈!

급속도로 팽창한 다리가 걷어차 왔다. 파공성과 함께 구두 끝에서 펑! 소리가 났다.

'위험!'

태진은 뒤로 도약하며 끝을 걷어 냈다. 여력만으로 몸이 수 미터를 날았다. 하지만 공격은 끝이 아니었다.

스팡–!

그가 체공하는 사이에 품밟기로 거리를 좁혀서는 곧은 발질을 한 것. 쭉 뻗어 오는 발길질이 예리한 창과도 같았다.

'미치겠다!'

몸을 빙글 돌려 피한 태진이 옆에 있던 나무 의자를 쥐었다.

그리고 급가속!

신진권 사장의 관자놀이를 향해 무섭게 의자가 날아들었다.

"오호."

신진권은 삽시간에 날아든 의자를 왼팔 상박으로 막았다. 대번에 태진의 능력을 파악한 그.

"가속이라? 그렇다면."

의자가 박살나는 찰나, 그가 발을 굴렀다.

쿵!

바닥을 울리는 거센 진각! 석호 때의 경험이 있던 터라 태진은 쉽사리 균형을 잡았다.

그러나 그것이 공격의 시작일 줄은 예상치 못했다.

쿵!

정직하게 뻗은 일로(一路).

신진권 사장의 일 권이 순식간에 당도했다. 빗겨 내려 했으나 너무도 단단하고 강맹하여 꿈쩍도 않는다.

하는 수 없이 좌측으로 피했다. 다시 가속하여 그가 공격하려는 찰나, 공격을 마친 신진권 사장의 발이 다시 땅을 굴렀다.

쿵!

발을 시점으로 허리가 꺾이고 몸체가 쏘아진 살처럼 순식간에 날아들었다.

올곧게 뻗어 오는 일권(一拳).

이번엔 피하지 않고 스치며 파고들었다. 그러자 장전하듯이 주먹을 당긴다!

뻗은 오른 주먹이 뒤로 당겨지더니만 그 반동으로 왼손이 준비된 탄환과도 같이 힘차게 쏘아져 나왔다.

그야말로 철권의 연속!

막는다는 생각은 들지 않았다. 저 주먹은 아프다, 어떻다가 아니다. 그냥 꿰뚫린다.

때릴 테면 때려라. 난 한 방만 치마!

단, 맞으면 죽는다!

그 의지가 온몸으로 느껴졌다.

'젠장!'

쿵!

꽉 잡힌 무게중심. 견고한 뿌리로 엄중하게 뻗어지는 일격에 절로 심장이 저릿했다. 후려치는 팔꿈치가 가히 철기둥 같으니 다가설 엄두도 나지 않는다.

'어쩌지?'

더 이상의 가속은 불가능했다. 태진은 극심하게 무리가 가는 가속 상태에서 바닥을 나뒹굴었다. 이를 본 신진권이 파라솔을 집어 들어서는 내려쳤다.

옷깃 간격으로 매섭게 폴대가 내려쳐오고 있었다.

엄청난 힘으로 무자비하게 휘둘렀다. 무한궤도를 그리며 연거푸 덮쳐 오매 구르고 구르던 태진은 벌떡 일어섰다.

그리고 달렸다.

"도망이냐!"

머리를 젖히기가 무섭게 파공성과 함께 날아든 봉이 기둥에 곧게 박혔다. 다급함에 가속이 풀리며 태진의 심장이 미친 듯이 쿵쾅거렸다.

"개는 되는 줄 알았더니 쥐새끼에 불과했구나! 크하하하하!"

호령처럼 울려 퍼지는 비웃음. 쫓아오는 신진권 사장을 본 그가 다시 가속했다.

'씨발-!'

대답지 않았다. 대신 격전의 가운데로 끊어진 길을 건너뛰어 위로 올라갔다.

자존심을 숙이고서라도 반드시 보아야 하는 것이 있었다.

사태의 원흉!

군림자의 정체를!

'허억……! 커헉!'

가속 상태에서의 질주는 바닥난 체력을 한계로 몰아붙였다.

발걸음이 무거워졌다.

흐려지는 시야 너머로 비현실적인 광경이 펼쳐졌다.

빈 허공. 그 공간을 가로지르는 인영들.

미소를 한가득 베어 문 여인이 있었다. 라운지 바깥, 공항의 외부에까지 날아갔다가 재차 바람을 몰고 날아든다. 바람의 정령과도 같이 반짝이는 파편들을 날리며 하강하는 그녀.

'강유나.'

주홍빛으로 코팅된 하얀 머리칼의 미녀가 긴 소방 호스를 채찍처럼 휘두른다. 탁자를 방패처럼 내세워 파편들을 막아 내더니만 벽을 박차고 뛰어올랐다. 강유나와 공중전을 벌이기까지 하는 그녀. 화려하고 폭발적인 아름다움이 강유나라면 그녀는 단아함과 단단함이 엿보였다. 여전사와도 같은 그 이미지를 태진은 알고 있었다.

'이블린!'

시야를 돌린다.

벌을 받듯 무릎 꿇고 양손을 번쩍 들고 '전 죽었어요~★' 푯말을 든 소년이 있었다. 주근깨가 있는 갈색 머리칼의 소년은 개구쟁이 같은 웃음을 짓고 있었다.

클라우드였다.

'포인트니 어쩌니 하더니만 저런 식으로 게임을 하는 건가?'

랭커들. 저들이 왜 여기에 같이 있는지도 몰랐다. 그러나 한 가지는 확실하게 알았다.

저들이 군림자는 아니라는 사실.

'나와라!'

다시 찾았다.

가속이 다했다. 체감되는 현실의 공기가 숨이 막히게 밀려왔다. 한 번에 몰아서 뛰는 심장을 억누르며 본 결과, 그는 두 명을 더 발견할 수 있었다.

비척비척. 취한 듯이 걷는 걸음으로 허허실실의 묘를 살리는 이. 체중을 실어 봉을 휘두르는 사내가 있다. 기다란 봉을 휘두를 때마다 주위 사물이 수류탄에 맞은 듯 파괴되었다. 빈틈 아닌 빈틈을 보이고 '진정한 공방이 이런 것이다.' 라는 듯 이상적인 무예를 보이는 그와, 그 공격 속에서 철탑처럼 버티고 서서 파죽지세로 밀어붙이는 괴인.

'찾았다……!'

백발을 휘날리는 그가 손을 움직일 때마다 사내가 바쁘게 손을 놀리고 있었다. 열세이기는 하지만 태진은 알 수 있었다. 저 사내의 수준이 자신보다 비슷하거나 그 이상이라는 사실을.

능히 달인이라 할 만한 무술가가 완벽하게 밀리고 있었다.

'저자다!'

박빙이 아닌 압도적인 위용이 딱 군림자다웠다. 섬세하기보다는 투박함이 더했지만 이로써 파생되는 광폭함에 오금이 저릴 지경.

패기(覇氣) 그 자체!

태진은 괴인을 눈에 담았다. 저들의 격전을 보고 새기려 했다. 그러나 기이하게도 낯익은 군림자의 얼굴을 '기억할 수' 가 없었다. 눈을 감았다가 떼면 그 순간 모호해지는 것이다.

하는 수 없이 눈과 코, 입으로 나누어서 보던 중, 방해꾼이 쫓아왔다.

"쥐새끼가 여기서 구경 중이군. 저 죽을지도 모르고 말이야."

어느새 신진권 사장이 당도한 것. 미녀 비서들과 더불어 요원들이 철저하게 퇴로를 차단했다.

'어쩐다……'

그 끈질김에 태진은 반지를 어루만졌다. 가속이 아닌 진정한 다이얀의 힘을 써야 하는가 고심하는 것이다.

하지만 버텨 보기로 했다. 가능한 한 미루고 미뤄도 늦지 않으니까.

그때였다.

- !

경보음이 울리더니만 일제히 모두가 멈추는 것이 아닌가.

"온다!"

다급하게 누군가가 소리쳤다.

"온다…… 온다……!"

눈앞의 요원들과 신진권 사장이 모두 앵무새처럼 같은 말을 읊조리기 시작했다. 불안하게 좌우를 두리번거리며 말했다.

[온다…… 온다…… 온다……!]

똑같은 단어가 다른 어조로 곳곳에서 맴돌았다.

[7구역…… 5구역 완파! 4구역 돌파! 3저지선…… 전멸!]

기계적인 음성이 울렸다. 공항 전체의 스피커로 전해지는 알 수 없는 소리.

[연구동 붕괴! 실험체들 폭주!]

[제어실 방호벽 파괴! new century 권한 해제!]

덜컥! 멈추었다. 지금까지의 격전이 장난이었다는 듯이 멈춘 사내와 강유나가 사색이 되었다.

[권한 강제 이양 중……!]

"그건 안 돼!!"

끈 끊어진 인형처럼, 영혼이 나가 버렸는지 강유나가 허공에서 떨어졌다.

"으으…… 이놈! [이상현!]"

사내는 괴음을 지르며 달려들었다. 강맹하게 휘두르는 봉이 공기 전체를 밀어내며 어마어마한 충격파를 일으켰다.

이에, 슬쩍 걸음을 내디딘 그가 거리를 압축하며 일장을 내려쳤다. 목적 잃은 봉이 바닥을 나뒹굴고 흉부 전체가 함몰된 사내가 피떡이 되어 널브러졌다.

어……? 하다 보니 어……! 하며 순식간에 정리된 상황.

감탄이 절로 나왔다. 굵직하고 강맹했다. 동작 하나하나가 군더더기가 없으며 확실한 것이다. 어찌나 인상에 남았는지 자신마저도 가슴이 먹먹할 지경이었다.

타타타탕-!

그때, 뒤에서 고막을 터트릴 듯한 총성이 울렸다. 태진의 몸이 들썩였다.

등이 아득하더니 가슴과 배로부터 무언가가 관통하고 지나갔다. 뒤따르는 핏줄기만큼 화끈함이 온몸을 휘저었다. 관성으로 흔들리는 몸, 터지는 살점!

"크으으윽!"

그랬다. 자신은 빗발치는 총격에 넝마처럼 몸이 꿰뚫리고 있는 것. 군림자를 구경하느라 정작 뒤를 보지 못한 자신의 최후였다.

'이, 이렇게 허무할 수가…….'

목은 물론 팔과 다리까지 너덜너덜해졌다. 살을 에는 통증은 나중에 몰려왔다. 처음은 그저 뜨겁고 아무 느낌도 없었다.

풀썩.

힘이 들어가지 않는 다리가 그대로 몸을 주저앉혔다. 누워서 보는 풍경은 모두 미쳐 돌아가고 있었다.

'가, 갑자기…… 왜……?'

경보음이 울렸을 그쯤이었으리라.

질서정연하던 요원들이 총을 난사했다. 서로가 서로에게. 가만히 정해진 자리에 있던 인질들에게. 살고자 도망치는 이들과 그들을 죽이고 자해하는 요원들까지.

'이렇게…… 이렇게 가면 안 되는데…….'

의식이 점차 멀어져만 갔다. 흐르는 피가 반지를 적셔 갔다. ……그리고.

— 정신 차려!

태진은 감았던 눈을 떴다.

삽시간에 눈에 들어오는 광경은 적막한 공항! 자신은 자전거 페달을 밟으며 어디론가 질주하고 있었다. 그리고 자전거를 세운 그의 눈앞으로 유령이 지나갔다.

반사적으로 뒤를 쫓으려던 태진은 곧 뇌리를 스치는 기억들에 기겁했다. 쫓아갔다가 마주하게 되는 이들과 결말까지의 장면들!

그것은 미래였다.

"으앗!"

소스라치게 놀란 그는 방향을 반대로 바꿔 버렸다.

한참을 멀어진 끝에 텅 빈 카페 의자에 앉아 머리를 세차게 흔들었다. 갑작스럽기는 했지만 그는 이와 같은 경험을 했었다.

'회귀!'

태진의 겁륜. 조금 전까지는 떠올릴 수 없었던 이름, [다이엘런]의 진정한 힘!

"시간 조율자!"

이로써 선택의 기로로 돌아온 것이었다.

"고마워, [다이엘란]!"

– 닥쳐!

반가움에 소리치는 그를 싸늘하게 외면하는 다이엘란이었다. 그러나 그 짧은 한 마디를 통해 태진은 많은 것을 느낄 수 있었다.

분노. 좌절. 탄식.

이전과는 다르게 세세한 감정까지 정확하게 느껴진다. 귀가 아닌 마음에서 마음으로 전해지는 것 같았다.

그는 쉽게 떠올릴 수 있었다.

"동화(同化)되기 시작했구나."

중간마다 빠진 톱니로 이해되지 않던 부분들이 정리됨을 느꼈다. '기억'은 있으나 불가해하고 알쏭달쏭하기만 했던 부분들이 주르르 풀렸다.

– 올라간 너의 격만큼 내 격이 낮아졌어!

그때 반지 낀 오른손이 멋대로 상처를 내 피를 흐르게 하였다. 통제를 벗어나 제멋대로 움직인 손은 상처를 늘렸고, 뚝뚝 떨어지던 핏방울들은 핏줄기가 되었다. 과도하게 흐르는 피가 작은 동이가 될 때쯤 끈적이는 피를 따라 검은 머리칼과 깊은 눈을 가진 다이엘란이 현현했다.

단, 처음과는 달랐다. 180cm를 넘던 키와 귀족적이며 고아하던 기색이 반감된 것이다. 무려 30cm가 줄어든 그녀의 눈

매와 얼굴은 날카로움이 귀여움으로 승화되어 있었다. 여중생과도 같은 느낌이어서 비껴 멘 도가 버겁게만 보였다.

– 젠장!

손톱으로 낸 작은 상처로 빈사 상태에 이른 태진의 머리가 핑 돌았다. 더불어 강한 갈증이 머리를 맴돌기 시작했다.

붉은 피. 따뜻한 피. 달콤한 피를 마시고 싶다.

"대체 왜……?"

황망히 중얼거리는 태진에게 잠시 사라졌던 다이엘란이 기절한 여자를 잡아 왔다. 보는 순간 흥분이 되며 입맛이 도는 것을 느낀다.

– 살고 싶으면 피를 빨아.

"뭐? 내가 흡혈귀라도 되는 줄 알아?"

– 어리석긴! 네 입으로 동화되었다고 해 놓고 잊었단 말이야!?

"아아……!"

– 그래. 나와 동화될수록 너는 인간에서 멀어진다. 즉, 너도 뱀파이어인 거지. 설마 내 정체까지 잊은 거냐?

움찔한 태진이 카페의 거울을 보았다.

창백하도록 하얗게 된 피부. 날카로운 어금니가 생겨 있었다.

"……뱀파이어 퀸이었지."

– 그건 기억하니 그나마 다행이네.

차갑게 말한 그녀가 기절한 여자를 바닥에 던졌다. 먹으려면 먹고 말라면 말라는 듯이.

태진은 갈등했다. 하지만 자존심상 무조건 시키는 대로 할 수는 없었다.

"설명해 줘. 도대체 이게 어떻게 된 건지!"

태진은 먹음직스러운 여자의 목을 힘겹게 외면했다.

– 륜으로서의 힘. 진정한 나의 힘을 쓸수록 너는 나와 동화된다. 그리고 동화율이 높아질수록 나의 격은 네 수준으로 낮아져.

평형상태를 위해 높은 곳의 물이 얕은 곳으로 흐르는 것과 같은 이치였다. 함께할 수 있는 두 영혼이 한 그릇에 있으니만큼 소통하면 할수록 서로의 특수성을 잃고 융합되는 것이다. 총량은 변치 않는다. 그 때문에 서로의 특수성을 살리고 힘을 배가시키기 위해서는 물의 높이인 격을 맞추고 양적 교류를 통해 합심하는 방향이 가장 좋았다.

그녀는 이를 최소 10년으로 보았다. 자신의 힘으로 태진의 육체를 new century와 소통시키며 조금씩 강화해 나간다. 퀘스트와 여정을 통해 성숙한 단계로 이끈다. 그리하면 단순한 더하기가 아닌 시너지 효과를 충분히 얻을 수 있었을 터다.

그렇게 심혈을 기울여서 준비했는데. 10년이라는 세월을 내다보며 나중으로 미룬 일이 준비되지 않은 지금 진행되어 버린 것이었다.

– 너 때문에 자격을 잃었어!

게다가 격을 잃으면 지식까지 제한된다.

우물 안에서의 풍경과 밖에서의 풍경이 같았다. 우물 안에서의 세상은 동그란 하늘일 뿐이고 이는 높낮이가 어떻건 간에 똑같게 된다.

반면, 우물 입구에 손끝이라도 걸치는 순간에는 이면의 지식과 지혜들을 엿보며 존재를 공고히 할 수 있는 기반이 된다. 자신의 이름에 가치가 생기는 분기점이기도 했다.

태진이 다이얀만 부르다가 다이엘란을 인식한 것과 마찬가지로 세상의 모든 신비는 격이 맞지 않으면 그 모습을 보이지 않는다. 더 나아가 신비라는 것 자체를 망각하게 한다.

만약 처음 계획대로 차근차근 격을 높일 수 있었다면 태진과 다이엘란은 자유로이 시간을 거스르며 적들을 농락할 수 있었으리라.

이제는 일장춘몽이 돼 버렸지만 말이다.

– 본래 내가 돌리고자 한 시간은 1시간이었지. 그런데 지금 시각을 봐 봐! 고작 20분만 돌아왔단 말이야. 나는 최소한 공항 입구. 최대로 네가 화장실에서 회귀자를 알았을 때로 돌아가려고 했어. 그런데 너 때문에 전부 어긋났다고.

"왜 전부 내 책임이라는 거냐?"

– 터무니없게 낮은 네 격! 더군다나 네 좌충우돌 막무가내식 행동 때문에 총 맞아서 죽었잖아! 그거 살리려고 다급히 시간을 역전시키다가 이 모양 이 꼴이 됐고!

가까운 거리에 시전자의 격보다 높은 능력자가 존재한다면 시간 역행은 실패할 수 있었다. 하지만 신진권이나 강유나의 본신이 있다면 모를까, 공항 그 어디에도 다이엘란보다 우월한 격의 소유자는 없었다.

그러니 실패의 원인은 오직 하나! 김태진의 낮은 격일 따름!

파트너의 수준이 너무 낮아서 뜻한 만큼 역행하지 못한 것이다.

'젠장! 내 격이 그렇게 낮았었나…….'

듣다 보니 참으로 할 말이 없었다. 쥐구멍에라도 들어가고 싶을 따름이다.

"그, 그렇다면 나를 진작 말렸어야지……."

– 뭐가 어쩌고 어째!?

"헉!"

사과한답시고 한 말이 외려 더 큰 화를 불렀다.

분노한 그녀가 도를 뽑아 들었다. 작아진 키에도 군더더기 없이 뽑은 그녀가 살기를 품었다. 하지만 계약자를 죽일 수는 없는 노릇.

– 멍청이! 머저리! 왜 이런 녀석이랑 계약해서!

그녀는 탁자를 두 쪽, 네 쪽, 여덟 쪽 내며 화를 쏟았다.

'젠장.'

입이 있어도 할 말이 없을 따름이었다. 그 실수가 돌이켜도 봉합할 수 없을 정도이니 어쩌겠는가.

태진은 얼굴이 벌게져서는 여자의 목을 물어 피를 빨아들였다. 이제부터 뱀파이어로서 정말 잘해 보겠다는 의지의 표명이었다.

"걱정하지 마. 까짓 격만 높이면 금방 해결되는 거잖아. 날 믿어! 책임질게!"

그러며 은근슬쩍 눈치를 보았다.

"그런데 회귀자는 누구였어? 군림자가 남자는 맞았지? 나는 자꾸 까먹어서……."

도무지 기억이 나지 않았다. 낮아진 격의 폐해를 실감하는 것,

— 너를 탓해 뭐하겠어. 그래, 사실 내가 너를 놓아둔 이유는 얼마든지 시간 역전의 틈을 노려 모든 것을 파악할 수 있었기 때문이야. 네가 모르고 들쑤신 것들을 나는 모두 파악할 수 있었으니까.

"그럼 다 봤다는 거지?"

— 그래. 실제로 나는 회귀자의 정체를 비롯한 모든 것을 알 수 있었었지.

말의 맺음이 이상했다.

"있었었다?"

— 그놈이라는 것이 뜻밖이긴 했지만. 대신 놈의 약점을 이용하면 우린 얼마든지 상황을 주도해 나갈 수 있었었다.

"대체 그가 누군데 그래?"

— 그런데……!

"그런데?"

다이엘란이 끝내 탄식했다.

— 모르겠다.

"어?"

— 너와 가까운 사람, 이라고만 기억날 뿐, 도저히 더 이상을 알아낼 수가 없단 말이야! 젠장! 아는데 모르겠어!

계산보다 낮아진 격 때문이다. 시간 역전이 실패한 여파. 덜 성장한 계약자, 김태진에게 격을 빼앗긴 이유였다. 그 원인을 지금까지 절절하게 들은 태진이 어찌 그녀를 책망하랴.

"괘, 괜찮아. 내가 가서 몰래 보고 올게."

자신 있었다. 동화된 만큼 자신의 신체가 더욱 강력해졌으니까. 비록 카이져가 아닌 뱀파이어의 힘이었지만 분명히 증가했다. 신경 가속뿐이 아니라 상대의 그림자를 타고 이동하고 어둠 속에 숨어드는 방법들도 몸에 각인되어 있었다. 이 힘이라면 조금 전처럼 허무하게 당하지는 않으리라.

– 이 병신!

그러나 그의 작은 여왕은 여전히 무시하고 책망했다.

– 우리는 아예 그를 인지할 수가 없단 말이야! 도대체 내 격을 그만큼 가져갔으면서도 넌 왜 그 모양인 거냐? 가서 똑똑히 보면서도 알 수가 없다고, 이 머저리야!

그녀의 폭언에 창백한 태진의 얼굴이 새빨갛게 달아올랐다.

"그럼 나보고 어쩌라고!"

동기화의 작용. 뱀파이어 퀸인 그녀와 갓 뱀파이어가 된 그의 종속적 관계.

다이엘란이 그를 죽이지 못하듯, 태진 역시도 다이엘란에 대해 무한한 미안함과 봉사의 마음이 강하게 자리 잡았다.

"펠마돈의 비서를 안겨 줄게. 그거면 격이 높아지는 거 맞지?"

– 그게 그렇게 쉽게 얻어지는 줄 알아?

재차 언성을 높이려던 그녀가 가만히 생각에 잠겼다.

사실 남은 방법은 없었다. 격이 낮아졌다는 것. 신비를 인식할 수 없다는 것은 아예 '자격 박탈'을 의미한다. 현재로서 급선무는 어떻게든 성장하고 어떻게든 본래의 격을 되찾아야 한다는 것이다.

이제는 구경이 아니라, 그녀도 치열하게 성장할 때임을 자각했다. 더불어, new century뿐만이 아닌 현실도 만만치 않다는 것을 인정했다.

심사숙고 끝에 그녀가 결단을 내렸다.

– 내가 검륜 중 최고의 자리를 차지하고 그분을 모실 수 있었던 이유는 어떤 전투에서도 '지지 않았기' 때문이야. 비록 전쟁에선 지더라도 전투에선 져 본 적이 없어. 바로 모든 패배의 순간을 전부 되돌렸기 때문이지.

그녀는 바닥에 꽂았던 검을 들어 양손에 나눠 쥐었다. 그러자 세로로 쭉 쪼개지더니만 두 개의 레이피어가 되었다.

– 내 경험상, 제아무리 뛰어난 이라고 해도 10초 회귀는 알지 못했어. 그리고 그 이상이라고 해도 다소 거리가 있다면 1분은 회귀해도 괜찮았었지.

나뉜 검의 비율만큼 태진이 끼고 있던 반지 역시도 두께가 절반으로 줄었다.

– 잊지 마, 전투 시에는 1~10초. 평시에는 1분이야. 그 선에서 자유롭게 능력을 사용해서 최대한 성장해. 격을 끌어 올리고 나중에 보자. 알겠어?

"그게 무슨 소리냐? 나중에 보다니?"

이별의 낱말에 태진이 그녀의 손목을 붙잡았다. 다이엘란은 그의 손을 털어 냈다. 분리된 반지가 그녀의 손가락에 끼워지자 그녀의 몸이 확실하게 현실에 자리 잡았다.

앞서 보았던 이블린처럼 검은빛을 두른 다이엘란은 주위를 두리번거렸다. 죽은 자를 찾아 그 몸을 차지하기 위함이었다.

- 펠마돈의 비서를 혼자 찾는 것보다는 둘이 찾는 게 좋지 않겠어? 나 역시도 따로 접속해서 성장할 거야. 5년 뒤에 성장한 만큼 만나서 힘을 합치면 되니까 너무 떨지 마. 그리고 아까처럼 설치다가 죽으면 그걸로 끝이니까 몸 사리고.

"……차라리 아예 시작점으로 다시 돌리는 건 어때? 처음부터 다시 시작하는 거야."

피식.

- 잃을 격조차 없게 되면 시간의 미아가 되어 소멸해. 그러니 무모한 짓은 하지 마. 너뿐만 아니라 나 역시도 더는 잃을 격이 없거든.

"……."

- 노파심에 말하는데 회귀한 만큼 시간을 보내기 전의 능력을 연속 사용하지 마. 중첩해서 사용할수록 이질감이 커질 테고 그러면 '그'가 간섭할 테니까. 능력이 깨지면 계약으로 묶인 우린 둘 다 끝이야.

"회귀한 군림자 말이지?"

그녀가 고개를 끄덕였다. 자격 없는 자의 이능은 더욱 높은 격에 도달한 자에게 간파되어 치명적인 약점을 드러내게 된다. 회귀 능력을 사용한다손 쳐도 역전되는 시간 속에서 상대가 버틴다면, 그 반작용으로 자신은 소멸할 우려까지 있었다.

다이엘란의 당부는 딱 하나였다. 약자의 입장임을 명심하고 주의하라는 것.

- 5년 뒤에 보자. 거듭 말하지만…… 조심해. 지금 우리처럼 격이 애매할 때가 가장 위험하거든. 대처할 수 있는 것도 아

니면서 어중간하게 엿볼 수는 있어서 적을 만들기 십상이니까. 격에 맞는 힘을 얻기까지는 보아도 못 본 척해야 한다는 거. 잊지 마!

때마침 곧 숨이 끊어지기 직전의 여자를 발견한 다이엘란은 작별의 말을 남긴 채 사라졌다.

⊠   ⊠   ⊠

한 몸처럼 있던 그녀가 떠난 이유일까. 격이 오른 까닭일까.

태진은 전보다 침착해진 것을 스스로 느낄 수 있었다. 한 수만 내다보던 것을 그다음 수까지 염두에 두게 된 것이다. 그 작은 차이로 조심성을 획득한 그는 천천히 상황에 대해 이해하고자 했다.

그 결과 깨달을 수 있었다.

'20분.'

문득 떠오른 시간.

20분 후 알 수 없는 방송에 이어 요원들이 폭주한다. 즉, 살기 위해서는 당장 도망쳐야 했다. 사건의 중심이건 무엇이건 간에 본래의 목표대로 동생을 찾아서 탈출해야만 하는 것.

그렇게 그가 다시 자전거를 찾을 때였다.

"태진아! 김태진이!"

태진을 부르는 익숙한 음성이 있었다. 벗어 든 와이셔츠는 물론, 러닝셔츠까지 땀에 흠뻑 젖은 그는 공영호 선생.

"선생님?"

"너 이 자식, 사람 고생시킬래?!"

정말로 어울리지 않는 인물의 등장이었다.

"그래도 살아 있으니 다행이다, 인석아!"

어리둥절한 그와는 달리 공영호는 기다렸다는 듯이 반응했다.

"이 위험한 곳엔 왜 와서 여러 사람 고생시키는 거냐? 어서 집에 가자! 네 부모님께서 난리이시다. 동생 찾으러 간 놈이 오히려 길을 잃으면 어쩌잔 거야?"

"그게 아니라……."

"어허! 현화는 이미 1층 생태정원에서 기다리고 있어. 엄한 데서 헛고생 말고 얼른 가자. 여긴 택시 훔치던 미친놈부터 테러 집단까지 온갖 놈들이 설치고 있으니까."

말하던 그는 거센 폭음이 일자 태진이와 함께 엎드렸다. 쓰레기들이 왕창 날아다니고 간헐적인 충격음만 들리자 슬그머니 고개를 들었다.

"세상이 어찌 돌아가는지, 원. 무슨 일이 더 일어날지 모르니 빨리 나가자."

확, 손을 잡아끄는 공영호. 타이밍 좋게 등장한 그의 안내에 태진은 우선 따르기로 했다. 딱히 선택지가 없었던 탓이다. 과거와 마찬가지로 진행했다가는 고래 싸움에 새우등이 터질 테니까.

폭발음을 피해서 돌아가는 공영호의 방향은 앞서 태진이가 선택했던 곳과는 정반대였다. 초식동물처럼 좌우를 연신 살피며 몸을 사린 결과 당도한 그곳에서는 그가 찾아 헤맸던 현화와 나영이 함께 있었다.

그리고 경호원, 한석호도 함께였다.

'저 새끼가 왜 여기 있는 거지?'

그냥 있는 게 아니었다. 머리를 벅벅 긁으며 웃는 모습이 벌써 친해진 것 같다.

서로서로 보며 반가워하는 마당에 오직 태진만 난처해했다. 그 모습을 보며 기꺼이 반기는 한석호. 태진은 그 웃음을 보는 내내 마음 한편이 서늘했다.

"오빠, 왜 이렇게 늦었어?"

'너 찾으려고 내가 무슨 일을 겪었는지 알기는 하는 거냐!'

다이엘란도 떠나가고 약자가 되어 버린 현실. 울컥하는 심정에 당장 소리치고 싶었지만, 옆에 있는 석호가 너무 부담됐다.

태진은 그냥 입을 꾹 다물었다.

"석호 아저씨랑 오빠랑 친하다면서?"

"당연하지. 인맥 없었으면 태진이 레벨이 그렇게 높았겠냐?"

"그런데 아저씨, 그거 내부규정 위반 아니에요?"

"그, 그렇긴 하다만…… 하하하! 태진이니까 이 형님이 힘 좀 쓴 거란다."

석호가 슬쩍 다가와 태진의 어깨를 퍽퍽 내려쳤다. 두드리는 것처럼 보이지만 숫제 돌로 찍는 듯한 공격이었다.

"야, 웃어라. 다 뒤지고 싶지 않으면 얼른 웃어."

뱀파이어의 힘까지 얻은 지금, 질 거라는 생각은 조금도 하지 않았다. 다만, 애꿎은 동생이 피해를 보는 것이 꺼려질 따름. 더군다나 다이엘란이 당부하지 않았던가.

숙이라고. 조심하라고 말이다.

'두고 보자, 이 돼지 새끼!'

석호의 협박에 태진이 구겨지던 인상을 폈다.

"석호 형이 많이 도와줬어. 고마워, 형."

"암! 착한 동생한테 그거 못 해 주겠어?"

뿌드득!

이 가는 소리가 섞였다. 상황이 이상하다는 것을 눈치챌 만도 했지만 나영과 현화는 물론, 공영호 선생까지도 태연자약했다. 아비규환의 공항에서 이들은 평화로운 일상의 시간을 보내는 것 같았다.

"그런데 기왕이면 나도 오빠라고 불러 주면 안 되겠냐?"

"에이, 아저씨 그건 도둑놈 심보래요."

"너무하다."

더군다나 처음 보는 사이임에도 수년은 알아온 사이처럼 농담도 주고받았다. 그 괴리감에 소름이 돋을 무렵.

"어? 저 아저씨는 누구지?"

뜬금없이 나영이 말했다.

처음 보는 남자가 바로 앞에 있었다. 무술관 도복 차림의 인물.

석호와 태진은 누가 먼저랄 것 없이 딱딱하게 굳었다. 거미줄에 걸린 하루살이처럼 심장까지 오그라드는 압박감이 엄습한 탓이다.

"[   ]이가 말한 이들이군."

뱀파이어의 감각을 뚫고 눈앞에 있는 남자. 세상 모든 것이 하잘것없다는 듯 바위처럼 딱딱하고 고목처럼 메마른 낯의 그는 검지로 석호를 가리켰다.

"잠깐 비켜 봐라."

"예!"

태진이 앞에서 군림하던 그가 장성을 만난 이등병처럼 우렁차게 대답했다. 우스꽝스럽기까지 했지만, 태진은 그의 심정을 이해했다.

자신과 같은 상태이리라. 사자를 마주한 생쥐의 기분!

절대적인 무력감과 공포였다. 탁월해진 감각이 호소했다.

가만히 있어라!

"하나, 둘, 셋, 넷."

그는 일행의 얼굴을 하나씩 보더니만 숫자를 헤아렸다.

"하나가 부족한데……."

태진을 보며 고개를 갸웃거리다 이내 손가락의 반지를 보더니 고개를 끄덕였다.

"집에들 가라. 부모님 걱정하신다."

그 말을 끝으로 그는 휘적휘적 걸어 순식간에 멀어졌다.

심장마저 오그라드는 심정.

"후우―!"

태진과 석호는 동시에 한숨을 푹 내쉬었다. 이윽고 서로 보는데 적대감이 사라진 상태였다. 알 수 없는 이의 등장으로 힘이 쭉 빠진 탈력감이 심신을 노곤하게 한 것이다.

떠올리는 것만으로도 몸서리쳐지는 그에 비하면, 서로에 대한 불만은 유치하게까지 느껴졌다.

"오빠! 뭐해요?"

"얼른 와!"

그런 그를 나영과 현화가 불렀다. 공영호 선생 역시 저만치 걷고 있는 상황. 분명히 공항 상황이 어떻건 석호와 함께 재잘 재잘 얘기하던 이들이 이제는 집으로 가는 걸음을 망설임 없이 내딛고 있었다.

"허무하군. 건방진 자식아, 우리 일은 나중에 해결하자."

석호는 고개를 휘휘 젓고는 가 버렸다.

태진 역시 헛헛한 심정으로 출구로 향했다. 기다리던 일행이 오히려 그를 핀잔했다.

"조금만 더 가서 쉬자. 동생들도 걷는데 오빠가 돼서 자꾸 쉬면 어떻게 하냐?"

"쉰 것이 아니라, 잠깐만요. 선생님. 아까 귀신…… 흠! 그 분 생각 안 나세요? 집에 가라고 하셨던 그분이요."

투박하게 말하면서도 많이 지쳤나 싶어 부축하려는 공영호 선생. 그는 외려 태진의 건강을 걱정했다.

"우리끼리밖에 없었는데, 무슨 말을 하는 거냐?"

태진이는 두려움과 답답함으로 마음이 급해졌다. 알고 있던 과거가 뒤죽박죽된 것도 환장할 지경인데 이젠 귀신까지 대낮부터 출몰한다니!

"현화는? 나영아, 너도 보지 못했어?"

"방금? 못 봤는데?"

"제가 말했다고요? 이상하다…… 그런 적 없는데."

"에이. 안 그래도 상황 무서운데 귀신 얘기하려는 거야? 그 러지 마~"

'아무도 못 봤다고? 그럼, 그 사람은 뭐였지?'

이를 들은 태진이 더 공포에 빠졌다. 어마어마한 존재감을 남긴 알 수 없는 존재!

모골이 송연해진 그는 자꾸만 뒤를 보았다. 그때 애매한 것이 가장 위험하다는 다이엘란의 말과 더불어 당부가 귓가를 맴돌았다.

– 보아도 못 본 척해야 한다는 거. 잊지 마!

어설프게 경계에 걸치면, 자격이 어중간하면 다른 존재를 볼수 있다고 경고했던 다이엘란. 그렇다면 자신이 본 것은 정말로 귀신이라는 뜻이 된다.

'으의!'

그는 빨리 돌아가 new century에 접속하고 싶어졌다. 어서 펠마돈의 비서를 얻어 이렇게 쫓기는 처지에서 벗어나고 싶어졌다. 회귀 당시와도 같이, 세상의 주인공으로서 시간을 자유로이 거스른다는 포부를 가득 안고 싶어졌다.

그러기 위해서는 반드시 얻어야 했다. 훗날의 목표는 물론 지금의 생존을 위해 반드시!

'빨리 성장해야 해.'

전부가 뒤바뀐 상황이지만, 익숙한 그 세계만이 태진에게는 유일한 기회의 땅이며 탈출구였다.

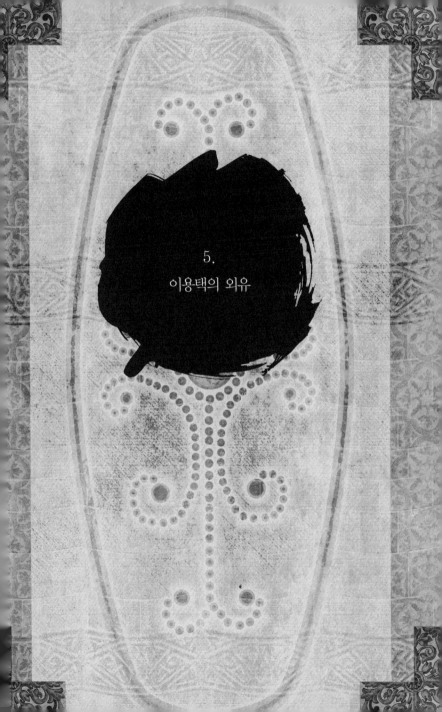

5.
이용택의 외유

- ♬~ ♪~ ♩~

이용택의 집에 전화벨이 울린 것은 오후의 일이었다.

딸깍!

"네. 전화 받았습니다. ……아! 상현 오빠! 무슨 일이에요? ……아빠요? 잠깐만요~ 아빠아~! 아빠~!"

"왜 그렇게 난리 법석이냐. 좀 얌전하게 행동치 않고."

"아이, 참! 다 들리게 그러지 말고, 빨리 받아 봐요. 오빠 전화예요."

사랑스러운 딸의 호들갑에 이용택의 입가로 살짝 미소가 그려졌다. 옆에 벼락이 떨어져도 꿈쩍 않을 그의 심정에 훈훈한 바람을 불어넣는 이는 역시 가족이었다.

"상현이가? 음. 조금 전에 랭킹 1위 자리를 탈환했더니 바로 연락이 온 건가?"

"어머~ 여보. 그럼 보너스인가요? 참~ 우리 상현 군은 씀 씀이도 크다니까~!"

"헤헷~!"

상현의 칭찬에 한나가 자랑스러워했다. 이를 가만히 볼 혜란 이 아니었다.

"아니, 얘가. 왜 네가 그렇게 좋아하니?"

"무, 무슨! 전 그런 적 없거든요? 아무것도 아녜요. 흥!"

엄마는 다 안다는 듯한 웃음이 그려졌다. 그 모습에 더 볼이 달아오르는 한나였다.

두 모녀를 보던 이용택은 전화를 받아 들었다.

"그래, 무슨 일이냐?"

– 관장님, 지금 공항에서 일어나는 일을 알고 계십니까?

"공항? 금시초문이다만."

곧 자신이 하게 된 그림자놀이와 공항에서 일어나고 있는 정 황에 대해 상현이 이야기했다. 들으며 TV를 틀어 보니 과연, 황당한 사건이 보도되고 있었다.

"그래. 하면, 내가 해 줬으면 하는 일은 뭐냐?"

– 다섯 명을 구해 주시고 강유나와 신진권, 그리고 제 아바 타를 파괴해 주셨으면 합니다.

"네 것까지?"

– 예.

총에 대해서는 쓰린 기억이 있는 이용택이었다. 물론, 숨법 을 개량하며 완전히 극복한 상태지만, 그 혼란의 와중에 이상현 이 가세하면 만만치 않은 일이 된다. 그 어려움이 그의 심장을 뛰게 했다.

하지만 호승심은 금방 식었다.

이상현의 본체라면 자신과 동등한 경지일 터. 하지만 분신체에 불과한 아바타라면 고려 대상이 되지 않는 탓이다. 이건 소일거리에 지나지 않았다.

'뭐, 재미는 있겠지.'

초능력자가 모여 있다니 나름대로 흥미는 줄 수 있으리라.

"그러마."

– 번거롭게 하여 죄송합니다.

"아니다."

상현의 상황을 이해한 이용택은 전화를 끊고 나갈 채비를 했다.

"공항에 나가세요?"

"상현이가 구출해 달라는 이들이 있어서, 잠시 다녀오리다."

"아빠! 저도 같이 가요."

근래 부쩍 성장하고 있는 한나의 부탁을 이용택은 간단히 무너뜨렸다.

"대련해서 옷깃이나마 스치면 허락하마."

딸의 귀여운 주먹이 공기를 터뜨렸다. 이용택은 한 손을 내려 한나의 주먹은 물론 기세까지 완전히 짓눌렀다. 변화수로 어떻게든 옷깃이나마 만지려 했지만 열 번 내질러도 단 한 수에 와해하니 어찌할쏜가.

통할 리가 없는 격이 다른 강함이다.

"너무해요!"

심통이 잔뜩 난 한나가 고개를 홱 돌렸다. 이용택은 그런 딸의 머리를 쓰다듬어 주었다.

※　　　※　　　※

제법 막히던 교통이 공항 부근에 오자 시원스레 뚫렸다. 가속 페달을 넉넉히 밟아 공항에 도착한 이용택. 그는 도로에서 나뒹구는 택시의 문짝을 구석에 던지고 숨이 넘어가려는 택시 기사의 기혈을 바로잡았다.

그리고 상현의 부탁을 들어주고자 몸을 돌렸을 때였다.

"허! 이런 외기법이라니!"

먼 곳의 기운이 확 모이더니 삽시간에 공명했다. 맥동하는 대기로부터 대자연의 기운이 역행을 시작한 것이다.

시계(視界)가 일그러지며 저만치부터 사물이 역전됨을 느낄 수 있었다. 살의는 없으나 결단코 자연스럽지 않은 거대한 움직임.

놓아두어도 해를 끼치지 않을 것임을 직감했다. 그러나 지금의 이 현상은 순리가 아닌 일일뿐더러 어떤 존재의 농간이 분명하리라.

'은밀하구나.'

공항의 일을 모르고 집에 있었다면, 이런 역행이 일어나는지 감지하지 못했을 것이다. 그만큼 중심부의 변화가 외부에 녹아들며 순리로 변하는 모습이 정교했다.

그러나 목도한 이상 쉬이 넘길 수는 없는 노릇!

어떤 존재가 이런 술수를 썼는지는 알 수 없었다. 그러나 명백한 의도는 느껴졌다.

"요사한 술수로다."

그의 성정상 무언가에 휘둘린다는 것은 용납할 수 없는 일.

마침 잘되었다. 개량된 숨법을 사용하리라.

숨을 고르고 몸을 이완시켰다. 백회부터 용천에 이르기까지 열린 혈을 통해 정체된 기가 오가며 만물의 흐름에 숨을 일치시켰다. 이윽고 그가 새로이 깨달은 운용결로 이를 육신에 가두었다.

허(虛)에서 공(空)을 빚어내고 그 끝에 신(神)을 영속시킨다. 그가 알고 있는 모든 육체의 요결을 집약시킨 최상의 호신지기가 첫선을 보였다.

"唵!"

미세 혈관은 물론 세포 하나하나에까지 완벽한 평형상태를 이룬 절대적인 기의 막. 스스로 일컬어 금강신(金剛身)이라 자부한 육체가 덮쳐 오는 파도를 마주했다.

좌우로 사물이 밀려 나갔다. 타고 온 차량이 절로 되돌아갔다. 흐르는 바람부터 구름에 이르기까지 모두가 역전되어 가는 상황 속에서 이용택의 몸도 서서히 밀려 나갔다.

쿵…… 쿵…… 쿵……!

세 걸음을 밀리며 자존심까지 밀리는 것 같았다.

눈살을 찌푸린 그가 강하게 일 보를 내디뎠다.

그 순간, 역전되던 시간에 균열이 일었다.

- !

오로지 그만이 들을 수 있는 거센 폭발음!

젖혀지던 몸이 확 당겨지며 엄청난 시차가 뇌리를 뒤흔들었다. 무표정한 그의 미간이 일그러진다.

흠뻑 땀에 젖은 그의 족적.

두 걸음이나 밀려 있었다. 나름의 준비하고 애를 썼건만 이렇게 된 것이다.

'아직…… 부족하군.'

입가로 메마른 미소가 그려졌다. 만족한 상태가 어렵지 부족한 것은 외려 쉬우니까.

"부족함은 채우면 될 일."

이상현만이 적수인 줄 알았다. 그런데 이토록 놀라운 술수를 보이는 존재가 또 있을 줄이야.

아직 오를 산이 높기만 하다는 사실이 그를 자극했다.

그는 휘적휘적 공항으로 나아갔다.

카메라 장비들과 벽처럼 서 있는 사람들 사이를 보던 그가 훌쩍 도약해서는 저들의 어깨를 사뿐히 밟고 벽을 넘어갔다.

"오늘따라 유난히 바쁘네, 이거."

바람처럼, 가랑잎처럼 유유히 나아가는 그의 앞을 쏜살같이 막아서는 이가 있었다. 선글라스 사이로 날카롭게 웃는 나경호. 바닥을 힘차게 박찬 그가 3m를 도약한 것이다.

'딸애만도 못하군.'

실력도 없는 녀석이 허영과 자만까지 깃들었다. 상대할 가치가 없는 바.

이용택의 몸이 희끗희끗해졌다.

"어?"

움켜쥐려는 찰나, 경호는 얼굴을 짓누르는 발의 촉감을 만끽했다. 분명히 손에 잡혀야 하는 위치에서 족히 30cm는 더 위에 자리한 것.

기이한 일은 그것만이 아니었다.

'몸에 힘이 안 들어간다?'

그의 발이 꾸욱 누르는 순간 천근의 무게로 몸이 추락했다. 몸을 돌리는 것은 물론 낙법조차도 불가능하게 딱딱해진 몸이 그대로 땅에 부딪혔다.

"꺼으윽!"

척추부터 제대로 곤두박질친 경호. 내장이 들썩이고 뇌가 사정없이 흔들렸다. 뼈마디에서 으적 소리가 나는 것이 전신에 골고루 퍼진 충격을 말해 준다.

"으으...... 아으......!"

간신히 주사를 꺼내지만, 플라스틱 조각만 집힐 뿐이었다. 품속에서 산산이 부서진 것. 깨진 선글라스 사이로 바들바들 떨고 있는 자신의 손이 보였다.

손톱에 이르기까지 조각조각 균열이 나 있었다. 단순한 밟기에 어마어마한 공력이 담겼음을 그제야 깨달았다.

덜덜 떠는 시야로 멀어지는 그가 보였다.

휴대폰을 꺼내 보고하려던 경호는 조각조각 부서진 것을 확인하고는 몸에 힘을 뺐다.

천만다행으로 부서진 앰플이 가슴부터 적시고 있었다.

가볍게 정문을 통과한 이용택의 걸음을 두 번째로 막는 이가 있었다. 불그스름한 빛이 감도는 사내와 무색 막을 두른 학생.

상현에게 들은 인상착의로 보건대 이계원과 양혁수로 짐작됐다.

"내놔! 이 도둑놈아!"

"왜, 영웅 놀이라도 하고 싶어? 다 구해 봐, 구해 보라고!"

계원이 손을 휘저을 때마다 사람들이 달려들었다. 인형술사가 꼭두각시 인형을 다루듯 동공이 텅 빈 사람들이 맹목적으로 달려들었다.

양혁수는 그들이 곤두박질치고 상처 입으려는 것을 몸을 날려 구했다. 그러며 틈틈이 아무거나라도 던졌지만, 무색의 막을 뚫지는 못했다.

"난 손가락만 움직이면 되지만 넌 언제까지 개구리처럼 뛸 수 있을 거 같냐?"

"개자식!"

"그래~ 넌 개새끼한테 발리는 얼간이고."

한 차례 비웃은 계원이 이용택에게 손짓했다. 실처럼 가는 기운이 이용택의 관자놀이를 두드렸다.

"꼰대, 빨랑 안 움직여?"

다른 인형들처럼 지시하는 그 소리에, 그가 다가가 물었다.

"양혁수."

붕대를 칭칭 감은 혁수가 그를 보고.

"이계원."

부적을 꼭 쥐고 있는 계원이 경계한다.

"맞군."

이용택은 그들이 각자 말하려는 찰나, 무색 막에 손을 얹었다.

쩡!

마주한 그의 손이 한 차례 떨리는가 싶더니 막이 갈가리 찢어졌다.

"으악!"

삽시간에 불타 버리는 부적!

"너 뭐야? 네가 뭔데 이걸 없애! 뒤져! 이 꼰대 새끼야!"

계원이 양손을 이용택에게 겨눴다. 양혁수에게 붙어 있던 의식 잃은 사람들이 이용택에게 몸을 날렸다. 이에, 그는 손을 들었다가 지그시 내렸다.

"컥!"

"끄윽!"

천장이 내려앉음일까, 하늘이 무너졌음일까.

투명한 거인의 손이 저들을 찍어 누르듯 납작 엎드렸다. 그 모습에 계원이 뒤돌아 도망하려 하자 이용택은 계원의 손과 팔을 검지로 그었다. 이어 손목을 움켜쥐었다가 풀어 주었다.

오목하게 들어간 손목에 이어 두 팔이 축 늘어졌다.

"으으…… 으아아아악!"

내려다보며 미친 듯이 소리 지르는 계원을 툭 쳐서 기절시킨 그가 양혁수에게 손짓했다.

"예? 저요?"

"근맥을 끊고 뼈까지 으스러뜨렸으니 더 이상은 수작 부리지 못할 거다."

날뛰지 못할 테니 안심하고 데려가라는 의미. 하지만 양혁수가 공포에 질린 것은 이용택의 잔인한 수법 탓이었다. 두려워 차마 대답조차 하지 못했다.

멀뚱히 선 그것을 어떻게 생각한 걸까.

이용택은 기절한 계원의 팔목을 접어 버렸다. 어깨관절을 빼놓기까지 했다.

"아직도 불안한가?"

'그게 아닙니다!'

더 가만히 있으면 사람 하나가 조막만 하게 압축될지도 몰랐다. 계원이 밉기는 하지만 저 정도로까지 밉지는 않은바.

"아닙니다!"

양혁수가 황급히 우렁차게 대답했다.

"그럼, 서두르게."

갓 입대한 군인처럼 빠릿빠릿하게 움직였다. 덜덜 다리를 떠는 모양새가 사내답지 못하기는 했지만, 별수 없다.

'하나는 해결했고.'

이용택이 고개를 끄덕이고는 휘적휘적 걸어갔다. 구출 대상인 김태진을 찾는 것. 한 줄기 호흡으로 외부와 공명. 독수리 같은 눈으로 공항을 꿰뚫고 충만한 기의 흐름으로 인파 속, 김태진 남매를 찾았다.

공항 입구에서 보았듯, 이질적으로 비틀린 이와 함께 있었다. 상현이의 말대로라면 몬스터 플레이를 통해 변형된 인간이다.

들끓고 짧으며 급한 호흡이 동물의 것임이요, 석호라는 자의 기세였다. 의외인 것은 함께 있는 녀석이었다.

'제법 조화로운데.'

변형되었다기보다는 융합되었다는 표현이 옳을 것이다. 인간이되 인간이 아닌 것과 절묘하게 섞여 있었다. 차가운 가운데 뜨거움이 있으며 실체가 감춰진 안개와도 같은 기의 흐름이었다.

new century에서 사냥해 본 흡혈귀와 매우 닮아 있었다.

"[상현]이가 말한 이들이군."

현실에서 본 이형적인 존재의 정체는 바로 김태진. 과연 상현이 주목할 만한 묘한 모습이었다.

이용택은 가까이서 둘을 비교했다.

경지는?

거론의 여지도 없다. 투로를 읽기는커녕 감지조차 못할 만큼 허접했다.

감각은?

약자로서의 기본은 되었다. 범 무서운 줄 모르는 하룻강아지는 아니었으니까. 살려 달라고 꼬리를 만 것이 죽을 자리는 스스로 고를 정도는 되었다.

훑어보며 단련의 정도, 기술의 척도, 호흡의 깊이까지 낱낱이 파악되었다. 그러노라니 다시금 눈길이 가는 이는 역시나 김태진이었다.

석호가 단순 회로라면 김태진은 복합 회로의 차이를 보였다.

"잠깐 비켜 봐라."

"예!"

석호를 치우고 태진을 더욱 깊숙이 읽었다. 진심으로 인정한 사내, 이상현의 친구라는 사실이 관심을 두게 하는지도 몰랐다.

그러나 심장마저 멎으려 드는 김태진. 심장마저 멈출 듯 두려움에 바싹 질린 그의 모습에 그는 상현과의 비교를 그만두었다. 친구라는 말이 터무니없을 만큼 진실로 격이 떨어졌다.

"하나, 둘, 셋, 넷."

구경은 끝났다. 이용택은 구해야 할 이들. 그리고 김태진의 륜까지 헤아렸다.

"하나가 부족한데……."

부족한 반지의 기운. 달라진 김태진의 육체와 기운의 흐름.

자신의 친구가 륜의 계약자라는 상현의 설명과 달리 그가 반 흡혈귀인 이유는 공항에서 융합하는 일을 겪은 탓이리라.

어찌 됐건 살아 있는 것은 확실했다. 이제 남은 일이 정말로 즐거운 일이다.

"집에들 가라. 부모님 걱정하신다."

저들을 내보내고 이용택은 흥미로운 아바타들. 초능력자들의 싸움을 경험하고자 스카이라운지로 시선을 돌렸다.

준비해 둔 무대라고 했다. 부쉬 달라 부탁한 아바타들이라고 한다. 그렇다면 작정하고 힘을 쏟아 봐도 되리라. 미적지근했

던 이상현과의 대결도 간접적이나마 제대로 할 수 있을 것이
다.

"아주 좋아."

메마른 그의 미소에 생기가 머문 그날.

공항이 무너졌다.

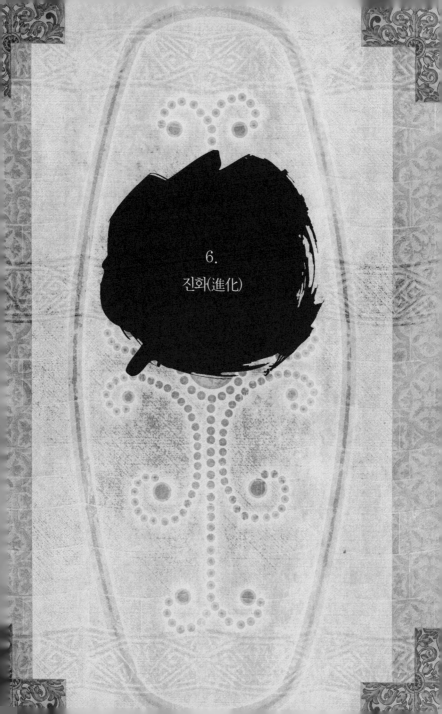

6.
진화(進化)

　쾅쾅! 울려 대던 소음이 정적으로 느껴질 만큼 포탄이 빗발 쳤다. 어마어마한 파공성과 더불어 가공할 폭발이 주위 모든 것을 날려 버렸다. 호화롭고 고풍스럽기만 하던 저택이 단숨에 전투 요새로 돌변하리라 누가 감히 상상이라도 했겠는가.

　그러나 그 비현실적인 상황 속에서 단연 압도적인 것은 '나' 였다.

　'비극적이게도.'

　지혜의 극한에 도달했을 때 나는 두 가지의 스킬을 엮어 막처럼 둘렀다.

　그 때문에 엄청난 공세라 할지라도 이는 막 너머의 파국일 뿐, 나의 피해는 전혀 없다. 마치 터널식 거대 수족관을 지나는 양, 사방이 불길과 파편으로 즐비할지라도 나를 기점으로 꽝꽝 얼어 버렸다.

'마력을 찾아야 한다.'

두 눈이 멀어 버릴 것 같았다. 두 눈을 감은 나는, 보고 기억한 방향을 토대로 몸을 움직였다.

꽝!

바닥에 착지하기가 무섭게 발뒤축에 힘을 줬다. 콘크리트가 살얼음판처럼 깨져 나가며 육신이 폭주하는 기관차와도 같이 달려 나갔다.

"쏴! 모조리 퍼부어!"

"말도 안 돼! 탄과 파편이 벽처럼 얼어붙었어!"

잠시 잠깐 눈을 떴다 감는다. 가로막으며 거치적거리는 것을 향해 손을 뻗노라니 벽과도 같이 환혼력이 뻗어 나갔다. 손과 손의 잔영 사이로 육신이 얼어붙고 유리처럼 경질됐다.

그 약해 빠진 것들을 걷어차며 밀쳐 냈다.

"화염 방사기를 당장…… 이, 이럴 수가!"

"부, 불이 얼어 버렸다……."

망연자실한 탄식에 이은 절규.

"온다!"

"으아아악!"

쨍!

사람이었던 것들이 깨졌다. 녹으며 화르륵 꺼져 버리는 불길을 뒤로한 채 나는 좌측 벽을 후려쳤다. 닿으며 얼어붙고 밀침과 동시에 출렁였다. 유리는 물론 벽면 전체가 깡그리 얼어붙으며 포말과도 같이 흩날렸다.

에일락 반테스의 극한에 달한 힘의 운용 덕에 가능한 이적이다. 강철처럼 단단한 얼음부터 닿는 순간 부서지는 살얼음까지 조절할 수 있었다.

경계 안에 든다면, 나는 모든 것을 내 의지하에 얼릴 수 있다.

'타깃을 찾는다.'

마력의 흐름을 떠올렸다.

그때, 도움을 주려는 걸까.

엄청난 양의 마력이 번개처럼 1km 건너편의 건물로 내리꽂히는 것이 보였다. 향상된 시력이 장엄하면서도 높은 곳. 성당을 연상케 하는 스테인드글라스로 장식된 건물임을 알려 주었다.

과거 캡슐 방에서 송출된 마력이 연상됐다.

그렇다면 전국에서 송출되는 마력들의 종착지가 저곳일까?

그때였다.

-!

둔중한 울림에 이어 날아든 무언가가 굴절되어 저택에 작렬했다.

내려 보니 부서진 분수대 뒤로 대공포가 자리하고 있었다. 연거푸 각처에서 날아든 포탄들이 저택을 초토화했다.

허나, 정작 중요한 나를 비껴 갈 따름이니 저들은 입을 떡 벌리고 있을 뿐.

'잔챙이들.'

저택 곳곳에서 요원들이 개미처럼 쏟아져 나오고 있는 상황.

복제품에 얼마든지 만들어 낼 수 있는 물건들은 상대할 가치가 없었다. 나는 내가 거하던 저택에서 뛰쳐나와 대공포의 포신을 밟고 도약했다.

인간으로서는 불가능한 높이와 속도.

허물어지는 저택을 뒤로 한 채 질주하노라니 사이렌이 귓전을 울렸다.

– 7구역 붕괴! 5구역 완파!

무시하며 직선상으로 경로를 잡았다. 도중에 호수를 낀 정원이 있기는 하지만 돌아갈 여유 따위는 지금은 무가치할 뿐.

방향을 잡았다. 지금 필요한 것은 오직 속도!

팽팽하게 당겨진 근육이 용수철처럼 튀어 오르며 육체를 날려 보냈다.

쿵!

나아가며 그대로 부딪치자 전면부의 벽이 몸의 크기만큼 떨어져 나갔다. 전처럼 가루로 만드는 것이 아니라 그대로 몸으로 부딪치며 나아간 것이다.

– 4구역 돌파!

방독면을 쓴 요원들이 바리케이드 너머에서 무언가를 쏘고 내던졌다. 번쩍이는 섬광과 퍼져 나가는 이물감에 본능적인 거부감이 든 나는 작정하여 손을 움직였다.

관통하는 냉기의 108수를 좌편, 우편 정면에 모조리 퍼부었다.

쩌적! 쩡–!

비명마저 얼어붙은 속에서 지직거리는 소음이 들렸다. 얼음 동상들의 반향이 내달리는 내 뒷등으로 메시지를 힘겹게 전달했다.

— 3저지선…… 전멸!

그쯤 따뜻한 온기가 다가왔다. 안개처럼 일렁이는 환혼력을
뚫고 온 이는 월향. 이글거리는 불꽃을 두른 그녀는 곳곳에 피
칠을 하고 옷이라고 부르기에 민망할 정도로 찢긴 천을 두른 상
태였다.

하지만 저 정도라는 것이 외려 대단했다. 내 뒤를 따라왔으
니까.

가공할 폭격 속에서 고작 찰과상만 입었을 따름이기에 그렇
다. 나는 상의를 벗어 걸쳐 주었다.

"이상현 님, 꼭 보여 드리고 싶은 곳이 있습니다."

"지금?"

"예."

"그곳이 어디지?"

"제가 만들어진 곳입니다."

다분히 인간적인 감정의 발로일까.

"복수해 달라는 건가?"

그녀가 그렇다 답해도 충분히 이해할 수 있다.

물론, 이해만 하고 내 갈 길을 갔을 테지만.

복수가 그녀에게 '급한 일'이라면 신진권 사장과 강유나의
본체를 치는 일은 나에게 있어 '중요한 일'이다. 급한 일에 휘
둘려 중요한 일을 망각하면 돌이킬 수 없는 실패에 당면하게 됨
을 잘 아는 까닭이다.

"아닙니다."

하지만 그녀의 대답은 달랐다.

"신진권이 모으고 재구성한 유적을 상현 님이 보셨으면 해서입니다. 확인하시고 그가 취하지 못하도록 없애셨으면 합니다."

"유적?"

"신진권이 이상현 님을 능가하기 위해 세계에서 모은 모든 비전이 그곳에 있습니다. 자료화할 수 없는 불가해한 흔적들을 중점으로 조사했고, 그는 벽을 도려내고 땅거죽을 그대로 들어내며 옮겨 왔습니다. 세계에서는 사라진 유일한 비전들이 그곳에 집대성되어 있습니다."

현존하는 일반적인 무술들의 정점이 신진권 사장이라면 비전을 포함한 가능성의 정점이 이용택 관장일 것이다. 만약 신진권 사장이 그와 같은 무력을 갖게 된다면 심각한 상황에 직면하게 될 터.

그녀의 직언은 중요한 일이었다.

'놈이 성장하게 놔둘 순 없지.'

싹은 뿌리까지 뽑아야 하는 바.

"방향이 어디냐?"

"제가 안내하겠습니다."

"아니."

제아무리 뛰어나다 해도 나와 같은 능력이 없다면 폭격으로 고깃덩이가 될 것이 분명하다. 옷깃을 여미며 일어서는 그녀를 나는 안아 들었다. 안내받고 하는 시간 소모 없이 정확하게 단숨에 가기 위함이었다.

월향이 아무리 키가 크고 강하다고 해도 전사의 육체를 가진 나에게 비하면 여리기만 할 뿐. 단지 걱정되는 것은 환혼력을 그녀가 버틸 수 있느냐는 것이었다.

아나나 다를까.

제아무리 약하게 운용해도 '얼리는' 것임을 어찌할 수는 없기에 월향의 몸이 순식간에 창백해지고 있었다. 그녀 나름대로 카임의 황금 정수를 이용해 버티려고 했는지 불꽃이 일렁였지만 환혼력에는 역부족인 듯하다.

'품 안에서 얼려 죽이겠구나.'

환혼력을 운용하는 상태에서는 모든 것을 조심해야 함을 실감한 내가 그녀를 내려놓으려 할 때였다.

그때, 나로서는 이해할 수 없는 기이한 일이 벌어졌다. 놀랍게도 월향이 드러난 피부로, 나아가 온몸으로 환혼력을 흡수하기 시작한 것이다. 강유나가 마력을 빨아들이는 것과 비견되리만큼 환혼력을 흡수하는 그녀의 안색이 점차 평온을 찾아갔다.

마치 태극의 문양처럼 회전하는 불과 환혼력이 위와 아래로 분리되어 일렁였다. 내 것과는 다른 형태의 발현. 미약하기는 했지만, 현실에서도 마력을 조절할 수 있을 줄은 상상도 못 했다.

"유적 일부를 깨달았습니다."

"놀랍다."

"이제 제가 안내하겠습니다."

"아니, 그래도 약해서 안 돼."

놀랍기는 하지만, 저항할 수 없는 다른 이들과 달라졌을 뿐. 0.1의 환혼력을 0.2로 늘리기만 해도 버거운 수준에 불과했다.

"방향이 어디지?"

잠시 입술을 깨물며 버티던 그녀가 손으로 한 곳을 가리켰다.

⊠　　　⊠　　　⊠

- 연구동 붕괴!
- 실험체들 폭주!

Z&F의 연구동은 인간이 얼마만큼 잔인해질 수 있는지를 보여 주는 곳이었다. 아무리 잘 만든 호러, 고어영화라 할지라도 담백하게 인체 실험을 자행하는 현실의 광기에는 미치지 못하리라.

인간이 인간으로서의 대접을 받지 못하는 곳을 허물어 버린 나는 월향의 안내로 숨겨진 비밀 장소에 들어섰다.

엄중하게 막혀 있는 두꺼운 합금강의 문을 넘어서자 넓은 유적이 펼쳐졌다. 실내 경기장을 연상시키는 확 트인 거대한 공동은 구획별로 나뉘어 있었는데 각각 알 수 없는 흔적과 자국들이 단편적인 자료들과 함께 있었다. 주로 역사적인 배경과 머무른 이들의 인명록 등이었다.

바쁜 와중에도 세월의 깊이가 나의 시선을 잡아끌었다.

품에 안아 들었던 월향을 내려놓았다.

장엄하기까지 한, 세월의 깊이. 감탄을 거듭하며 관람했다.

그사이 숨죽인 비명이 들려왔다.

"사, 살려…… 흐아악!"

그리고 약간의 핏방울이 튄 연구원의 옷과 가운을 입은 월향이 곁에 다가왔다.

"촬영할지라도 직접 두 눈으로 확인하지 않으면 보지 못하는 부분들이 있습니다. 습도와 빛의 굴절 각도 등을 통해 명확하게 확인하고 재현할 수 있는 부분들만 자각할 수 있는 불변의 흔적들인데, 그 결과물들이 자료실에 보관되어 있습니다."

"네가 깨달은 유적은 어디에 속해 있지?"

"그것은 자료실에 없습니다. 저도 상현 님의 힘과 부어 주신 불꽃 덕분에 우연하게 깨달은 것입니다."

"표현할 수는 있고?"

"죄송합니다. 어찌 말해야 할지 모르겠습니다."

현실과 new century를 알 수 있는 좋은 단서였다. 아울러, 신진권 사장의 연구 열정과 노력이 아직 내게 큰 위험이 되지 못한다는 사실이기도 했다.

나는 최후로 보았다.

넓적하지만 가운데가 움푹하게 파인 바위.

구리로 만들어진 스핑크스의 앞발 하나.

검날이 깨져 톱니처럼 된 채 부러진 낡은 검.

절벽 곳곳에 불규칙적으로 패여 있는 상흔들.

이를 이용택 관장에게 보여 준다면 좋을 것이라는 생각이 스쳤다. 제아무리 이용택 관장이 애를 썼다고 해도 신진권 사장이 모은 이 모든 것들을 접하지는 못했을 테니까.

그러나 한시가 바쁘니 어찌하랴.

"자동 폭발 장치가 있다고 했지?"

"예."

"즉시 폭발시켜. 그간 나름대로 수습하겠다."

"알겠습니다."

곧 이곳은 사라진다. 신진권 사장의 가능성을 제한하기 위해.

그전에 내가 취할 것이 있다면 가능한 취하고자 했다.

월향이 폭발 장치를 작동시키는 사이, 나는 곧 사라질 유적의 가운데에서 눈을 넓게 두었다.

그리고 [정교한 수정]을 사용했다.

현세의 비전은 new century의 스킬과도 같을 것이다. 나는 오랜 세월을 견디며 파손되고 원형을 잃은 유적이라 할지라도 극의의 힘이라면 보완할 수 있으리라 생각했다.

예상은 적중했다.

샤르르릉!

고요한 호수에 작은 돌이 던져진 것처럼, 전신으로 휘감은 환혼력이 나를 중심으로 동심원을 그리며 뻗어 나갔다. 퍼지는 차가운 기류 사이로 나의 두 눈이 과거의 잔재, 역사의 흉터를 복원키 시작했다.

파인 흔적.

부서진 자국.

조각난 파편들 위로 떠오르는 어른거리는 푸른 인간의 상(像).

흐르는 환혼력으로 재현된 한없이 푸른 실루엣이 저마다의 수행을 시작했다.

'!'

둔하게 파인 자국 위로 결가부좌를 한 상(像)이 있다.

바람마저 멈춘 절대의 고요. 그 중심에서 투명에 가까운 푸른 피부 너머, 신체 내부를 흐르고 교차하는 마력이 우주를 그렸다.

그 비전이 깨달음을 전했다.

'익숙함보다 자연스러움이 옳다.'

보고 느낀 바대로 따라 하자 나의 환혼력이 더욱 멀리, 더욱 넓게 퍼지기 시작했다.

나는 걸음을 옮겼다.

거꾸로 돌린 영상일까.

절벽의 상흔을 기점으로 확 퍼지는 환혼력이 일순간 폭포를 만들었다. 끝없이 유입되는 나의 마력과 두 눈이 과거를 현현할지니 말라붙은 절벽으로 폭포가 쏟아졌다. 전면의 물줄기로 오연하게 선 상(像)이 떠올랐다.

쿠궁!

육중한 울림.

내뻗는 손에 치솟는 물과 쏟아지던 폭포가 뻥하니 뚫렸다. 깊숙이 파고들어 방사형으로 퍼지는 상흔이 오랜 세월을 거치며 현실의 광경과 겹쳐졌다.

나는 패인 자리로 가, 상(像)과 같은 자세와 같은 호흡을 하며 같은 곳을 바라보았다.

주위가 스러지며 보이는 것은 폭포수 너머의 한 점!

점이 확대되어 전면을 가득 채우는 순간, 나와 점을 잇는 최적의 선이 올곧게 떠올랐다.

순간, 환상처럼 상(像)과 일체가 되어 움직였다.

일점집중(一點集中)!

내뻗음과 동시에 파괴하는 가공할 일 장에 오랜 세월을 버틴 절벽이 와르르 허물어졌다. 아울러 팽창한 근육과 파괴의 여력을 견디지 못한 옷이 터져 버렸다.

'실로 압권이구나.'

108수의 환혼장벽이라 한들 어디 이 한 수에 비하랴.

놀랍고 놀라울 따름이다.

옷을 입고 몸을 가리는 데 허비할 시간이 없었다. 이 귀한 유적을, 곧 사라질 이곳을 하나라도 더 담고 싶었다.

실제로 폭발음이 들리며 공동 전체가 뒤흔들리는 상황이니.

걸음을 옮겼다.

수많은 상(像)이 곳곳에서 시리도록 찬란한 빛을 냈다.

고대의 것이런가. 사냥하는 듯 거대한 무언가를 향해 창을 내던지는 상(像)이 있었다.

기우제일까. 어떤 기원을 드림일까. 간절한 염원으로 하늘을 향해 손을 뻗은 상(像)도 있었다.

고행에 가까운 처절한 수행자부터 무언가를 깎고 다듬는 장인의 모습에 이르기까지 많은 이들이 자신의 염원을 담은 몸짓을 비전으로 남겼다.

공동이 더욱 거세게 요동쳤다.

그때 논밭을 갈던 괭이질처럼, 드넓은 모래밭을 지나간 뱀의 흔적처럼 나 있는 넓은 땅거죽이 눈에 들어왔다.

넓게 퍼지는 환혼력을 따라 뒷짐을 지고 있는 상(像) 하나가 떠올랐다.

너풀너풀. 휘적휘적.

물결 같은 자국 위로 미끄러지듯이 표홀히 움직이는 상(像) 은 질주하다가 발끝으로 땅을 짚었다.

꽃이 폈다.

'이건!'

보면서도 눈을 비비게 하는 장면이다. 탁! 발을 짚으니 마치 만개한 꽃과도 같이 상(像)은 다섯으로 나뉘어 회전하며 그 수를 늘렸다.

꽃이 빙글 돌 때마다 꽃잎이 휘날리며 일대를 점령했다. 가히 변화의 절정!

일대를 점령하며 저마다 다른 자세와 다른 속도로 움직이는 상(像)의 향연이 마침내 급류처럼 질주했다. 그리고 퍽 꺼지듯 사라졌다.

저 유적의 물결과도 같은 흔적은 저렇게 만들어진 것이었다.

나는 홀린 듯 취한 듯 상(像)을 쫓아 움직였다. 시작점을 같이 하고 모든 것을 일치시키고자 했다. 이윽고 정교한 수정으로 가다듬어지는 몸놀림이 점점 가속화되며 빨라지더니만 이내 창공을 나는 새처럼, 깊은 바다를 유영하는 물고기처럼 흐르기 시작했다.

'이런 거구나.'

황홀한 자유로움이 모든 것을 일목요연하게 밝혀 주었다.

풍류보(風流步)와 유수행(流水行).

꽃잎으로 화하는 상(像)을 따라 발끝이 땅을 짚었다. 퍼져가는 환혼력을 따라 나와 상(像)이 교차했다. 과거의 수행자와 내가 대화하며 교감하는 기분이 든 것은 아마도 착각이리라. 그러나 아무렴 어떠하랴.

나는 그와 흐드러질 정도의 춤사위를 펼쳤다.

연기처럼. 투명한 물을 바꾸는 한 방울의 잉크처럼.

뿜어지는 환혼력이 이지러지며 잔상들을 만들어 낸다.

"진체는 하나이되 변화는 무궁하며 허상은 실체가 되어 뒤덮으리라."

비록 과거의 이인과는 다른 환혼력을 기반으로 했기에, 내가 다니는 곳이 싸늘하게 얼어붙고 전신으로 한기를 줄기줄기 뿜어 대긴 했으나 그 핵심은 확실히 전수받았다.

드드드득─!

균열이 일었다. 먼지가 쏟아진다. 그리고 꽝꽝 얼어붙었다.

과거와 현재가 어우러진 유적이 깨지고 부서졌다.

'여기까지구나.'

환혼력으로. 공동의 붕괴로 하나씩 상실되어 가는 유적들을 보노라면 실로 이해할 수 없는 찬탄만이 절로 나왔다. new century의 어떤 스킬에도 못잖은, 외려 무엇보다도 찬란하기까지 한 이 모든 유적이 현대의 비전이라니.

대관절 무슨 일이 있었기에 이 맥이 모조리 끊어진 걸까?

왜 마력이 넘치건만 누구도 자유로이 쓸 수가 없을까.

알 수가 없었다. 과거 수행자들의 수준이 결단코 new century에 못잖다는 점을 확인하니 두 세계에 대해 내가 오판하고 있다는 자각이 들었다.

'충분히 얻었다.'

육체적으로나 정신적으로나 만족 이상의 감동을 선사받았음이다.

나는 고개 숙여 유적에 감사의 마음을 전했다.

그렇게 유적이 사라졌다.

✠   ✠   ✠

중세의 성처럼 우뚝 솟은 건물. 천명의 인원마저 수용할 만큼의 연회장과 오페라 무대가 벌어지는 공연장에 개인 사냥터까지 있는 곳이 Z&F의 사유지였다. 복제된 신진권들이 저마다 유희를 즐기는 까닭일 것이며, 능히 그 허영을 감당할 권력과 재력이 있으니 가능한 저들의 낙원이었다.

그리고 오늘, 그 낙원은 지옥도가 되었다. 곳곳에서 불꽃이 피어올랐고 쇼크웨이브에 표적을 잃은 미사일은 애꿎은 땅과 건물을 무너뜨렸다. 지하에 조직적으로 매설된 가스관이 연쇄 폭발을 일으켰다.

지하 통로와 연구실 등 내부에 자리한 공간들은 무너진 축에 따라 싱크홀처럼 지상의 것을 그대로 빨아들이는 함정으로 전락했다. 새삼 도시에서 전쟁이 발발했을 때 위험한 것은 날아오는 총탄보다 도시 그 자체라는 생각이 들었다.

'표지판 따위를 의거했다간 길을 잃기에 십상이겠어.'

고막을 찢어 버릴 듯한 사이렌 소리. 쾅쾅 터지는 폭발음.

비명과 고함의 틈바구니에서 유적을 벗어난 나는 침수된 도로를 달리는 승용차를 발견했다. 잔뜩 숙인 채 고개만 들고 전방을 주시하는 운전자와 아이를 품에 안은 여성이 보였다.

난데없이 일어난 아비규환의 현실에서 필사의 탈출을 감행하는 것이다.

그러나 그도 잠시일 뿐.

끼이익-!

하얗게 질린 낯으로 탈출을 감행하던 Z&F의 직원은 나를 본 순간 차 핸들을 확 돌렸다. 쓰러진 나무와 침몰된 도로 사이를 아슬아슬 지나던 차량은 쳐 죽일 기세로 내게 돌진해 왔다.

"세뇌구나."

차창 너머의 표정이 하나하나 눈에 들어왔다. 연구복 차림의 사내는 공포 대신 광신도와 같은 사명감으로. 아이를 품은 여성은 차갑게 딱딱한 시선으로. 고이 안겨 있던 8세의 아이조차 장난감 가위를 작은 손에 쥐고 겨눴다.

자유의지가 박탈된 인형들. 이 순간 저들은 살아 숨 쉬는 인간이 아닌 타인에게 종속된 꼭두각시에 불과했다. 그 극명한 변화의 순간이 내게 묵직하게 다가왔다.

삶의 본능조차 지워 버리는 정신지배. 이 모두가 누구의 잘못이겠는가. 통제받지 못한 힘으로 저들을 삶을 농락하는 원흉, 신진권을 처리해야 할 것이다.

그렇게 짧은 감상을 마치고 왼손을 펼치려는 그때, 한발 앞서 막아서는 인영이 있었다.

벼락처럼 떨어져서는 성벽같이 두 다리를 땅에 박았다. 새하얀 피부 위로 붉고 푸른 마력이 일렁이더니 힘차게 뻗은 양손이 대번에 차의 앞 범퍼를 움켜쥐었다.

월향이다. 상념에 빠진 나를 지키고자 그녀가 자의적으로 나선 것이다. 가만히 있기만 해도 몸을 중심으로 발휘되는 쇼크웨이브가 튕겨 낼 것이 뻔한데.

'비전을 익히더니 힘을 쓰고 싶어졌나? 왜 저런 쓸데없는 짓을…… 어?'

쓴웃음이 절로 나왔다. 유적의 비전을 수습하며 잠시 마력 운용을 멈추었음을 이제야 깨달은 탓이었다. 물론, 스킬 없이도 맨몸으로 이겨 낼 힘이 있는 나이지만 월향이 이마저 알고 있을 리는 만무한 일.

그녀는 본분을 다하고 있었다.

"큭!"

바퀴가 헛돌았다. 울컥 피를 토한 그녀가 이를 악물었다.

하지만 구하고자 나서려던 나는 판단을 뒤로 미루었다. 급박한 순간, 월향이 성장하고 있음을 마력의 흐름으로 안 탓이었다.

땅거죽이 밀리며 승용차의 보닛이 구겨졌다. 하지만 무형의 충격량을 그녀가 체내의 마력과 동조시켰다. 이어, 그 방향을 역전시키자 쩍 금이 간 유리창이 산산이 부서지더니만 차량의 골조가 뒤틀렸다.

단번에 원리를 이해한 월향이 기합과 함께 손을 떨쳤다. 곧 차량이 반대 방향으로 훨훨 날아가 버렸다. 과연 비범한 자질이다.

"고생했다."

"제 사명일 따름입니다, 주인님. 그리고 여기 옷을 준비했습니다."

뒤흔들린 내부 탓에 고통이 극심했을 그녀지만 자신을 챙기기보다 나를 향한 충성심이 더욱 컸다. 이 역시 신진권이 만든 세뇌일 터. 그러나 참으로 이기적인 것이 사람의 마음인지라 월향의 저 모습에서 불쾌함보다는 안쓰러움을 나는 먼저 느꼈다.

'그러고 보니 나체였었군.'

알몸이어도 추위와 더위를 잘 느끼지 못하는 탓인지, 옷을 입지 않은 것조차 뒤늦게 체감했다. 에일락 반테스의 선명한 기억 탓에 옷은 보온과 몸을 지키는 목적에 충실하면 된다는 사고방식에 철저하게 물든 여파일지도 모르겠다.

아마도 유적에서 풍류보와 유수행을 익히며 옷이 찢어진 것일 터. 월향은 이런 내게 챙겨 온 연구원의 가운을 공손히 바쳤다.

그런데.

"조금 작군."

꽤 넉넉해 보이던 가운이 몸에 꽉 끼였다. 동작을 크게 했다가는 다시 찢길 정도였다.

"그게…… 커지셨습니다."

"커져?"

"예. 전부 다 커지셨습니다."

의아해하며 그녀를 내려보다가 문득 자각했다.

내가 지금 월향을 내려 보고 있는 것이다. 190cm의 그녀를.

시야가 높아졌다. 머리끝에서 발끝까지의 고른 성장이다. 마치 new century의 스킬 레벨이 올라 육체가 강제 성장한 것과도 같았다.

육신에도 힘이 넘쳤다. 힘을 주고 푸는 것과 동시에 단단하고 커졌던 근육이 수축하며 탄력을 더해 갔다. 크고 강하게가 아닌 빠르고 유연하게로의 유동적인 변화였다.

짚이는 바가 있던 나는 상태창을 열어 확인했다.

```
제임스 Lv84 (곤바로스의 사도 : 진리 탐구자)

힘 : 747          혈력 : 74

민첩 : 231        기력 : 23

지혜 : [60]       마력 : [6]

위엄 : 4          환혼력 : [3]

평정 : [60]

위압 : [60]

통솔 : [60]

투지 : [60]
```

'유적에서 내가 얻은 것이 이토록 큰 거였나?'

급격한 성장이다. 레벨은 물론 힘이 50 가까이 올랐고 54에 불과했던 민첩은 무려 231이 되어 있었다. 게다가 고정되어 도저히 상승하지 않을 것만 같던 지혜까지 두 배가 껑충 올랐다.

분명히 나의 지혜는 고정되어 있었건만 성장했다. 이는, 제한받을지라도 보너스 능력치나 다른 도움이 아닌, '나'라는 인간의 본질적인 발전은 륜의 힘으로도 막을 수 없다는 뜻이다.

그렇다면 새로운 스킬을 익힌 걸까?

첫 번째 유적으로 지혜와 마력을 깨달았다. 올바른 힘의 운용 구결을 얻었다.

두 번째 유적에서 힘의 묘. 일점 집중의 오의를 얻었다. 가히 필살기를 습득한 셈.

세 번째 유적에서는 민첩과 기력을 만끽했다. 풍류와 유수를 통해 나의 몸은 자유로워졌고 바람처럼 달리며 물처럼 흐를 수 있게 되었다.

이만하면 스킬 중에서도 상위의 것일 터.

그러나 스킬창에는 이 가공할 비전들이 나오지 않았다.

> 스킬 : 혈력 집중(Lv29) 전사의 본능(Lv21)
>
> : 전사의 육체(Lv32) 기력 활성(Lv10) 도둑의 시야(Lv15)
>
> : 도둑의 본능(Lv21) 쇼크웨이브(Lv5) 숙련도 활성(master)
>
> : 고통의 희열(master) 마력 응집(Lv13) 고요의 정신(Lv14)
>
> : 마법사의 본능(Lv11) 연주(Lv1) 요리(Lv1) 옷 수선(Lv1) 야영(master)

스킬 레벨의 향상은 있었다. 그러나 새로운 스킬은 어디에도 없었다.

얻은 경험치가 분산되기라도 한 것처럼.

'하나는 확실하다.'

스킬과 능력치의 영향으로 내가 급격하게 성장했다는 사실. 이로써 무려 2m를 가볍게 넘길 정도로 거대해졌다는 것이다.

더욱 걱정되는 것은 레벨과 스킬이 오를수록 현재보다 더욱 더 성장할 터. 문신술이라도 익혀서 제어해야지…… 자칫 잘못하다가는 몬스터급이 되어 버리겠다.

이런 상황에서도 웃긴 것이 있었다.

왼쪽 다리에 있는 펠마돈의 비서 중 하나. 파괴신이라 해도 과언이 아닐 존재의 문신은 성장한 나의 몸만큼 적당히 잘 커졌다는 사실. 왜, 간혹 젊을 때의 문신이 늙어 쭈글쭈글해진 피부와 따로 놀아서 웃기는 상황이 생기지 않던가.

그런 면으로 보자면 이 '존재'는 알아서 신축성 있게 조절까지 되니 참으로 죽을 때까지 멋스러울 것이다.

찌지직-!

'이거 문제인데…….'

간신히 버티고 있던 가운이 찢어지려고 했다.

신진권과 강유나를 만나러 가는 마당인데 대놓고 펠마돈의 비서를 드러내 놓을 수는 없는 일. 비서를 숨기고 있음을 들킨다면 잠재적 우군인 강유나를 대번에 적으로 만들 수도 있을 것이다.

그녀가 찾는 융켈의 권한이 이것이었으니까.

어쩔 수 없다. 인벤토리를 쓸밖에.

나는 보관함에 들어 있는 아이템 중 하나인 [적법사(赤法師) 웰 루니르의 의복]을 꺼내 입었다. 피처럼 붉고 불꽃처럼 이글거리는 검붉은 문양이 새겨진 이것은 퓰라로부터 얻은 것으로서 방어력은 물론 효과마저 대단한 아이템이었다.

'크기가 적용되면 좋았겠지만.'

착용자의 사이즈에 맞게 조절되는 기능은 new century의 물건이라 해도 없는 듯했다. 그나마 감사하게도 제례 의복이라 여겨질 정도로 긴 옷이기에 현재의 내 몸을 가릴 수 있었다.

아울러, 불필요하긴 했지만 나를 지키려다 부상당한 월향을 위해 포션과 옷을 꺼냈다.

"너도 갈아입어라."

의복류 장비 중에서 두 번째로 큰 [흑표범의 포효]. 의심 없이 포션을 마신 월향은 그대로 옷을 갈아입었다. 거침없이 벗는 통에 외려 내가 시선을 슬쩍 돌릴 따름.

'신진권 이놈. 대체 사고방식을 어떻게 심어 놨기에······.'

내심 헛기침했다.

"다 입었습니다."

잠깐 사이 그녀의 모습이 확 바뀌었다.

적을 향해 무겁게 노려보던 흑표범을 호랑이로 승격시키는 강렬한 기세의 무후(武后). 예쁘다는 표현보다 멋지다는 감탄사가 절로 나왔다.

실용성도 있으니 저 옷이라면 쉽사리 불타고 찢어지지 않을 것이다.

"묻지 않는구나."

"무엇을 말입니까?"

나는 옷을 가리켰다. new century의 물건을 가져오는 인벤토리는 내 나름 꼭꼭 숨겼던 비밀 중 하나. 이를 보았음에도 월향은 의문조차 품지 않았다.

"상현 님께서 하신 일입니다."

참으로 일방적인 순종과 충성심이다. 이런 이들을 거느린다면 누구라도 자신을 왕이자 신이라고 자처할 만하리라.

'신진권이 이해될 줄이야.'

허영의 그가 왜 그런 모습을 보였는지 몸으로 이해됐다. 절대 권력이 절대 부패하는 까닭은 통제받지 않기에 독단적이 되는 까닭이다.

그러나 내게는 어떤 상황에서도 흔들리지 않는 이성이 있으니 지배의 힘을 능숙하게 사용할 수 있을 터. 마음 한구석에 경각심을 잊지 않은 나는 비로소 적의 본진을 향해 움직였다.

전국의 마력이 집결되는 곳. Z&F의 핵심이 분명한 마력의 성당이었다.

※　　　※　　　※

산발적으로 공격해 오던 요원들에게 새로 익힌 비전을 아낌없이 선사했다. 108수의 환혼장벽에서부터 풍류보와 유수행의 움직임으로 잔영을 만들며 파죽지세로 저들을 몰아쳤다. 몸에 두른 쇼크웨이브라는 수동적인 공세에서 적극적인 공세로의 전환인 것.

어차피 세뇌당한 저들의 몸뚱이는 살아 움직이는 꼭두각시에 불과하지 않던가. 덤비는 자, 막는 자 모두 살려 두지 않았다. 그러며 Z&F 내의 성당을 향해 일직선으로 전진.

"이제야 겁을 먹었군."

어느덧 적은 대항치 않았다. 수단과 방법을 동원했음에도 어쩌지 못하였으니 포기했으리라. 바리케이드와 두텁고 튼실한 금속의 벽이 성당 같은 송신탑을 완전히 봉쇄했을 뿐.

마침내 도착한 성당에는 적들이 팔다리를 감춘 거북이처럼 등껍질 안에 웅크리고 숨어 있었다.

'저곳에 있다.'

그들의 진체가 저곳에 있었다.

나는 일점 집중의 묘를 살려 오른손을 뻗었다.

곧 작렬한 충격파가 이내 금속들을 찢어발기며 거대한 입구를 흉흉하게 드러냈다.

벽을 뭉텅 도려낸 양 입구가 통째로 뜯긴 성당 문.

"대…… 대체…… 넌…… 도대체…… 뭐지?"

그곳에는 피칠갑을 한 신진권이 있었다. 음모와 함정을 준비했을 테지만, 통째로 날려 버리는 이 일격에 남아나는 것은 없다.

"커헉……! 흐으…… 흐흐흐…… 히히히!"

폭발의 여파인지 다리가 찢긴 채, 머리 가죽이 벗겨져 피를 철철 흘리는 채로 나를 올려보던 그는 실성한 듯 기괴한 웃음을 흘렸다.

그러다 뚝 멈췄다.

"지친다…… 지쳐…… 끝없이 강해지는 이 괴물아…… 대체 나보고 뭘 어쩌란 거냐……?"

망연자실한 그가 힘없이 내게 묻는다.

"대체 왜 이렇게 나를 핍박하는 거냐. 도대체 왜?"

"나를 부른 건 당신입니다."

"내가 언제!"

그가 버럭 소리를 질렀다.

"이 악마 같은 놈아! 네가 나를 우롱하였고 게임을 제안했었다. 판을 벌이고 오늘에 이르렀거늘, 도대체 왜! 무슨 변덕으로 갑자기 전부 뒤엎는 거냐! 나를…… 이 나를 이 몰골로 만들다니…… 이건 마치 그때와도 같지 않던가…… 대관절 나를 어디까지 더 절망시킬 셈이냐…… 커헉!"

소리 지르다 울분에 차 토로하던 그가 이내 나를 보며 놀라 바닥에 쓰러졌다.

"그, 그랬군. 그랬던 거였어…… 인간이 아니었던 거야…… 그래……."

땅을 치더니 이윽고 기었다.

"융켈이여…… 대체 무엇이 마음에 들지 않은 거요? 나는 충분히 계약을 이행하고 있었소. 이 모든 마력을 당신이 원하던 대로, 당신의 세계로 아낌없이 전달하고 있잖소! 그런데 왜 갑자기 이러는 게요!?"

너무도 많은 피를 흘린 탓에 창백해진 그의 움직임이 점차 잦아들었다.

"물론 아주 일부를 쓰긴 했소만 티끌만큼에 불과하오. 혹시 그 때문이오? 아바타에 쓴 그 때문이라면…… 어흐흑. 제발 기회를 주시오. 한 번만 더 내게 기회를 준다면 내 다신 실망시키지 않으리다. 제발…… 제발 나에게 기회를 주시오……!"

설득에서 간청으로. 이내 흐느껴 울던 그는 오열하더니만 가슴을 쥐어뜯었다.

그리고 죽어 버렸다.

공포에 질린 나머지 큰 착각을 했음이 분명했다.

"그에겐 갈 필요가 없겠구나."

결과는 내 바람과도 일치했기에 나는 그에게는 손을 쓰지 않기로 했다.

대신 벽 너머에 시선을 두었다. 성녀와도 같이, 대천사처럼 지극한 아름다움으로 채색된 강유나가 나를 내려 보았다. 그것은 처음의 만남과는 비교도 되지 않을 농밀하며 치명적인 매력이다. 만약 첫 만남이 이러했다면, 나는 그녀의 노예가 되었을 것이다.

하지만 지금은 달랐다.

무력이 아닌 정신적으로 엄습해 오는 그녀를 향해 손을 뻗었다.

108수의 환혼장벽이 유유히 다가오는 환상을 옭아매고.

쿵!

발 구름과 동시.

쩌저정!

벽을 장식한 보석과 유리가 으깨지며 물거품이 되어 흩날렸다.

육중한 소리를 내며 전면을 가로막는 철벽을 연거푸 부쉈다.

뚫린 벽 너머의 공간이 개미굴처럼 어지럽고 밀폐된 곳으로 바뀌었다. 통로가 벽이 되고 벽이 길이 되며 그 끝에 낭떠러지가 만들어졌다. 거미줄과도 같이 얽힌 광경에 나는 마력의 흐름을 좇아 질주했다.

— 오지 마!!

풍류의 빠르기로 내달렸다. 환상 사이로 진짜 길만을 무섭게 쫓으니 당황한 듯, 환상이 일그러졌다. 겹겹이 내려오던 방호벽들이 뒤를 스쳤다. 곳곳의 함정을 유수로서 흘렸다.

그렇게 도달한 곳에는…….

아무것도 없었다.

❈   ❈   ❈

— 이건……

뚫고 들어온 균열 사이로 어스름하게 들어오던 빛이 낱낱이 흩어졌다. 두르고 있던 환혼력조차도 송두리째 빨려 나가 증발했다. 건물에 들어와 그녀가 만든 벽을 부수고 도달했건만 지금 내가 서 있는 곳은 하늘도, 땅도 없는 기이한 적막의 세계였다.

앞도, 뒤도, 옆도 분간되지 않는 암흑의 공간.

— 강유나!

공기조차 없음일까. 소리쳐 불러도 울림이 전해지지 않았다. 오히려 파형을 일으킨 나의 작은 진동마저 낱낱이 쪼개져서 어둠에 먹혀들 뿐.

자극이 전무하여 감각이 사라지니 뇌가 미친 듯이 기억들을 꺼내기 시작했다. 아무런 대처를 하지 않는다면 이 숨 막히는 정적에 스스로 목을 죄어 자살해 버릴 것이다.

　일반적이라면 말이다.

　'사람 미치게 하기에는 최적인 장소다.'

　탐색할 겸 잠시 맨몸으로 부딪쳤던 나는 이내 중심을 잡고 환혼력을 강렬하게 일으켰다.

　앞과 뒤, 하늘과 땅이 구분되지 않는가?

　상관없다.

　내 발이 닿으면 그곳이 땅이며 내 눈이 올려 보면 그곳이 하늘이다.

　감각의 부재로 혼란 지경에 빠져들었는가?

　우스울 뿐이다.

　내 피와 내 호흡. 나의 마력이 감지하는 모든 것이 감각일진대 무엇을 두려워하고 무엇에 떨겠는가.

　칠흑 같은 어둠 속에서 짙푸른 한기가 응어리졌다. 유적에서 본 수행자들과도 같이 환혼력으로 구성된 나의 상(像)이 점차 명확하게 현현했다.

　골격에서부터 흐르는 피와 힘줄, 각 신체의 기관과 머리칼, 피부에 이르기까지.

　줄줄이 빠져나가는 환혼력이지만 무한한 지혜이기에 나는 마력을 퍼부었다. 왼쪽 다리의 문신도 가려야 하니 옷에도 아낌없이 투사했다.

　그러나 몸과는 달리 옷은 생각만큼 잘 드러나지가 않았다.

'피처럼 붉은 불꽃 모양이 백미인 적법사의 의복인데……'

투박하게 떠오른 옷에 대고 의아해하기가 무섭게 옷이 형태를 제대로 갖추었다. 정확하게 내가 구체적으로 떠올리는 순간 그것이 반영된 것이다.

"마력을 토대로 이미지를 실체화한다는 거군."

내뱉은 말이 몸서리쳐지는 한기를 타고 울렸다. 비로소 형태를 되찾은 나의 육체. 이 캄캄한 공간에 들어서기 전과 달라진 것이 있을까. 결손난 부분이 있을까?

'……아차.'

중절모가 없어졌다.

뒤늦게 환혼력을 발산하고 머리를 만졌지만, 중절모는 느껴지지가 않았다. 곰곰이 기억을 되짚으니 유적에서 급격한 변화를 일으킨 그때부터 없었다는 사실을 깨달았다.

경이로운 비전들을 접하고 흠뻑 취하다 보니 미처 신경을 쓰지 못한 것. 지금쯤 깡그리 무너진 유적 일부가 되었을 터다. 없어진 것은 그것만이 아니었다. 바로 손목에 차고 있던 신진권의 시계. 페이엔탈도 잃어버렸기 때문.

이 역시도 유적에서의 급격한 성장과 비전을 수습하는 과정에서 떨어뜨렸음이 분명했다.

나는 쓴웃음과 함께 아쉬움을 떠나보냈다.

"나오지 않을 겁니까?"

현재의 나는 끝없이 떨어지는 것 같은 수직 동굴을 랜턴 하나만 든 채로 하강하는 기분이었다. 줄기줄기 일으킨 환혼력이 주변을 보여 주었으나 전체를 밝히기에는 역부족.

게다가 이 알 수 없는 공간은 아귀처럼 마력을 끝없이 씹어 삼켜 댔다.

"강유나 씨!"

육성으로 재차 소리쳤다. 그러나 그녀는 대답이 없었다.

"어쩔 수 없군요."

소리쳐 부르고 두드려도 주인이 나오지 않는다면.

'부술 수밖에.'

자세를 잡았다. 전력으로 힘을 운용하며 108수의 환혼장벽을 전면에 쏟아 냈다.

먹먹한 동굴 너머로 횃불 하나가 아스라이 사라지듯 주변을 잠시 반짝인 환혼장벽이 어둠에 먹혔다.

이에, 비전을 통해 익힌 풍류보와 유수행을 시전하며 환혼장벽과 일점 집중의 장을 연거푸 때려 댔다. 질주하는 신형이 환상처럼 흩어지며 흩뿌려 대는 108수는 부챗살처럼 펼쳐져 천변만화를 일으켰다. 중첩되고 중첩되어 폭풍처럼 휘몰아치는 환혼장벽 뒤로 유성과도 같은 묵직한 장력이 어둠을 꿰뚫었다.

여력 따위는 일 푼도 없는 총전력이 일대를 휩쓸었다.

― 까아아악!

탐욕스런 어둠과 함께 익숙한 실루엣이 한기에 휩싸여 꽝꽝 얼었다.

그것은 먹물처럼 짙은 흑색의 강유나.

본체를 지키는 최후 방벽이었던 걸까.

"……대단하군요."

과연 신진권이 함부로 건드리지 못하는 그녀다웠다. 지금까지 마력을 빨아먹던 것과는 수준이 다르다. 아메바 천 명, 만 명이 강유나에게 달려든다고 해도 조금 전의 그 어둠이라면 감히 범접도 못하리라. 이런 능력을 갖추고 이러한 곳에 자신을 지키고 있으니 신진권이 타협하고 강유나를 파트너로 삼았던 것이다.

그러나 나는 그녀를 무장해제시켰다. 이제 앞을 가로막는 것은 아무것도 없다.

'드디어 진체를 만나는 건가.'

어둠이 걷힌 앞에는 신진권의 저택에서 본 것처럼 첨단 장비들과 화려하게 꾸며진 그녀의 공간이 펼쳐져 있었다.

그리고 잠자는 숲 속의 공주처럼.

어떤 것과도 형태를 달리하는 거대한 캡슐에 누워 있는 그녀가 멀리서 보였다. 전자기기로 가득해서인지 흡사 그녀가 핵심 부품이자 컴퓨터의 일부인 양 느껴질 정도로 동화된 모습이었다. 이렇게 무방비 상태가 되었음에도 일어나지 않는 것으로 보아 new century를 관리한다는 말은 거짓이 아닌 것 같았다.

뻥 뚫린 밝은 공간으로 향하던 나의 눈에 무언가가 밟혔다. 그것은 싸늘하게 얼어붙은 흑색의 강유나.

얼음 조각이 된 그녀는 겁에 질려 도망치는 상태였다. 내 눈길을 잡아끈 것은 조금은 이상한 자세. 황급한 와중에도 무언가를 꼭 끌어안고 지켜 내려는 그녀의 손이었다.

손을 들어 얼음 조각의 위를 내려치자 품에 안고 있는 것이 툭 떨어져 나왔다.

낡은 책.

표지만 있고 낱장은 태반이 찢긴 검은 책이었다. 그나마도 새까맣게 물든 것들이 많아서 막상 볼 수 있는 것은 몇 장 되지도 않았다.

읽을 수 있는 몇 장을 우선 보기로 했다.

"……이거 봐라?"

나는 책을 들고는 묘한 웃음을 지을 수밖에 없었다.

낡은 그 책이 붙잡기가 무섭게 엄청난 속도로 환혼력을 빨아들이기 시작한 까닭이다. 밑 빠진 독에 물을 퍼붓는 것처럼 한도 끝도 없이 연거푸 먹어치우는 기세가 실로 무서울 정도. 그뿐만 아니라 읽을 수 있는 부분에는 재미있는 내용이 적혀 있었다.

바로 '내' 가 있었던 것이다.

심신을 가라앉히고 마력을 통해, 환혼력을 통해 스스로 구성하는 '나' 는 유적과 에일락 반테스의 환혼력의 운용법을 숨김없이 보여 주었다. 그뿐만 아니라 책 속에는 108수의 환혼장벽과 일점 집중의 장력, 풍류보와 유수행으로 이어지는 증폭된 전력들까지 적나라하게 나왔다.

실로 나의 모든 것이 담긴 비전서인 것!

'게다가.'

사락.

마지막 장을 넘겼는데도 환혼력을 먹는 만큼 '없는 페이지' 가 돋아났다. 처마 밑의 고인 물방울이 떨어지며 천천히 고드름이 되듯 미미하게 빨아들인 힘만큼 없는 낱장을 만들어 가고 있는 것이다.

나는 처음 그녀의 제안을 반추했다.

빈곤한 페이지를 채워 달라며 '펠마돈의 비서'를 구해 달라 던 강유나.

이 책.

그렇다면 이것이 그녀가 말하던 펠마돈의 비서일까?

'모호하군.'

나를 융켈이라 오해하고 횡설수설하며 변명하던 신진권은, 계약에 따라 융켈에게 마력을 전달한다고 했다. 그리고 펠마돈 의 비서를 완성하고 싶어 하는 강유나는 마력으로 채워지는 이 책을 품고 있었다.

신진권은 융켈과 직접 계약을 맺었다. 그리고 이를 이행하고 있노라 했다.

강유나는 융켈의 흔적을 수습했다고 했다. 우연이었으며 지 금은 이 '비서'를 완성하고자 했다.

그렇다면 현재 융켈의 상태는?

이건 쉽다. 소멸했거나 엄청난 피해를 본 것. 이는 신진권이 마력을 이용해 제멋대로 아바타에 적용하고 강유나가 new century의 관리를 맡고 있다는 부분에서 드러난다.

아울러, 그들의 계약자가 내게 박살난 작금에도 여전히 침묵 하고 있음이 증명한다. 현재 내가 하는 일은 단순한 방해를 넘 어섰지 않는가.

'문제는 이게 아니야.'

이 정도는 '각성' 상태의 나로서도 충분히 예측을 끝낸 부분 이니 의심할 여지가 없었다. 지금은 예상이 사실이라는 것을 확인하는 과정에 불과했으니까.

반면, 나에게 중요한 것. 내가 정말 조심해야 하는 것은 바로 이것이다.

태진이가 계약한 존재가 누구냐는 것.

말 그대로 한 방에 나를 없앨 수 있는 아킬레스건이니까.

'알 수 없군.'

……역시 이 부분만큼은 지금까지처럼 조심히 태진이를 관찰하는 수밖에 없을 것이다.

"우선은 할 일부터 해야겠지."

생각이 길었다.

나는 가벼운 마음으로 일어났다. 이제 마지막으로 강유나에게 따끔한 경고만 하면 일단락된다.

그런데 그때였다.

전면의 풍경이 일그러지며 화면마다 [위험!], [경고!]라는 빨간색 글귀가 떠올랐다. 고막을 찢어발길 듯한 강렬한 사이렌 소리!

[new century 권한 해제! 권한 강제 이양 중……!]

기계음에 이어 그녀가 눈을 뜨고 벌떡 일어났다.

"아악!"

언제나 태연하고 웃음기 머금고 있던 그녀의 일그러진 얼굴.

너무 오랜 시간 동안 눈을 감고 있던 걸까. 눈가를 비비며 그녀가 애써 나를 찾았다. 그리고 실눈을 뜬 채로 허겁지겁 큰 캡슐에서 내려와 내게 비틀비틀 걸어왔다.

앙상하게 마른 다리로 걷다가 비틀 주저앉는 그녀.

"아아……! 악! 아악!"

그녀는 계속해서 소리를 질렀다. 무언가 말을 하려는데 혀가 제대로 말을 듣지 않는 듯 보였다.

'이곳을 벗어날 수 없어서 저리된 걸까.'

아마도 그럴 것이다. 이 견고한 아성이 아니라면 신진권에게 당했을 테니, 스스로 지키기 위해 그녀는 숨을 수밖에 없었으리라. 그토록 아름답고 황홀하기까지 했던 강유나의 진체는 오히려 신진권의 감금 아닌 감금 생활로 약해질 만큼 나약해진 상태였다.

"채……책…… 그…… 책!"

간신히 발음하고 손짓하는 그녀의 시선을 따라 내려 보자, 그곳에는 까맣게 물들었던 책이 아닌 놀라우리만큼 푸른빛을 머금은 책이 들려 있었다.

검은 물이 뚝뚝 떨어지는 양 환혼력으로 가득해진 책이 점차 보이지 않던 부분까지 보여 주었다. 다름 아닌 new century의 스킬들! 각종 직업은 물론 접속자들의 정보 등 백과사전을 연거푸 펼치는 것처럼 끝없이 나타났다.

그뿐만 아니라 색이 빠져나갈수록 그 어마어마한 정보들이 내 뇌리를 강타했다.

'이…… 이런!'

뇌가 과부하에 걸려 미치는 일은 일어나지 않았다. 단지, 감당할 수 없는 지혜의 홍수가 나라는 방파제에 부딪혀 하염없이 낭비되고 있을 뿐.

열심히 퍼 담으려고 해도 대접에 호수를 담아낼 수는 없는

법이니까.

털썩.

"아아…… 안 돼……!"

안간힘을 쓰고 오던 강유나가 주저앉았다. 나 역시 난감하고 곤혹스러워 어찌할 바를 몰랐다. 설마 환혼력으로 책의 권한이, new century의 관리 권한이 넘어올 줄은 상상도 못 했다.

뒤늦게나마 돌려준다고 해도 소실된 엄청난 양의 정보들을 어떻게 수습한단 말인가.

new century 자체가 무너진다면 태진이는 당연히 절망할 터.

막아야 했다.

돌파구를 찾기 위해 나는 목숨 걸고 다시금 극도의 지혜, 각성 상태에 들어갔다.

부딪치는 겁륜과 성륜!

"크윽!"

닿기가 무섭게 격렬하게 부딪치는 후유증을 애써 버티려는 찰나.

- !

나는 다급히 손을 떼었다.

고도로 확장된 지혜가 나에게 보여 준 것은 공항에 있는 아바타의 눈!

총에 맞아 쓰러지는 태진이인 것.

'시간 역행!'

초절의 지혜가 태진이의 선택을 예언했다.

그리고 기적이 일어났다.

각성의 여운이 남아 있는 내게로 시계(視界)가 멈춘 것이 인지되었다. 사물이 역전되며 지나온 모든 것이 되돌아가기 시작했다.

부서지고 망가진 모든 것. 경험하고 익혀온 짧지만 강렬했던 순간들이 되돌아갔다.

시간과 공간이 뒤집히며 나의 현재가 미래가 됨을 목격하는 것은 진실로 경이로운 체험이었다. 내가 보아온 세상이 아닌 세상이 보는 나. 철저하게 타인의 시각으로 보는 '나'를 내가 돌아본다는 것은 뭐라 정의 내리기 어려운 숭고하기까지 한 일탈이었다.

– 그런데……

찰나간에 각성시켰던 지혜의 여파일까?

두 번째로 경험하는 회귀라 내성이 생긴 걸까?

나는 황금색 선을 볼 수 있었다.

– 저건 뭐지?

강유나의 은신처에서부터 바깥으로, 연구동과 실험동에서 저택으로 이어지는 한 줄기의 선이 쭉 '회귀하고 있는 나'에게 이어졌다.

그리고 이는 저택에서 내가 몸을 일으키는 순간부터.

"크악!"

월향이 신진권의 척추를 으스러뜨리는 때에도.

"말했지요. 한 템포 빠르게 가겠다고. 무가치한 장난을 하느라 박자를 놓치셨으니…… 이제 당신이 상상할 수 있는 최악을 보여 드리겠습니다."

"그게 무슨 헛소리냐! 네가 시작한 게임이고 우리는 거기에 맞췄을 뿐이…… 크아악!"

"조용히 하시기를. 상현 님에 대한 무례는 제가 용납지 않습니다."

"이, 이년이 감히……! 오냐, 아주 끝을 보자!!"

시간 회귀가 멈춘 시점에도 남아 반짝였다.

❈　　　　❈　　　　❈

피를 토하며 악에 받쳐 소리치는 그를 무심히 내려 보았다.

"끝이라…… 참으로 쉽게 말하는군요. 목숨이 여벌로 있어서 그런 겁니까?"

문득 눈앞으로 황금색의 기이한 선이 보였다.

'뭐지? 강유나의 환각인가?'

분명히 죽였거늘 이건 또 어디서 나타난 걸까?

예측하지 못한 변화다.

그때 막강한 화력이 들이닥쳤다. 벽을 통째로 날려 버리는 폭발과 전쟁영화에서나 볼 법한 탄환들.

'정신 차려!'

머리를 흔들어 상념을 털어 냈다. 지금은 백척간두에 섰다 해도 과언이 아닌 상황이다. 이렇게 한가롭게 여유 부릴 때가 아니다.

적의 공세를 환혼력이 가미된 쇼크웨이브로 튕겨 내며 나는 신진권 사장을 보았다.

그 순간.

나의 손이 미지의 황금 선에 스쳐 버렸다.

"기대하시기를…… 제가 찾아가겠습니다."

그리고 보았다.

단지 그뿐이거늘 나는 알 수 있었다.

'미래!'

멍하니 저 건너편을 보며 익숙하게 바닥을 부수는 나.

능숙하게 적을 무력화시키는 나.

—!

출렁이는 환혼력이 단숨에 급증하며 나의 영역을 3배나 증가시켰다.

— 쩌저저적!

— 뭐…… 뭐야, 이거!

— 온다! 전부 얼고 있어!

— 피해!

근접한 총탄만이 아니라 경계를 확장시킨 환혼력이 적들에게 침투하여 깡그리 얼렸다. 그뿐 아니라 안개에 휩싸인 나의 몸이 셔츠를 갈가리 찢어발기며 성장했다.

나는 시계와 중절모를 낚아챘다.

"이럴 수가!"

확실했다. 황금의 선!

이것은 미래다.

내가 경험하고 내가 겪을 나의 미래.

그리고 의심의 여지도 없이 일어날 '정해진 실제'.

"월향!"

"예, 상현 님."

[적법사(赤法師) 웰 루니르의 의복]을 꺼내 입은 나는 다가오려는 그녀를 제지한 뒤 [흑표범의 포효]를 꺼내 주었다. 그리고 시계와 중절모를 인벤토리에 넣었다.

'좋다!'

웃음이 절로 나왔다.

"입어라. 그리고 내 뒤를 잘 따라오도록."

말이 끝남과 동시에 내뻗는 일 장!

벽력음이 일며 둥근 형태로 전면이 깨져 나갔다. 방사형으로 퍼져 나가는 충격파가 황금 선을 따라 요동쳤다.

그리고 지나온 과거와 지나갈 현재가 충돌했다.

– 적을 부수는 데 망설임이 있는가?

답은 단호했다. 나는 적대하지 않는 자. 죽여야 하지 않을 자를 죽인 적이 '없다'!

– 파괴하고자 하는 나의 의지!

황금색의 선이 일부 풀렸다. 뻗어 나가고 앞으로 일어날 나의 행동들을 막아설 '격의 소유자'가 있는지를 확인한 것. 이곳에 나의 격에 준하는 이가 있는가?

– 없다!

그렇다면 내가 '다시 행하고자 하는' 미래가 그대로 펼쳐지리라.

교차하는 시공간 속에 나의 뜻과 의지가 견고히 관통했다.

꽈르릉!

일 장을 떨쳤을진대 하늘이 울렸다. 실험동과 연구동이 폭발하며 폭싹 무너져 앉았다. 대치하고 이제 포탄을 쏘아 내려던 모든 것들과 바리케이드를 비롯한 성당의 전면부까지 모조리 박살났다.

나는 과거와 같이 행동할 것이라 역전된 시간에 고했다.

고로 이 파국은 나와 함께 존재한다.

저택을 벗어나 풍류의 걸음으로 달려 순식간에 도착한 성당 입구.

"신이시여……!"

넋이 나간 신진권은 나를 보고는 가슴을 움켜쥐고 죽었다.

여기까지는 내가 원했던 미래. 이제는 바꾸어야 할 현재인 바.

나는 남아 있는 황금 선을 잘라 버렸다.

그리고 성당 내부로 다시금 진입했다.

어두컴컴한 성당 내부에 들어서며 나는 불을 밝혔다.

그것은 [평화의 불씨].

길을 알고 부술 수 있었지만 내가 든 것은 주먹이 아닌 일렁이는 한 줄기 햇살이었다.

"들어가겠습니다."

평화의 불씨를 띄운 채 느긋한 걸음과 은은한 미소를 머금었다. 폭발적이고 압도적이던 힘은 이제 표출하지 않았다. 스스로 보호하기 위해 견고한 아성을 쌓은 그녀. 그러나 그 감옥에 갇히고만 여인을 안심시키기 위함이었다.

똑똑.

육중하게 가로막은 방호벽을 두드렸다. 통째로 날려 버리는 것을 대신하여 내가 지날 만큼만 허물었다. 복잡한 미로를 관통하고 가로막는 것을 열어젖히며 차분히 가노라니 어느덧 암흑의 공간에 도달했다.

'걸림이 없으니 더욱 수월하구나.'

나의 몸은 어둠에 먹히지 않았다. 평화의 불씨는 칠흑 같은 어둠 속에서 한 줄기 여명이 되었다. 그리고 볼 수 있었다.

치아를 다닥다닥 부딪치며 떨고 있는 강유나를.

웅크린 채였다. 귀를 막은 모습이다. 고개는 푹 숙인 채 떨고 있었다.

'바깥에서는 그토록 화려했을진대.'

이곳의 그녀는 진실로 작고 왜소하기만 했다.

다가갈수록 밀려나는 어둠이 그녀에게 모여들었다. 불씨로 은은하게 밝아지는 주위와 먹물에 빠진 듯 캄캄하기만 한 강유나가 극명하게 대비되었다.

최후의 방어책이 무력화된 공포.

그럼에도 공격할 수가 없기에 어찌할 바를 모르고 있는 것이리라.

"여기 계셨군요."

평화라는 상황을 수용하지 못한 채 자기만의 세계로 침잠하는 그녀에게 나는 손을 내밀었다.

"해치지 않습니다."

그녀의 검은 머리칼을 쓰다듬었다. 평화의 불씨가 더욱 가까워지며 검은 물이 점점 아래로 떨어졌다. 어둠이 낡은 책 속으로 도망하니 어느덧 내가 알고 있는 보라색 머리칼이 손에 닿게되었다.

흠칫.

검은 강유나는 몸을 경직시켰다. 이어 아주 조금씩, 천천히 고개를 살며시 들었다.

"!"

이번엔 내가 놀랐다.

놀랍게도 검은 강유나는 눈이 없었다. 코와 입 역시도 없었던 것이다. 지난 미래에서 보았던 그녀는 이목구비가 뚜렷했지만, 평화의 불씨로 비춘 검은 강유나에게는 아무것도 보이지 않았다.

귀를 막고 있던 것이 아니라 머리를 감싸 쥐고 웅크리고 있었던 그녀가, 느리게 내 손을 더듬더듬 잡았다. 한 손으로는 낡은 책을 품에 끌어안은 채로.

'딱하다.'

떨리는 그녀의 손과 나의 손이 맞닿았다. 그와 동시에 그녀의 책 표지로 작고 둥근 선이 그려지기 시작했다. 마치 시각 장애인이 촉감을 통해 사물을 구현해 나가듯이 그녀가 조심스럽게 만질수록 표지의 그림이 완성되어 갔다.

그것은 나와 그녀의 손.

손끝에서 손가락으로, 손바닥에 이르는 선이 정교하게 그려졌다. 가녀린 그녀의 손과 큼직한 나의 손이 완성되고 그녀의 손이 옷 위를 더듬어 내 몸 구석구석을 만졌다.

이에, 나는 반사적으로 환혼력을 운용했다.

서늘함을 느낀 그녀가 깜짝 놀라더니만 다급히 도망했다.

'이런……'

멋쩍은 웃음을 지었다.

그 사이.

어둠이 썰물처럼 빠지며 검은 강유나의 몸이 중앙의 기기로, 본신이 자리한 그 속으로 스며들었다.

그리고 잠든 그녀가 몸을 일으켰다.

※　　　※　　　※

작다. 지나치게 하얗다.

그것이 강유나를 본 나의 느낌이었다.

실내를 가득 채운 거대한 기기의 중심에서 몸을 일으킨 그녀는 밝은 조명이 눈부신 듯, 한 손으로 두 눈을 가렸다. 손 틈새로 들어오는 약한 빛에 조금씩 적응하며 실눈을 떴다. 펠마돈의 비서라고 짐작하는 낡은 책은 가슴에 꼭 안은 채.

나는 기다렸다.

성큼 다가가기에는 그녀의 육신이 너무도 나약했기에. 앙상한 팔과 두 다리로 자신의 몸조차 지탱하지 못하던 모습을 또렷하게 기억하기에 기다렸다.

이윽고 서로의 눈이 마주쳤다. 보라색 눈망울에 나의 상이 비친다.

나는 가볍게 웃어 보였다.

그녀가 고개를 갸웃거렸다.

이번에는 걱정하지 말라는 뜻에서 손을 부드럽게 흔들었다.

그녀가 해맑게 웃었다. 그 모습은 순진무구한 어린아이와도 같은 티 없이 맑은 웃음.

바깥에서의 화려함이 아닌 탓일까. 치명적인 늪과도 같은 매력이 아닌 백치미가 느껴진다. 과연 팔색조와도 같은 그녀였다.

"직접 마주하는 건 처음이지요?"

천천히 걸음을 옮겼다.

그녀가 답했다.

"아…… 아아?"

"……네?"

"우우……?"

그것은 갓난아이의 옹알이와도 같았다. 티 없이 맑게 웃으며 기기에서 나오려는 강유나를 보고 나는, 나도 모르게 걸음을 멈추었다.

전혀 예상치 못했던 반응.

'하여간 긴장을 늦추지 못하게 하는군.'

압도적이라 자신했던 나를 이리 고민하게 하다니. 역시 방심하지 말아야겠다.

나는 평화의 불씨를 띄운 채 다가갔다. 기기에서 나온 그녀 역시도 나를 반겼다. 다만 다가오는 모습이 이상했다.

책을 끌어안은 왼손과는 달리 오른쪽 팔은 덜렁거렸다. 걸음 역시 온전치가 않았다. 오른발을 내딛고 왼발은 바닥을 쓸 듯이 하며 딛기는커녕 균형조차 잡지 못했던 까닭이다. 단순히 근육에 힘이 없어서라기보다는 심각한 장애를 가진 것 같았다.

안타깝기까지 한 그녀의 걸음을 본 나는 보폭을 넓혀 다가갔다.

그리고 다시금 놀라고 말았다.

'……대관절.'

서른 걸음의 거리가 한 걸음, 한 걸음씩 줄어 가며 가까워질수록, 평화의 불씨가 그녀를 비춰 갈수록 강유나의 이목구비가 흐려져 갔다. 물감을 끼얹은 듯 지워지더니만 검은 강유나가 그러했듯이 오관(五官)이 모두 사라졌다.

그뿐 아니었다. 오른쪽 어깨 밑의 전부와 왼쪽 발목이 잘못 만들어진 밀랍인형처럼 뒤틀려 굳어 있는 것.

바로 앞에서 빤히 나를 올려 보는 그녀.

시선 없는 얼굴.

꿀꺽.

침을 삼킨 나는 언제고 대응할 만반의 준비를 한 채 잠시 평화의 불씨를 거두어들였다. 그러자 보석 같은 눈망울과 아름다운 콧날, 매력적인 붉은 입술이 다시금 드러났다.

손을 빤히 보는 그녀의 머리칼을 조금 전처럼 어루만졌다.

"헤헷."

그녀가 비비며 맑게 웃었다.

허탈함과 당혹감에 탄식과 너털웃음이 절로 나왔다. 이게 대관절 어찌 된 상황인가. 적어도 내 앞에 있는 강유나가 고도의 연기를 펼치는 것은 아닌 게 확실했다. 그렇다면 지금의 이 모습이 진짜라는 건데.

'처음부터 강유나가 백치였다?'

당치 않다. 이건 말이 되지 않는다. 내가 마주한 그녀는 결단코 이렇지가 않았다.

그때 내 눈에 그녀가 품고 있는 낡은 책이 보였다. 손이 그려진 책과 깨어난 강유나의 미묘한 행동들을 잠시 반추한다.

나는 머리를 쓰다듬고 있던 손을 등 뒤로 돌려보았다.

"우우……."

그녀가 불안해했다. 이에, 다시 앞으로 가져가자 그녀의 눈이 내 손을 따라 부드러운 호를 그린다. 처음처럼 머리칼을 어루만지니 안도하고 평안한 웃음을 보였다.

"설마."

중추랄 수 있는 펠마돈의 비서와 강유나를 확보한 이상 이 성당은 크기만 한 폐건물이나 다를 바 없었다. 나는 그녀를 안아 들었다. 그리고 풍류의 걸음으로 내달려 처음의 장소. 곳곳이 부서진 저택에 도착했다.

오는 길에 마주한 월향이 황급히 내 뒤를 따라왔다.

"잠시 그녀를 지켜다오."

평화의 불씨를 재차 띄워둔 채 강유나를 월향에게 맡기자 그녀의 눈이 잠시 커졌다가 처음의 신색을 회복했다. 그러나 나는, 불씨에 비친 그녀의 모습에도 침착하게 대처하는 월향도, 다시금 웅크리고 떨고 있는 강유나도 보지 않았다.

마음이 급했다.

'내 생각이 맞다면······.'

풍류의 걸음으로 뛰어올랐다. 장식물을 밟아 허공을 질주하여 뚫린 벽으로 진입했다. 그리하여 처음의 장소. 조금 전까지만 해도 더없이 화려하던 개인실에 도착한 나는 쇼크웨이브로 잡동사니들을 쓸어버렸다.

그리고 뒤집히고 찢겨진 침대 밑에서 강유나의 시체를 발견했다.

"······역시."

마음이 착잡했다.

홧김에 날려 버렸던 머리는 불에 타 형태만 남은 상태였다.

나뒹굴었던 그녀의 몸은 두 곳이 짓이겨져 있었다.

쓰러지고 허물어진 석재로 눌려 있던 그곳은,

오른팔과 왼쪽 발목이었다.

　

❈　　　　❈　　　　❈

　

단순하게 생각하면 아바타의 부상이 본신에게 이어졌다 여길 수도 있을 것이다. 그러나 이는 100%의 동화율일 때에나 가능하다. 의식 일부를 담아 유희를 떠나는 개념인 아바타로는 불가능한 영역에 속했다.

그렇다면.

내가 죽인 그녀는 신진권이 만든 아바타가 아니라는 뜻. 아울러 저택의 노예들과는 달리 강유나만큼은 이 몸에, 나를 마주하고 있던 몸에 의식 전부를 담았다는 것이 된다. 본신이 성당에 있었으니 마치 몬스터 플레이를 할 때처럼 현실의 '이 몸'에 혼을 담은 것이라 여겨도 좋으리라.

'신진권이 자랑하기 전부터 그녀는 존재했었으니까.'

아바타를 제작한 것은 신진권이 나에게 무참하게 패한 이후였다. 반면, 강유나를 처음 만났던 것은 그 이전이었으니 그들이 나를 속인 것이 아니라면 신진권의 아바타 이전에 강유나가 먼저 생산에 성공했었다는 뜻이 된다.

즉, 가짜이긴 했으나 그녀는 진심이었다는 의미다.

"내가 죽였구나."

나의 오판으로 일어난 참사다. 복제인간이 넘쳐나기에 나 역시 생명을 경시하게 되었다.

그러나 그렇다 하여 감정에 흔들리지는 않았다. 스킬로 보정되는 나의 이성은 강철과도 같았으니까. 다만 이 감정을 가슴 깊이 새길 따름이다.

확인할 것을 모두 확인한 나는 환혼력으로 강유나의 시신을, 강유나였던 그것을 얼리고 완전히 부쉈다. 천장을 올려쳐 수직으로 균열을 냈다. 직선으로 뻗은 일격이 저택을 뒤흔들어 와르르 무너지게 하였다.

이제 누구도 흔적을 찾을 수 없을 것이다.

"월향."

"네."

파편과 흙먼지가 뽀얗게 덮쳐 오는 와중에도 자리를 고수하고 있는 그녀.

"가서 신진권을 데려와라. 그에게 물을 것이 있다."

"알겠습니다."

평화의 불씨를 거두며 강유나를 안아 들었다.

불씨가 사라지기 무섭게 책에서 피어오른 먹물 같은 어둠이 월향을 덮치려 했지만, 나의 손을 보고는 다시 잠잠해졌다.

아름다움을 되찾아 가는 그녀를 잠시 보던 월향이 곧 내 명을 수행코자 움직였다.

무복 사이로 불길이 일렁였다. 이윽고 그녀가 인간을 초월한 속도로 단숨에 멀어졌다. 일반적으로 힘을 얻게 되면 적응 시간이 필요하지만 월향에게는 무의미한 이야기였다.

'하긴.'

신진권이 쌓아 두고 연구했던 비전을 단숨에 깨달았던 것으로 보건대 무(武)에 대한 재능만큼은 가히 이용택 관장에 비견된다 해도 과언이 아닐 것이다. 그가 숨법을 개량한 것은 new century를 접하면서였고, 월향이 마력을 다루게 된 것 역시 나의 환혼력을 접함과 동시였으니까.

'조만간 같은 방식으로 깨닫게 해 줘야겠군.'

나는 홀로 남은 강유나를 다독였다.

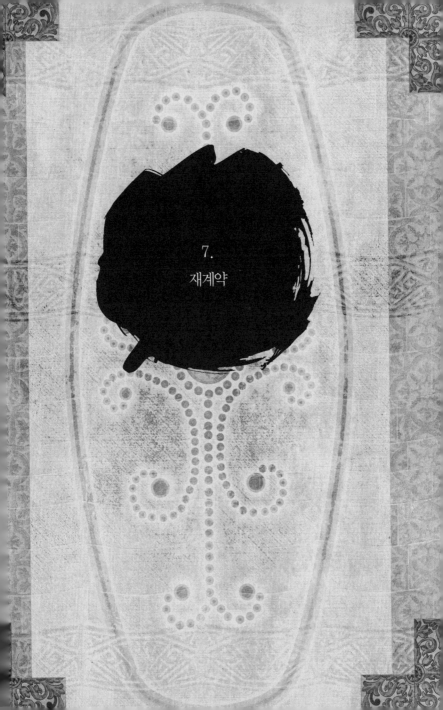

7.
재계약

털썩!

"죽었습니다."

시체가 놓였다.

털썩……!

시체가 포개어졌다.

"다시 가져오겠습니다."

무섭게 떠난 월향이 곧 혼절한 신진권의 뒷덜미를 쥐고 돌아왔다. 그리고 이번엔 내 앞에서 뺨을 후려쳐 그를 깨웠다.

"어떤 놈이 감히 나를—! 커헉! 당신은…… 허억! 컥!"

신경질을 버럭 내던 그가 나를 보더니 찢어질 듯이 눈을 부릅떴다. 호흡곤란에 이어 가슴을 움켜쥐고는 그대로 고꾸라졌다. 간헐적으로 떨리던 몸이 이내 축 늘어졌다.

심장마비.

다섯 번째 죽음.

"다시 가져오겠습니다."

"……그만하면 됐다."

나는 관자놀이를 지압했다. 예상치 못한 난관이었다.

'함부로 저항하지 못하도록 두려움을 심어 주는 것이 목적이긴 했다만, 스스로 자살을 택할 정도로 아예 무너졌을 줄이야.'

처음과는 달리 지나친 강함을 보인 탓이었다. 그 탓에 아예 항거할 의지조차 품지 못하게 되었다.

사실 지금으로도 내가 목표했던 바는 충분히 이루었다. 저택을 떠나 나의 꿈을 위해, 목표를 위해 살아도 감히 막아설 자가 없으리라. 그러나 이는 한시적이며 불확실한 잠시간의 평화일 뿐. 관리자가 사라진 new century 자체가 무너져 내린다면 그 파국이 태진이에게 어떤 영향을 끼칠지 몰랐다.

'어찌한다……'

풀지 못한 의문은 두 가지.

하나는 new century에 대한 비밀이다. 서버 관리자이자 책임자랄 수 있는 강유나가 이 지경임에도 아직 유지되는 이유를 나는 아직 알지 못했다.

둘은 강유나의 정체다.

잠시 공항 쪽을 보았다. 그 결과 공항에서 그녀는 과거에서처럼 멋지게, 자유롭게 활약하고 있었다. 반면, 본신은 내 앞에서 무력하게 숨만 쉬고 있을 따름.

본신이 이 모양인데 아바타가 저렇게 멀쩡한 이유가 뭔지 나는 정확히 알지 못했다.

신체 부조화의 원인은 파악했으나 이것만으론 부족하다.

시신이 형태조차 잃은 회귀 전이나 비교적 멀쩡한 지금이나 강유나가 비슷한 상처를 입은 이유는 내가 순식간에 죽인 까닭.

'목이 베인다 해도 당장 숨이 끊어지지는 않지.'

시쳇말로 배가 갈라져 창자가 흘러내릴 정도라 해도 '즉시' 죽지는 않는다. 닭의 머리를 잘라도 남은 몸뚱이가 푸드득거리며 나는 것처럼 짧게는 몇 초, 길게는 몇 분간 신체 기관은 활동한다.

그녀의 부상이 비슷하게 전해진 것은 의식이 완전히 끊어지기 전. 그때까지 입은 부상의 정도가 같았던 이유였다. 나는 죽은 그녀를 통해 과거와 비교하여 이를 알았고, 신진권에게 단서를 주지 않기 위해 지워 버렸다.

그러나 어떻게 회복했는지, 신진권과도 같은 분신체를 어떻게 가졌는지, 왜 하나에 불과했는지는 알지 못했다. 일부 짚이는 바가 있기는 하나, 강유나의 상태가 이러하고 신진권도 저 모양이니 확인하기가 어려운 것이다.

……하는 수 없다.

'공항을 정리할 수밖에.'

이쪽의 강유나에게는 '상태 이상 회복 물약'을 사용했으나 효과가 없었다. 이에, 멀쩡하게 움직이는 그녀에게 직접 묻고자 결심했다.

그렇게 회귀 전과는 달리, 공항에서의 '나'를 무조건 피하는 신진권의 아바타들과 종횡무진 하는 강유나. 보다 조심성 있어진 태진이로 새로운 국면에 빠진 공항의 '나'에게 이쪽의 상황을 전달하려 할 때였다.

"큭큭…… 크ㅎㅎㅎ…… 그랬었군. 그랬던 거구만. 하하하하! ……쿨럭! 커헉!"

경박한 웃음소리.

부러진 나무와 석재 밑에서 잔해가 들썩였다. 수백 킬로그램은 됨직한 돌 더미를 조금 밀어 올린 그가 아슬아슬한 균형의 틈새로 기어 나왔다. 포복하는 그의 입으로 여지없이 가루가 밀려 들어왔다.

"세포 하나하나가 저급하게 찌드는 기분이야. 더럽고 찝찝해서 나 이거야, 원. 카악, 퉤!"

허영 덩어리의 신진권이었다.

가만히 내 시선을 따라 보던 월향이 한 손으로 석재를 번쩍 들어 올렸다. 위쪽이 훌렁 날아가자 올려 본 그가 이죽거렸다.

"너군. 983호. 이야~ 주인 바뀌고 팔자가 확 폈는데? 이젠 그림의 떡이 됐어. 크큭. 이럴 줄 알았으면 그때 만들자마자 내가 먼저 먹었어야 했는데 말이야. 내가 명기 중의 명기로 제대로 만들었잖아. 희귀본답게…… 커헉!"

월향의 발길질에 신진권의 몸이 사정없이 굴렀다. 거친 바닥에 고랑을 만들며 살갗이 벗겨지고 손목이 홱 꺾였다.

"아악! 내 손!"

뒤틀리고 꺾인 왼팔과 온갖 상처에 고래고래 소리를 지르자 다가온 그녀가 손날로 팔꿈치를 베었다. 놀랍게도 그녀의 수도(手刀)에 예리하게 팔이 잘렸다. 이어, 비명과 육두문자를 남발하려는 입을 땅에 세차게 박았다.

"그 입, 한 번만 더 놀려 봐라."

"우읍! 읍!"

잠시간 둘의 시선이 교차했다. 곧 신진권의 몸이 잠잠해지자 월향이 일어나 몸에 묻은 먼지를 꼼꼼하게 털었다. 그리고 그의 뒷목을 쥐고 다가와 처음처럼 고요하게 말했다.

"가져왔습니다."

엉망이 된 신진권을 보던 나는 말없이 고개를 끄덕였다.

……무감정한 줄 알았는데.

……생각보다 한 성격한다.

※　　　　※　　　　※

파괴와 피, 시체를 보면서도 냉철한 나를 객관적으로 인식했다.

점점 강해지고 점점 괴물이 되어 가는 나.

하지만 끝이 머지않았다.

"후흐흐. 내 처지가 실로 한심하군. 하하하하!"

짐짓 호탕하게 웃던 허영의 신진권이 월향에게 손짓했다.

"엉덩이가 배긴다. 방석 좀 가져와 주겠나?"

그녀는 들은 척도 않았다.

신진권은 혀를 차며 손을 좌우로 흔들었다.

"어허. 네 사랑스러운 주인님과 대담을 나누려는 손님이시다. 대우는 해 줘야지 않겠느냐. 게다가 무뚝뚝하기만 한 여자는 사랑받지 못하느니라."

사극의 양반처럼 말하는데 웃음은 익살스러웠다.

나는 몇 대 더 때려 주고자 소매를 걷어붙이는 월향에게 고개를 끄덕였다.

성큼 다가간 월향이 그의 멱살을 움켜쥔다. 이어, 넝마가 된 재킷과 셔츠를 쫘악 찢어 바닥에 펼쳤다.

"……거, 성격하고는."

구시렁거린 그가 털썩 앉았다.

콧수염을 만지는 허영의 신진권은 참으로 기이했다. 그토록 심하게 맞았는데도 크게 개의치 않았고 고결함을 논하면서도 행동은 걸림이 없었던 것이다. 입으로는 먼지 하나 용납지 않으나 막상 묻으면 '에이!' 하고 마는 부조화를 보였다.

게다가.

"이상하군요."

"뭐가 그러나?"

"당신은 자살하지 않으니 말입니다."

즐비하게 놓인 신진권의 시신들을 가리키자 그가 껄껄 웃었다.

"푸하하하! 이봐. 내가 너한테 한두 번 죽은 게 아니잖아. 수십 번을 죽어 나자빠지며 잘 알았다고. 네가 상상 불가의 존재라는 사실을. 딴 놈들은 몰랐겠지만 말이야. 흐흐흐."

자신의 머리를 톡톡 친 허영의 신진권이 씩 웃었다.

"사실 무모한 도전을 계속해 나가며 너에 대한 공포감이 커지니까 분신들이 나를 격리했거든. 감히! 나를 차단해 버린 거야. 하긴 실제로 객쩍은 죽음을 수없이 반복했잖아?"

침을 꿀꺽 삼킨 그.

"월향이도 내가 발악하다 만들었다는 건 알고 있지? 원래라면 그 정보를 다 알아야 하는데 미친 짓거리를 하다 만든 거라서 자료가 없단 말이야. 그만큼 나는 네가 무서웠고, 지금도 무섭다. 이렇게 다리가 후들거릴 정도로 무섭지. 그래서!"

실제로 앞에 있는 그의 바지는 약간 젖은 부분도 있었다.

"이렇게 일격에 초토화를 만들어도! 엄청난 모습을 보여도! 그러려니 한단 말이다. 넌 원래 위대하니까. 반면, 내성이 전혀 안된 '딴 놈'들은 그 막대한 공포에 완전히 무너져 버렸더군."

"그들의 정보는 여전히 차단된 상태입니까?"

"아니~ 내 연구 결과물을 보더니만 감정만 끊고 정보의 링크는 다시 이은 상태다."

그가 턱으로 월향을 가리켰다.

"그래서 말인데…… 나 좀 살려 줘."

피를 너무도 흘린 탓인지 식은땀과 창백한 낯빛이 위태로울 지경이었다.

"살려 달라?"

"이번에 죽으면 내 정보가 전체에 전달될 거야. 그러면 너에 대한 공포감도 희석되겠지? 물론 개미가 코끼리 무는 정도밖에 되지 않겠지만…… 귀찮잖아. 그러니까 좀 살려 줘. 딴 놈들한테 밀리지 않게 여자애들한테 줬던 물약도 주고."

흥미로운 제안이었다. 완벽한 통제를 받던 분신 중에서 반란을 품는다니.

"왜 그러십니까."

"일개미보다는 개미 왕이 되고 싶어진 거지. 특별해지고 싶 다랄까? 사실, 내가 생각해도 나란 것들이 너무 많잖아. 겁에 질려서 심장이 오그라드는 머저리들 주제에. 그냥 납작 고개를 조아릴 것이지 계산이나 해 대니 그녀처럼 저 지경이 되는 거 지. 그딴 것들보단 내가 말도 잘 들으니까 제발 나를 써 줘. 적 어도 난 위대함에 경의를 표할 머리는 있거든."

나를 신격화함으로써 자신의 공포감을 합리화하는 작태.

쓸 만한 노예가 생기는 것이니 손해 볼 것 없는 이야기였다.

그런데 묘한 말이 있었다.

그녀처럼 저 지경이 된다?

"강유나의 상태에 대해 잘 알고 있나 보군요."

"그렇다면 들어주는 거지?"

"말이 좀 짧은 것 같소만?"

"하하하하! 여부가 있겠습니까!"

손가락을 까딱이자 그가 다급히 셔츠 주머니에서 낡은 종이 를 꺼내 바쳤다.

"충성을 다하겠습니다."

나는 차분하게 환혼력으로 피를 철철 흘리고 있는 그의 팔을 얼렸다. 이후 보관함에서 물약을 꺼내 마시게 했다. 갈리고 으 깨진 치아가 정상으로 돌아오고 철철 흐르던 피가 멎으며 새살 이 돋는다.

다음은 반지였다. [복종하는 자의 멍에]라는 이름을 가진 이 것은 퓰라가 노예를 구속할 때 쓰던 것으로서 노예의 복종도를 확인하여 고통과 벌을 내릴 수 있었다. 흑마법사라는 명성답게

이로움이나 상은 전혀 없는 구속의 반지다.

그러나 관계없었다. 중요한 것은 징표일 뿐이니까. 그의 헛된 믿음을 자족시킬 수 있는 상징이면 충분했다.

"힘은 네 믿음만큼 얻을 것이다."

에일락 반테스의 경험은 전쟁에 국한되지 않았다. 전장의 광기와 무패의 전설에 광적으로 따른 수하들이 즐비했던 것이다. 그 기억을 살려 말하자 허영의 신진권이 고개를 조아렸다.

나는 그를 뒤로한 채, 구겨진 종잇장을 펼쳤다.

편지에는 그녀가 썼던 것으로 짐작되는 손글씨가 있었다.

- 혼란스러워할 네 모습이 눈에 선한데? 맞아. 난 네게 패하지 않았어. 단지 때가 되었기에 틈을 보였고 죽임당해 줬을 뿐이야. 그래도 이곳까지 오기 위해 한 너의 발악을 위해 박수 정도는 쳐 줄게. 5년간 내 분신이랑 노느라 수고했어요~ 짝짝짝~

그런데 이걸 어쩌나? 이제 new century도 끝인 걸~ 너 따위가 가질 수 있는 내가 아니고 너 따위가 다룰 수 있는 세상이 아닌 건 너도 잘 알잖아.

살고 싶어? 관리자가 필요하지?

그럼 넌 바쁘게 움직여야 할 거야.

네가 할 일은 간단해. 지금까지 아등바등 쌓아 온 전부를~ 내가 계속 새로운 꿈을 꿀 수 있도록 통째로 바치면 되는 거야. 무저갱(無底坑)으로 오면 내가 영원히 갖고 놀아 줄게.

그리고 다시 만들어질 나의 분신을 힘껏 제압해 봐.

5년 안에~ 내가 새로운 꿈이 지겨워지기 전에 잡으면, 난 너의 것이 돼서 굽실거리게 될 거야. 그러니까 쉽게 포기하진 말라구.

그런데 여기서 질문.

네가 5년 뒤에 이 편지를 다시 보게 될까? 말까? 내 계산에 따르면~ 네 피가 말라 가는 모습이 아름답게 펼쳐지는데~ 내가 틀린 거 같지?

나도 그렇게 생각해. 그러니까 보여 주세요, 당신의 능력을! p.s 아참, 정보가 부실하면 내가 꾸는 꿈도 짧아지니까, 숨김없이. 남김없이 몽땅 가져와야 해. 그럼 그때 보자구~!

나는 품 안의 강유나를 보았다. 슬쩍 손을 떼자 검은 책으로부터 먹물처럼 새카만 그녀가 나와 신진권에게 달려들려고 했다. 이는 내가 어루만짐과 동시에 삽시간에 해제되었다.

"조금 전, 네가 웃은 이유가 이것 때문인가?"

"나의 신이시여, 예측하여 포기한 그녀와 절망하여 제품에 죽어 버리는 저의 분신들이 놀랍도록 흡사한 이유였습니다."

'저의 분신들' 이라는 표현이 자신이 중심이 되고자 하는 열망을 보여 주었다.

"저는 분신들의 공포를 느낌과 동시에 바로 도망했습니다. 그러다 그녀의 죽음을 알고 강유나의 은신처에서 그 편지를 발견했지요."

환상을 자유로이 사용하던 그녀의 연구실. Z&F의 마련된 그녀의 방이었다.

"제 생각으로, 강유나는 저와 만난 직후, new century의 서비스를 시작함과 동시에 자신의 미래를 계산했습니다. 그리고 종국적으로 패할 수밖에 없음을 알고 포기한 것이지요."

뛰어난 만큼 자신의 한계를 예언했다.

"그러며 프로그래밍했을 겁니다. 도피처이자 여행지인 new century의 강유나 본신, 무저갱에서 강력하게 수호할 융켈의 힘, 외부에서 저와 타협하고 반목하며 관리할 분신으로 나눈 거지요."

각각 품 안의 강유나와 그녀가 지닌 책. 싸늘하게 묻힌 그녀를 칭했다.

"아바타와는 무슨 차이가 있지?"

"저와 제가 만든 아바타는 복제물이지만 그녀의 분신은 융켈의 힘으로 만들어진 권한입니다."

"권한?"

"제가 세상에 new century의 영향력을 넓힘으로써, 세계의 마력을 전함으로써 힘을 유지할 수 있는 것처럼 강유나는 관리하며 새로운 지식과 정보들을 채울수록 자신의 권한을 더해갈 수 있지요. 그녀는 실질적인 모든 힘을 무저갱에 쏟아부었습니다. 허상과 관리자의 책임을 분신에 담아 저와의 관계를 조율했습니다."

답하여 고하는 신진권의 모습에는 한 치의 거짓도 보이지 않았다. 공포로부터의 해방을 얻은 탓일까. 그 배출구가 숭배로 승화한 듯 그는 진심과 성심을 다해 고했다.

그러나 매끄럽지 않은 부분이 있었다.

바로 그녀가 자신의 몸과 분신을 연결해 두었다는 것.

완벽히 패할 것을 계산했고 영원히 꿈을 꾸고 싶었다면, 그 계산에 확신했다면 만에 하나 패할 우려가 있는 분신과 자신의 몸을 격리시켰어야 옳았다. 그런데 그녀는 연명하다시피 하지만, 자신의 몸을 완전히 포기하지 않았었다.

왜일까?

'서큐버스를 플레이했다는 것은 속임수였지.'

마력을 흡수한 것은 본래의 몸이 죽지 않게 하기 위함이었다.

5년은 그녀가 꿈에 익숙해지는 시간이다. new century의 독특한 운영 방식은 그녀가 새로운 정보를 받아들이고 이를 반영한 세계관을 구성하는 데 필요한 시간이었다.

여기서 의문이 피어난다.

도대체 왜 그녀는.

'생존하고 있는 걸까?'

잔인한 생각이지만, 합리적이 되려면 그녀는 스스로 숨을 끊었어야 옳았다. 그런데 그리하지 않은 이유는 정교하게 맞물려 돌아가던 톱니바퀴에서 이탈된 나사와도 같았다.

맞지가 않는 것이다.

나는 놓친 것이 있나 싶어 평화의 불씨로 그녀의 몸을 다시금 비췄다. 그러자 안온함에 저도 모르게 고개를 들었던 신진권이, 강유나를 본 그가 탄식했다.

"백마 탄 초인을 기대했었구나. 너는 그저 살고 싶었던 거구나!"

"뭐?"

" '수고하고 무거운 짐을 진 자들아, 나는 마음이 온유하고 겸손하니 나의 멍에를 메고 내게 배우라. 그러면 너희 마음이 쉼을 얻으리니 이는 내 멍에는 쉽고 내 짐은 가벼움이라.' 그녀가 바랐던 것은 안전이며 생존이었습니다!"

그는 자신의 선택이 틀리지 않았다는 듯 스스로 감격하고 격앙되었다.

"강유나가 영원히 깨지 않는 꿈속의 무거운 자유보다 자신을 안전하게 구속하고 기대어 지켜 줄 현실의 속박을 한편으로 바랐던 것임을 이제 알았습니다. 그리고 그녀는 그 누구보다도 강하고 어디까지 내달을 수 있는 긴 끈으로 신을 모시게 되었습니다. 이제…… 다 되었습니다. 모두 다 이룬 겁니다!"

찬미하며 도취한 모습.

"……."

나는 뒤늦게 기억해 냈다.

그것은 허영의 신진권이 타인의 말을 인용하여 말을 배배 꼬아서 하는 녀석이라는 것.

쉬운 말도 난해하고 장황하게 풀던 놈이라는 사실이었다.

'숭배받는 처지에 다시 물어보기도 그렇고.'

그냥, 뒤통수를 확 갈겨 버릴까?

연기에 한계를 느낀다.

……썩을!

쉽게 생각하기로 했다.

과정이 어떻건 분석이 화려하건 간에 신진권의 모든 해석은 '나의 행동'을 표현하는 것에 지나지 않았다. 즉, 핵심은 그의 식견이 아닌 '나'에게 있다.

우선 확인하자.

나는 뜻한 바를 모두 이루었다. 힘을 얻었고 저들을 강제할 수단 역시 확보했으며 new century의 관리 체계에 대해서도 알아냈다. 조력자도 구했고 재력과 무력에 이은 권력까지 손에 쥐었다. 고로, 외압에 숙이고 끌려 다니지 않을 확실한 자유를 확보했다.

그럼 문제는 뭐가 남았을까?

바로 new century의 관리자인 강유나의 부재다. 신진권과 표면적으로건 대립해야 하는 그녀의 죽음과 여파가 우려되는 거다. 모든 정보와 시스템을 발아래에 두었던 그녀의 영향력은 Z&F의 행보에 엄청난 변화를 줄 테니 말이다.

게다가,

'원판을 제어하기 위해 이놈이 이빨을 드러내기는 했지만, 혼자서 100명, 1,000명의 신진권들을 상대하기에는 역부족이지.'

그렇다면 답은 간단해진다.

나만 보면 죽어 버리는 신진권을 통제할 수단. 앞에서 조아리고 있는 허영의 신진권까지 제어할 가장 효과적인 방법은 바로 강유나를 살리는 것!

"아직은 그녀가 해야 할 일이 많다."

온전한 정신으로 되돌리면 된다. 사라진 몸을 복원하여 본래의 역할을 하게 만들면 깔끔하게 해결된다.

나는 평화의 불씨를 거두었다. 그리고 미사여구를 덕지덕지 붙이는 신진권을 무시한 채 강유나가 안고 있는 책을 거머쥐었다.

"우우……!"

힘껏 고개를 저으며 더 깊이 책을 품는 그녀지만 내 힘에는 역부족이다. 간단히 책을 빼앗기고 말았다.

순간, 칠흑과도 같이 새카만 장막이 삽시간에 나를 덮쳤다.

"상현 님!"

다급히 움직이려는 월향을 손을 들어 막았다. 그리고 순식간에 내 손이 어둠에 먹혔다.

모든 감각을 차단하고 존재마저 부정하게 하는 강유나의 무저갱.

이를 받아들였다. 처음 마주했을 때처럼 무방비 상태로 수용하니 온통 끝을 알 수 없는 암흑만이 가득해졌다. 하지만 그때와는 다르게 꽤 넓은 여백으로만 느껴지는 것은 왜일까?

반복되니 익숙해졌음이리라.

피식.

여유로운 마음으로 나의 흔적을 남기기 시작했다. 그녀가 바랐던 새로운 지식과 정보를 채웠다.

'나'라는 상을 오롯이 세웠다. 존재를 확립하고 지닌 바, 깨달은 바의 무예를 펼쳤다. 마력을 운용하며 108수의 환혼장벽을 펼치고 풍류보와 유수행으로 질주했다.

단, 일점집중의 비전은 펼치지 않았다. 자칫 강유나의 최후 방어기제인 무저갱 자체를 무너뜨릴 우려가 있기도 하거니와 '만약에 있을 배반'을 대비한 보루인 까닭이다.

'이제 남은 일은 지켜보는 것뿐.'

신명 나게 춤사위를 마친 나는 평화의 불씨를 띄워 짙은 암흑을 거두어 냈다.

회귀 전의 그녀가 말을 하고 기다시피나마 다가올 수 있었던 것은 바로 나의 기술들이 그녀의 책에 수록된 덕분이다. 비록 그때는 권한마저 빼앗아 완벽한 파국을 맞이했었지만.

'지금은 어떨까?'

뒤덮었던 어둠이 책으로 흡수되었다. 새로운 페이지가 완성되니 이윽고 그녀를 안아 든 나의 온몸으로부터 마력이 쭉쭉 빨려 들어갔다.

시작된 것이다.

마르지 않지만, 총량으로는 부족한 나의 마력.

성이 차지 않은 걸까. 그녀는 공기 중의 마력과 땅을 아우르는 일대의 마력들을 빨아들였다. 사물을 이루는 마력의 경계들이 허물어지며 바위가 모래가 되고 나무가 흙으로 변했다.

동시에 평화의 불씨로 비추는 강유나의 외관이 본래의 모습을 되찾아갔다. 오관이 세워지고 팔과 다리가 정상이 되었다. 마침내 그녀의 맑기만 하던 두 눈으로 총기가 어렸다.

"아—!"

놀라 크게 떠진 눈망울.

부드러운 호를 그리며 기쁨을 표현한다.

"역시 동생이었어!"

가녀린 두 팔이 나를 휘감았다.

※　　　　※　　　　※

격정적으로 안기는 그녀를 토닥이며 나는 옆을 보았다. 그곳에는 금빛 마력을 철벽처럼 두르고 굳건하게 서 있는 월향과 멀찌감치 모래밭이 된 경계 바깥에서 감격에 젖어 있는 신진권이 있었다.

잠시 강유나의 입술을 검지로 막은 나는 그녀를 내려놓았다.

"위험한 상황이었다."

"저는 듣지 못했습니다."

월향에게 다가갔다.

"이럴 땐 피하는 게 현명한 거다."

"저의 전부인 상현 님이십니다. 주인을 두고 도망하는 현명함을 저는 알지 못합니다."

그녀의 답을 들으며 나는 할 말을 잃고 말았다.

충성과 신뢰. 사랑이라는 말을 나는 동경한다.

그러나 그 앞에 한 단어가 붙는다면 심히 곤란해진다.

바로 '맹목적'이라는 것이다.

"무조건적인 모든 가치는 광기일 뿐이지."

나는 다시금 주위를 보았다. 세계 그 누구보다도 영향력이 있고 그 누구보다도 아름다우며 능력이 있는 세 명이 곁에 있었다. 모두가 나와 함께하기를 원하고 있었다.

무조건적이며 맹목적으로.

이것이 내가 바라던 사람이며 친구일까?

물을 필요도 없는 질문이었다.

'이 자리가 내게 어울리나?'

절대로 아니다. 강유나와 신진권은 물론이요, 월향까지도 노예 각인으로 시작된 종속된 인연의 결과였다. 나의 바람과는 전혀 다른 것이다.

그렇다면 모든 것을 이룬 내가 여기에 있을 하등의 이유가 없다.

"연극은 그만하겠습니다. 이쯤에서 정리하지요."

월향의 어깨에 손을 얹었다.

"유적을 떠올리되 태극을 명심하세요."

환혼력을 월향의 몸에 흘려보냈다. 금빛의 벽이 견고하게 막아섰지만 환혼력은 그 자체를 얼리고 투과하여 스며들었다.

그녀의 몸이 가늘게 떨렸다. 위로 성에가 꼈다.

위험한 상황이나 크게 걱정하지는 않았다. 그녀는 강유나가 마력을 흡수하는 것을 대항하며 금빛의 막을 사용한 여인. 유적의 또 다른 일부를 즉각적으로 사용하는 재능의 소유자였다. 당연히 과거와 마찬가지로 환혼력에 대항하는 비전 역시 깨우칠 수 있을 것이다.

월향의 피부 바깥으로 유리 결정이 겹겹이 생겨났다.

"거부하지 마시기를."

대항하는 그녀에게 가일층 힘을 퍼부어 금빛의 막을 완전히 부숴 버렸다. 이를 넘어 완벽하게 얼려 빙상으로 만들었다. 어설프게 대항치 못하게 극단적으로 나간 것이다.

그러자 회귀 전과 마찬가지로 월향의 단전을 기점으로 마력이 요동치기 시작했다. 그 흐름은 태극을 그리고 있는 바.

"훌륭합니다."

기대대로 그녀는 뛰어났다.

"처음 내린 명령을 철회합니다. 이제 나를 비롯한 모두의 말을 듣고 본인의 판단으로 생각하며 자유로이 살아가십시오. 세계일주를 해 보는 것도 좋겠네요."

신비로운 기류. 완벽한 원을 그리던 태극이 삽시간에 일그러졌다.

곧 본래의 모습을 되찾으며 순식간에 안정화하는 그녀.

"이제 당신은 자유입니다."

태극의 흐름이 몇 배나 빨라졌다.

나는 멍하니 있는 신진권과 강유나를 보았다.

"두 분에게 부탁이 있습니다. 먼저 강유나 씨?"

"갑자기 이러지 마. 이제 다 됐잖아? 모두 해결됐어!"

무표정하게 그녀를 보았다. 강유나는 도저히 이해할 수 없다는 시선으로 나를 보더니만 이내 체념하며 고개를 숙였다.

호칭을 바꾼 나의 의도. 월향에게 하는 말을 통해 충분히 내의도를 파악한 이유였다.

우리의 인연은 여기까지라는 나의 뜻을 그들은 잘 알고 있었다. 내 뜻에 반한다면, 나와는 적이 된다. 그것만큼은 피하고싶을 터.

순종할 것이다.

"네, 말씀하세요."

"new century를 정상적으로 운영해 주시기 바랍니다. 처음의 계획대로 관리하고 즐기기를. 그 몸으로 자유로이 현실을 살아가기를 부탁합니다."

"그 부탁…… 안 들어주면 어떻게 할 건가요?"

"영원히 꿈꾸게 해 드리지요."

마른침을 삼키며 그녀가 눈을 감았다.

끝으로 어정쩡하게 있는 신진권을 보았다.

"신진권 씨?"

"제발…… 제발 거두어 주십시오!"

이마를 땅에 짓찧는 그.

내가 어찌하건 그는 본래의 의도대로 섬기겠다는 뜻이었다. 물론, 그 이유를 나는 알고도 남음이 있었다. 무리에서 이탈된 그로서는 기댈 언덕이 나밖에 없었기 때문이다.

이에 모래가 된 밑을 가리켰다. 그가 나에게서 멀어진 거리다.

"다시는! 다시는 이와 같은 일이 없을 것입니다!"

신진권이 무릎걸음으로 와 거듭 소리쳤다.

목 놓아 외치며 엎드린 그에게 나는 피부로 느껴질 정도로 환혼력을 일으켰다. 냉기가 스멀스멀 뻗어 나가며 신진권의 무릎과 손, 얼굴 거죽을 얼렸다. 겉부터 뼛속까지 얼어붙는 공포 속에서, 그는 사시나무처럼 몸을 떨며 자리를 고수하고 있었다.

'역시.'

예상대로다. 이래 죽으나 저래 죽으나 매한가지이니 가능성을 좇은 것이다.

"좋아. 처음이자 마지막으로 믿어 보지."

환혼력을 거두며 나는 강유나에게 부탁했다.

"그들에게 알려 주세요. 만약, 이자를 죽인다면, 이자에게 조금이라도 해를 끼친다면 다시 찾아와 모든 것을 없애버리겠노라고 말입니다."

이어 허영의 신진권에게 명령했다.

"너는 강유나 씨를 모셔야 한다. 그녀에게 충성하고 new century의 운영에 온 힘을 기울이며 네 알량한 목표를 이루고자 해라. 만약 네 하찮은 욕망을 위해 나를 부른다면 결단코 용서치 않겠다."

떨리는 몸으로 힘들게 고개를 숙이는 그.

"대신 기회를 주마. 네 노력과 믿음만큼 나도 힘을 주겠다. 그 척도는……."

이번엔 부드럽게 말했다. 내가 일찍이 생각했던 바를 슬쩍 담으면서.

"그래. 세상에 존재하는 모든 불치의 병과 난치병을 치료하는 것으로 하자."

"모…… 모든…… 인간을…… 병으로……부터…… 해, 해……방……?"

간신히 혀를 놀리는 그.

"아니지. 인류의 평화를 말하는 게 아니다. 저들이 잘못 살고 실수하여 생긴 모든 것을 너한테 책임지라는 무가치한 명령을 내가 내릴 리가 없잖느냐."

푸근한 미소를 지었다. 나는 메그론의 모습을 다시금 흉내 냈다.

신진권에게만큼은 무섭고도 잔인할 필요가 있으니까.

"내가 보고 싶은 것은 가능성이다. 노력으로 바꿀 수 있는 삶. 그들이 만들어 갈 고유한 미래지."

그의 잔인함은 자상함을 동반하기에 더욱 섬뜩했었다.

신진권 역시도 그렇게 느끼고 있기를 바란다.

"나는 스스로 포기한 모든 이들을 경멸한다."

그의 머리를 쥐어 번쩍 들었다.

누르는 손가락이 신진권의 머리통을 삐그덕거리게 만들었다.

"Z&F라는 난제를 모두 풀었다. 이제 내 흥미는 오직 new century에만 남았을 뿐이지."

눈높이를 맞추었다. 공포에 질린 그의 눈과 웃음 짓는 나의 눈을 똑바로 맞댔다.

"그러니 현실이 진부하며 지루해진 나에게, 장애를 딛고 일어서는 신파극을, 같잖은 질병을 운명이라 여기는 쓰레기들의 재활용된 모습을 보이는 거다. 그 소소한 즐거움이 네게는 기적을 부를 것이고. 알겠나?"

눈을 질끈 감은 그가 울며 필사적으로 답했다. 대답인지 울음인지 분간조차 가지 않는 모습에 나는 기꺼운 표정으로 손을 놓았다.

"기대하마."

보관함에서 물약을 꺼내 한 방울 떨어뜨렸다. 그것은 [레노블의 붉은 정수]. 카임의 황금 정수는 모두 월향에게 부은 터라

한 등급 떨어지는 물건이었다. 퓰라가 몬스터의 혈력을 뽑아 만든 것이라 제법 고통을 선사하지만, 전체 능력치를 상승시켜 주는 좋은 물약이었다.

끄으으극-!

버둥거리며 비명을 억누르는 그를 뒤로한 채 나는 비로소 시선을 위에 두었다.

검은 연기 자욱한 하늘이건만 내게는 맑게만 보였다.

"신진권이 할 경과 보고."

시계를 제대로 손목에 차고 중절모를 고쳐 쓰는 내 뒤로 강유나의 목소리가 들렸다.

"제가 해도 될까요?"

조심조심 묻는 그녀에게 거절하려다가 나는 생각을 달리했다.

허영의 신진권에게 복종하는 자의 멍에를 끼게 했고 공포심을 선사했지만, 이곳을 떠나면 그를 감시할 수단이 없어지는 것이나 마찬가지다.

강유나 본래의 신진권과는 다르게 그는 다소 '미친' 모습을 자주 보였으니 나의 예측을 벗어난 엉뚱한 짓을 저지를지도 모른다.

불가근불가원. 균형과 절충을 잊지 말자.

"생각보다 불편하더군요. 형태를 바꿔 주시겠습니까?"

중절모를 그녀에게 건넸다.

"무, 물론이에요!"

흔쾌히 받아 든 그녀가 중절모를 맞잡고 새끼를 꼬듯이 비볐다. 그러자 수십 가닥의 보라색 실이 엉키며 정교한 주술적 언어가 새겨진 줄이, 응어리진 부분은 보라색 불꽃 모양의 현혹적인 보석으로, 보석 안에는 두 개의 손이 닿는 섬세한 모습이 담긴 펜던트가 되었다.

"지금까지 미안했어요."

그녀는 이를 내 목에 걸어 주려 했다.

"괜찮습니다."

나는 손으로 받아 직접 내가 걸었다.

"앞으로 잘 부탁합니다."

"……."

대답하려던 그녀는 고개를 끄덕였다.

그 모습은 마치 무언가를 굳게 다짐하는 것 같았다.

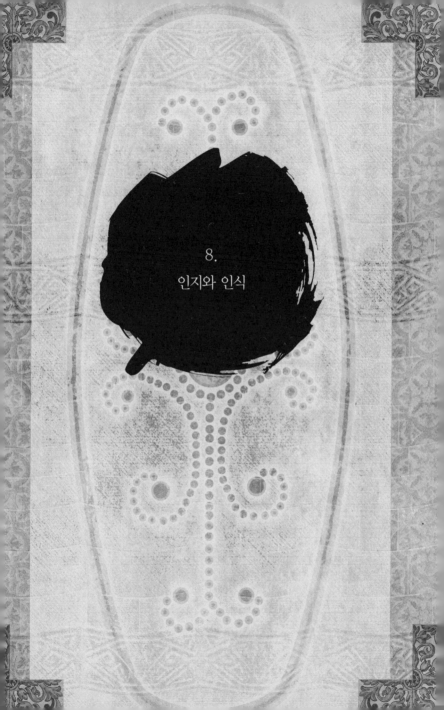

8.

인지와 인식

　격이 높아졌다.

　불꽃이 아로새겨진 적법사의 의복을 입고 있을지라도, 맨발로 비탈진 길과 도로 위를 바람처럼 질주할지라도 세상은 나를 인지할 뿐, 인식하지 못했다. 카메라 따위에 찍혀 심령사진처럼 구설수가 되는 일도 없었다. 강유나가 나를 위해 모든 정보를 검열하는 까닭이다.

　세상으로부터 잊힌 것과 진배없는 상황.

　그러나 외롭지도 슬프지도 않다.

　이것이야말로 내가 바라던 나의 모습이었으니까.

　'비로소 출발점에 섰구나.'

　후련하다. 가슴이 탁 트였다.

　걸음을 멈춘 나는 저택을 돌아보았다. 멀리 보이는 신진권 사장의 별장은 뿌연 먼지와 한창 수리 중인 인력으로 북적였다.

참으로 짧은 시간 동안 많은 일이 저곳에서 일어났다. 복제부터 전쟁을 방불케 하는 화력전에다 마법과도 같은 회귀의 기적까지.

그리고 그 끝에 나는 전부를 얻었다.

"이제 시작이다."

내 힘이다. 내가 이룬 업적이다.

성륜의 계약자이자 세계의 권력자인 신진권 사장. new century의 관리자이며 세상 모든 정보를 지배하는 강유나. 그들을 거두었다. 내가 말하기만 하면 그들은 내게 모든 것을 바칠 것이다.

여기에 격이 올라감으로써 이상현이라는 사람을 세상이 알지 못하게 되었다. 태진이가 만에 하나로라도 나를 인식할 가능성이 사라졌음이니 기쁘기 한량이 없다. 혹 녀석의 격이 오른다면 치명적인 나의 약점인 회귀가 다시금 불거지겠으나 신진권과 강유나를 얻은 내 눈을 녀석이 피할 방도는 티끌만큼도 없다.

'집으로 가자.'

몸을 돌린 나는 바람처럼 걸음을 내디뎠다. 옛 동화에 나오는 선인의 그것처럼 땅과 땅을 접어 공간을 도약하는 듯 먼발치가 눈앞으로 압축되어 가까워지고 멀어지기를 반복했다.

만나고 싶은 사람들, 함께하고 싶은 이들에게 가는 발걸음은 한없이 가벼웠다.

⊗　　　⊗　　　⊗

정오를 갓 지난 오후.

산동네는 여전했다. 목사 부부와 선교원의 아이들은 참외와 토마토, 오이를 심은 텃밭에서 자연 학습 중이었다. 나는 채소에 대해 설명 중인 그에게 다가갔다.

"목사님, 성경 퀴즈 상품은 어떻게 되었나요?"

"색연필로 대신했단다."

답한 그는 다시금 아이들에게 하던 말을 이었다.

아이들의 앞에서 눈을 보았다.

똘망똘망한 눈. 순진무구한 눈. 지루함과 장난기 가득한 아이들의 눈이 잎사귀 보듯 나를 스쳤다.

자리를 옮겨 하교 중인 아이들 사이에 들어갔다.

왁자지껄 얘기하고 일부는 new century에 관해 자랑스럽게 말했다. 그러나 이런 옷차림에도 가로등을 피해 거닐 듯 지나갈 뿐 내게 시선을 주는 이는 어디에도 없었다.

강유나가 보여 준 영상과도 같았다.

'그렇다면.'

훌쩍 도약하여 나뭇가지를 밟으며 내달렸다.

도착한 나의 작은 집.

휑하니 비어 있고 남은 것이 아무것도 없었다. 접속기기는 물론 쓰던 양말에 숟가락 하나까지 깨끗한 것. 비밀을 파헤치고자 신진권이 모두 쓸어 간 탓이다.

냉정한 이성 사이로 작은 파문이 일었다. 괜스레 드는 마음이 작은 일탈을 불렀다.

펜던트에 대고 말했다.

"부모님 사진. 목숨 걸고 보관해 두세요."

곧 펜던트로 부산스런 소리와 함께 다정한 두 분의 모습이
홀로그램으로 떠올랐다. 눈을 감고 되새긴 기억과 보이는 모습
이 조금도 다르지 않다.

멈추어 서서 세세하게.

하나하나 각인한 뒤 바깥으로 나왔다.

탁 트인 하늘을 보았다. 강렬한 태양과 넘실거리는 마력으로
가득한 저곳.

흐르는 구름 한 점이 나의 눈을 사로잡았다.

손을 뻗으면 잡을 수 있을까?

힘껏 뛰었다. 지붕 위를 밟고 전신주를 계단 삼아 힘차게 도
약.

쇼크웨이브의 반발력마저 사용했다. 그러나 하늘은 여전히
멀었고 조각구름은 간데없으며 체공하는 나의 몸은 땅으로부터
만 멀어져 있을 뿐이다.

'가 보자.'

비현실적인 현실 속에서 나는 감성으로 움직였다. 방향을 잡
고 아낌없이 비전을 사용하며 바람처럼 달렸다. 숨이 턱 끝에
찰 만큼 육신을 혹사하고 내달렸다.

그렇게 기억만으로 도착한 추억의 장소.

먼지 뽀얗게 쌓인 서랍 속 고지서 같은 여고(女高)에 도착했
다.

4층 건물의 계단을 올라 창문을 기웃거렸다. 화장실 앞의 2반

교실.

그곳의 문을 열었다.

느닷없이 열린 앞문에 수업 중인 학생부터 선생까지 시선이 모이는 것도 잠시, 이내 교과서와 칠판에 집중했다.

31분이 흘렀다. 쉬는 시간을 알리는 종이 울리기까지 함께했다. 빤히 본 그녀의 얼굴에 낙심과 피로의 기색은 보이지 않았다. 편안하게, 평범하게 일상을 지내고 있음이 분명했다.

"자, 그럼 숙제 잊지 말고. 반장은 잠깐 교무실로 오렴."

어느덧 여교사가 나가고.

"아우으~"

"완전 수면제야, 수면제."

"야, 매점!"

축 처져 있던 학생들이 말했다. 나는 그녀가 친구들과 지나가는 모습을 보고는 비로소 나왔다.

돌아오는 길은 대중교통을 이용했다. 예전과 같이 버스를 타고 기다렸다가 차에 올랐다. 차이점은 요금을 내도 거스름돈을 알아서 주지 않았다는 정도일 뿐.

생각을 갈무리하며 거리에서 보낸 시간은 어느덧 저물녘 풍경으로 변했다. 하나씩 예전의 거리. 기억 속의 사람들을 반추하던 나는 이용택 관장의 아파트 앞. 놀이터에서 걸음을 멈추었다.

세상이 온통 무채색으로 보였다. 화창하던 하늘이 어찌 이리도 급격히 어두워졌단 말인가.

그때 저 위의 베란다에서 한 줄기 햇살이 비쳤다.

"상현 오빠~! 얼른 들어오래요!"

손나팔을 한 이한나의 목소리. 아파트 구석구석까지 울렸다. 메아리치는 것에 깜짝 놀랐다가 쏙 몸을 감추는 모습.

회색빛 세상에 다양한 빛이 들어찼다.

웃음이 나왔다.

"그래 한나야~ 이 오빠가 왔…… 엥? 들어갔니?"

"어따, 거 목청 좋다~ 역시 임을 부르는 소리는 화통하구나. 안 글냐?"

"흐흐. 물론이죠."

"……그 님이 너님 같지는 않다만."

대꾸한 강하성 소장은 내 어깨에 턱 하니 손을 올렸다. 그리고 눈을 크게 떴다.

"어메, 깜짝이야~ 옷도 옷이다만 이건 뭐여, 또 컸어?"

위아래로 훑는 그와 달리 동길은 싱글벙글하였다.

"아부지도 참. 사람을 소 고르듯 쳐다보면 어떻게 해요?"

"엥?"

"얼른 들어가요. 예쁜 며느리 보러~!"

"……이게 정신이 나갔나?"

먹던 소주 팩마저 놓고 아들을 보는 강하성 소장에게 내가 손을 내밀었다.

"우선 들어가지요. 그렇지 않아도 한 자리에서 드릴 말이 있습니다."

그는 나와 이용택 관장의 집을 번갈아 보았다. 그러더니 소주를 단숨에 빨아 마시고는 쓰레기통에 정확히 던져 넣고는 씩 웃었다.

"그려~ 자세한 건 집에 가서 얘기하자."

그가 동길과 나의 가운데서 어깨동무를 했다.

※   ※   ※

엘리베이터 안에서 나는 그들 두 부자(父子)가 왜 온 것인지를 알았다. 공항에서의 일을 마친 이용택 관장이 오늘 저녁을 함께하자며 연락했다는 것이다.

나는 직감했다. 달라진 나의 격만큼 그도 어떤 변화를 겪었음이 분명하다고.

초인종을 누르고 나를 본 두 유부녀가 '개량 한복 좋아해?', '이런 스타일로 만들까?', '이게 무슨 패션이래?' 하며 한바탕 수다를 늘어뜨렸다. 그사이 한나는 창피하다는 듯 '엄마! 좀 있다가요!' 말하고 혜란의 손을 이끌었다. 그저 헤벌쭉 웃고 있던 동길은 영순에게 '아아! 어무이 좀 살살!' 외치며 귀를 붙잡혀 끌려갔다.

'나를 아는구나.'

나를 소재로 삼고 인식하는 일상의 모습이 이토록 감동을 줄 줄이야.

"당신도 얼른 와서 수저라도 놓아."

휙 고개를 돌리고 남편을 채근하는 주영순.

그녀의 말에 내가 대신 웃었다.

"함께 긴히 할 이야기가 있어요."

"그래?"

그녀는 강하성 소장에게 따끔히 말했다.

"그럼 이때다 하고 너무 늦장 피우지 말고 일 끝나면 냉큼 나와서 수저 놓는 거야. 알았지?"

앞치마에서 꺼내 든 젓가락. 수틀리면 확 던져 버리겠다는 뜻!

"무, 물론 태어날 때부터 수저는 제가 놓고 싶었어요. 걱정하지 마요, 여보."

다시 넣으며 그녀가 빙긋이 웃었다. 그리고 강하성 소장의 볼에 입을 맞추었다.

"우리 착한 남편, 이따 봐요~"

엉덩이를 툭툭 두드리는 모습에 동길이 소리쳤다.

"엄마, 나도 장남인데 남자들 회의에 껴야 하는 거 아니에요?"

"확!"

"장모님! 물컵은 제가 놓을게요…… 으악!"

엄마를 피해 달아나던 동길이 발을 움켜쥐고 동동 굴렀다. 접시를 든 한나가 발을 꽉 밟은 탓이다.

그야말로 왁자지껄 화기애애한 분위기였다. 멀뚱히 서 있는 내 허리를 강하성 소장이 쿡쿡 찔렀다. 얼른 들어가자며 눈짓하는 모습에 그저 나는 즐겁기만 했다.

탁.

"하이고. 뭔 놈의 여편네가 성격은 저리 드세서…… 내 팔자야……."

문을 닫기가 무섭게 소리를 낮춰 험담하던 그는 자리에 털썩 앉으며 두 다리를 쭉 뻗었다. 이용택 관장은 벼루에 먹을 갈고 있었다.

붓에 먹을 듬뿍 묻혀 글귀를 쓰는 그.

"내 소박 맞은 게 뭘 그리 자랑이라고."

"흥! 이게 다 누구 때문인데 그러냐? 숨법은 나만 알려 줬어야지."

대답 대신 일필휘지로 써 내려갔다.

仁人心也 義人路也(인인심야 의인로야).

강하성 소장이 목을 긁었다.

"이거 나한테 하는 말치곤 좀 이상하다?"

"나한테 하는 말이다."

"별꼴이네."

어깨를 으쓱한 그가 방 한편에 놓인 인삼주의 뚜껑을 열었다. 잔 두 개를 꺼내 따른 강하성 소장은 나와 이용택 관장에게 건넨 뒤 자신은 병째 들었다.

쨍!

서로의 잔이 부딪쳤다.

머금어 삼키노니 쌉싸래한 맛이 그윽하게 몸을 달구었다. 깊숙하게 감도는 향은 마음마저 풀어지게 했다. 어디에나 갈 수 있지만, 누구도 마주할 수 없는 내가 비로소 집에 왔구나 싶었다.

"크~ 좋다, 좋아. 역시 네가 캐고 혜란 씨가 담근 술이 진짜라니까."

쭉 들이켠 강하성 소장은 안에 든 인삼마저 꺼내 와작와작 씹었다. 꽤 쓸 텐데도 꼼꼼하게 씹어 꿀떡 삼킨다.

"근데 뭔 일이냐?"

"진행 상황과 저의 변화에 대해 알려 드릴 것이 있어서요."

그는 씩 웃은 뒤 주머니에서 마른오징어를 꺼내 입에 물었다. 술잔을 조용히 기울이는 이용택 관장과는 참으로 대조되는 모습이었다.

"며칠 사이 Z&F 본사에 다녀왔습니다. 신진권 사장과 new century의 관리자를 만나 대화한 끝에 그들이 제 수하가 되었지요. 그들에게 들은 이야기를 하고자 합니다."

"뭐?"

잔을 내려놓으며 하는 말에 병나발을 불던 강하성 소장이 그 상태 그대로 나를 보았다. 그러다 눈을 몇 차례 끔뻑였다.

"잠깐만, 좀 이상한 얘기가 있는 거 같아서 그러는데…… 수하라고 한 거 맞냐? 부하 같은 거?"

"네."

"회사 사장이랑 관리자씩이나 되는 사람이 숙이고 들어왔다고?"

긍정하자 '대체 뭔 대화를 했기에.' 하고 중얼거리던 그가 조심히 침을 삼켰다.

"팼냐?"

"그냥 건물 몇 채만 부쉈어요."

"……거 간단해서 좋다. 하여간 몽땅들 부수는구나."

그때 이용택 관장이 채 먹물이 마르지 않은 한지 옆에 빈 잔을 두었다.

"아무래도 네 이야기가 꽤 길 듯하니 내 일부터 먼저 말하마. 공항에 다녀온 일은 잘 해결됐다. 아바타들만 죽이고 다른 사람들은 모두 살려 보냈어. 하지만 그들을 데려오는 일은 실패했다."

"제 부탁임을 밝혔는데도 설득되지 않던가요?"

"대화 자체를 못 했다. 세 아바타를 죽이는 동안 모두 도망쳤거든. 쫓아가서 잡으려고 했는데 워낙 사력을 다해서 도망을 치는지라……."

건조한 웃음을 보이는 그에게 고개 숙여 감사를 표했다. 불쑥 나타나 3명을 때려잡고 무섭게 쫓아오는 그의 모습이 꽤 공포적임을 충분히 이해했다. 고지식하게 부탁대로 했다가는 겁먹은 신진권과도 같은 불상사가 일어날 수도 있었을 터다.

그렇게 간단한 인사치레를 한 나는 본래의 이야기를 시작했다. 대략 짐작은 하겠지만 정확하게는 알지 못하는 강하성 소장도 이해할 수 있게. 이용택 관장에게도 나의 변화를 알리기 위함이다.

"사람에게는 누구나 동일한 재능과 가능성이 있다고 합니다. 이 재능과 가능성이 각각 100의 총량을 가지고 있다 할 때, 100의 재능이 고르게 분산되면 평범해지지만 지나치게 불균형을 이루면 심각한 장애를 갖게 되고 특수한 능력을 얻게 되지요. 이것이 범인과 이능력자를 가르는 기준입니다."

"장애인이 초능력자다?"

"후천성 장애가 아닙니다. 그 정도도 다르고요."

나는 펜던트를 통해 장애의 척도를 홀로그램으로 직접 보여 주었다. 펜던트가 소량의 마력을 빨아들이고 당시의 현장을 재현했다.

고요한 수술실. 기형적이며 작은 충격에도 부러지는 뼈. 정신질환으로 고통받는 이들이 벽을 투과하고 불을 뿜어내며 허공을 떠다니는 등의 모습.

내 힘의 특징인 환혼력이 괜스레 분위기를 더욱 을씨년스럽게 했다.

마치 생생한 공기까지 가져온 양 싸늘하게.

"전 세계에 73명이 있었습니다만, 1명을 제외한 전부가 신진권에게 해체되었습니다."

영상은 단순히 외적인 모습만 그림처럼 보여 준 것을 넘어 인체 실험으로 이어졌다. 피부를 벗기고 뼈가 드러났다. 적나라하게 보이는 내장기관 일부는 퇴화하고 텅 비는 등, 일반인과 차이를 보였다. 그곳에는 유기물 덩어리만 있을 뿐 생명은 어디에도 없었다.

"이로써 그는 72가지의 이능력을 얻었고 인간의 재능과 초능력 간의 정확한 정보를 얻었지요."

피가 낭자하고 숨죽인 비명이 아득하게 퍼지는 놀랍고 끔찍한 영상. 강하성 소장이 씹던 오징어를 떨어뜨렸다.

"로맨틱 코미디인 줄 알았는데 고어물을 본 듯한 반전인데…… 도대체 그놈은 왜 저런 짓을 했다냐?"

"완전하며 완벽한 인간이 되는 것. 그것이 그의 목표입니다."

그는 실험체들을 해부하는 신진권의 얼굴을 무섭게 노려봤다. 짙은 혐오와 분노가 눈으로 보일 정도이기에 나는 영상을 다음으로 넘겼다.

"신진권이라는 놈, 왜 살려 뒀냐?"

장난기 싹 가진 물음. 언제나 웃음기 있던 그의 돌변한 모습이 이질적이다.

"하성아, 급하다."

이용택 관장의 한 마디가 마력을 매질하여 정확하게 강하성 소장의 귓전을 두드렸다. 무형의 망치로 세차게 맞은 듯 흠칫한 그는 호흡을 깊이 마시고 눈을 반개했다. 침잠하는 혈력과 흐르는 기력이 마력의 경계를 굳건히 다졌다. 이용택 관장의 것에는 한없이 부족하지만, 경계를 그어 자신의 의지를 세우는 것.

약간의 시간이 걸릴 듯하여 말을 멈추니 이용택 관장이 나를 불렀다.

"1명은 어떻게 됐지?"

관련 자료를 찾으니 곧 보고서와 조사서가 떠올랐다.

"아직 잡히지 않고 도주 중입니다. 능력은 이례적으로 미래 예지와 정신 간섭, 두 가지를 가진 것으로 예측된다는군요. 단 한 번도 발견되지 않은 점. 그리고 접촉한 모두의 기억이 왜곡되어 있음이 증거라 합니다."

그러자 곰곰이 생각하던 이용택 관장이 말했다.

"이계원이라는 녀석은 어떤 능력을 갖췄나?"

"마인드 컨트롤입니다."

"부적을 이용한 결계 능력을 가진 사람은?"

보고서를 쭉 열람했지만, 어디에도 부적에 관한 내용은 없었다. 더 넓은 의미인 주술조차도 말이다. 그때 보고서를 만지던 그가 도주 중인 초능력자의 능력란에 추가로 기재했다.

"하마터면 속을 뻔했군."

슥.

- 마력 실드 사용.

익숙하게 타자(他者)는 수정할 수 없는 보고서를 고치는 이용택 관장이다.

그런데 마력 실드라면.

"new century의 마법사 전용 스킬 아닙니까?"

"이계원이라는 녀석이 부적을 들고 보호막으로 몸을 지키더구나. 하여 이능력이나 주술인 줄 알았는데 느낌이 이거였어."

보고서를 툭 던진 그가 손으로 원을 그렸다. 놀랍게도 new century의 스킬이 그대로 선명하게 재현됐다.

"어떻게 스킬을?"

"한 번 봤으니까."

그의 모습에 나는 긴장과 안도로 고개를 끄덕였다.

73번째 능력자는 잡힌 것이나 마찬가지다.

접촉자인 이계원을 잘 관찰하면 찾을 수 있다? 언제고 모습을 드러내면 그때 잡는다?

고작 그 정도가 아니었다. 마법 부여는 여행자 기본 스킬이 아니다. 즉, 73번째 능력자는 시스템이 파악한 new century 의 이용자라는 뜻.

'그렇다면.'

생각을 마친 나는 펜던트를 쥐었다가 멈칫했다.

한 가지 의문이 든 것이다. 세상사 무관심하고 별반 신경 쓰지 않을 것만 같던 그가 왜 보고서를 직접 고쳐 주고 조언까지 할 만큼 적극성을 보인 걸까?

"이계원이 무슨 큰 잘못이라도 저질렀나요?"

"하성이는 어지간해서 화를 내지 않지만, 잠깐이라도 화가 나면 스스로 절대 억누르지 못한다. 숨법 때문이지."

물으니 다소 엉뚱한 대답을 한 그가 반문했다.

"왜 저리도 숨 조절에 힘이 드는 줄 아느냐?"

내 질문과 관계된 말일 것이다. 하지만 짐작하는 바는 있으나 막상 대답하기는 저어됐다. 이에 망설이자 그가 피식 웃었다.

"괜찮다. 하성이는 지금 자기 숨소리밖에 안 들리니까."

"……강제로 관장님이 각인시켜 주셨다 들었습니다."

간단히 말해 숨법에 비해 수준이 미흡하다는 뜻.

"맞아. 의지도, 자질도 부족한데 친구라서 해 줬지. 숨길 하나하나를 전부 내가 트여 줬어. 그 때문에 하성이가 사고도 꽤 쳤다. 주체 못 하는 힘이 생기니 여기저기 쓰고 평소보다 더 나서는 통에 영순 씨도 몸 고생, 마음고생이 심했지. 천하에 저런 난봉꾼이 없었을 정도거든."

그의 어조에서 쓸쓸함이 물씬 묻어났다.

"상현아, 마음만 먹으면 초기 수준의 숨법은 누구에게도 얼마든지 전수해 줄 수 있다. 처음만 고생했지 두 번째는 쉬우니까. 그럼에도 영순 씨를 끝으로 누구에게도 전하지 않는 이유는, 앓는 소리를 하며 절대 가르치지 않겠노라 맹세한 것은 힘은 남이 주어서는 안 되기 때문이야. 공력은 쌓는 것이지 얻는 것이 아니다."

그런 그가 보기에 이계원이 눈에 찰 리가 있겠는가. 마뜩잖아도 보통 마뜩잖은 게 아니었던 듯싶다. 그런 이에게 부적을 준 73번째 초능력자 역시도.

나는 곧 강유나에게 연결했다.

"국내 new century 접속자 중에서 마법사 직업과 실드 마법 부여 스킬을 보유한 자. 아바타 게임을 시작하기 전의 공항 이용자를 모두 대조하여 시간대별 접속자의 위치를 확인하십시오. 그리고 이들 중 이계원과 접촉……."

"양혁수도 함께 있었다."

이용택 관장의 조언에 말을 수정했다.

"이계원과 양혁수, 그 둘과 직접 접촉한 이. 접촉 가능성이 있던 자들과 교차점을 절충하여 대상을 파악해 두십시오. 결과 보고는 직접 전해 듣도록 하겠습니다."

- 맡겨만 주세요!

부탁하는 나는 물론, 대답하는 그녀까지 흔쾌히 받아들였다. 상식적으로는 불가능에 가까운 일이지만 강유나라면 길어야 하루도 되지 않아 정리할 것이다.

똑똑……

"식사 준비 다 됐어요~"

한나의 목소리였다. 곧 생경하기까지 한 흐뭇한 미소를 머금은 이용택 관장이 친구의 등에 손을 얹었다.

쓱 내렸다가 빙글 원을 그리고 탕! 하니 내쳤다. 과격하기까지 한 손놀림에 강하성 소장의 마력이 반듯한 경계를 이뤘다.

"감정 조절에 또 실패했구만. 아~ 나 때문에 이거 미안하다."

"알면 집에 가서 반야심경이나 읽어."

"한 번만 봐줘. 골백번은 더 읽어서 아주 질린다구. 그런데 아까 어디까지 얘기했더라?"

너스레를 떠는 모습. 조금 전과 같은 흥분은 싹 가신 평상시의 강하성 소장이었다.

"밥 먹으면서 같이 듣죠."

"엥? 그래도 되는 거냐?"

"미성년자 관람 불가는 아까 끝났으니까요."

아닌 게 아니라 사실 동길을 제외한 다른 식구들에게도 내 변화에 대해 알려 줘야 했다. 모두가 숨법을 익혀 나를 인식하기에 설명해 줄 필요가 있었던 것이다.

혹 와전될 우려는 없었다. 이용택 관장의 철칙을 확인한 만큼 그와 관계된 사람이 엇나간다면 그가 직접 단속할 테니까. 경험했다시피 내가 제재하는 것보다 그의 처리가 더 확실했다.

"그럼 먹고 하자."

강하성 소장이 벌컥 문을 열었다.

고소하고 구수한 냄새가 물씬 풍겨 온다. 빈자리가 없을 만큼 거하게 차려진 식탁에는 수저를 제외한 나머지가 모두 있었다.

미리 앉아서 침만 꼴딱꼴딱 삼키고 있던 동길이 대뜸 그에게 내밀었다.

"아부지, 수저요~"

"오냐, 이 착한 아들내미야."

수저통을 받은 강하성 소장이 아들의 머리를 쥐어박았다.

❈   ❈   ❈

음식은 매우 훌륭했다. 넉넉해진 주머니 사정만큼 좋은 재료를 아낌없이 쓴 데다가 두 어머니가 요리에 일가견이 있어 어느 고급 요릿집보다도 뛰어났다. 해물찌개는 얼큰하고 갈비의 육질은 연하며 간이 잘 배어 있었다.

하지만 식사 분위기는 유쾌한 한편으로 굉장히 어색했다. '잘 먹겠습니다~!' 하며 화기애애하게 시작했지만 먹는 동안 엄지를 치켜들며 극찬하는 동길이가 나와 이용택 관장을 전혀 의식하지 않은 탓이다. 시선조차 주지 않고 대화 대상에도 고려하지 않았다.

"역시 장모님 솜씨가 최고예요. 전국 어디서나 맛볼 수 있는 고향의 맛이 전혀 나지 않는다니까요."

눈치를 줬음에도 태연자약하게 하던 이야기를 이을 뿐.

이는 사람을 따돌릴 때 하는 전형적인 행동으로 오해하기 딱 좋았다. 의도적으로 전혀 말을 걸지 않고 무시하는 것 말이다. 더 당황스러운 것은.

"더 먹을 수 있겠어?"

옆에 앉은 내 물음에.

"아니요. 솔직히 너무 많이 먹었는데 어머님이 만드신 거라 더 먹는 중입니다."

공손히 속내를 다 밝혀서 대답하고는 '한 그릇 더 주세요!' 얘기한다는 사실.

오죽하면 맞은편에 앉은 한나가 걱정스럽게 그를 볼 정도였다.

"오빠, 괜찮아?"

"괜찮냐니? 물론 좋지! 특히 이 전 맛있어. 네가 부친 거라서 더 끝내줘~"

앞치마를 두른 영순은 아들의 이마에 손을 얹고 맥을 짚기까지 했다.

"애가 열은 없는데……."

"에이, 어무이. 밥 먹는데 갑자기 왜 그래요? 어? 아니 갑자기들 왜 저만 보세요? 뭐 묻었나?"

냅킨으로 입 주변을 닦으며 외려 그가 당황해했다. 그로서는 평소와 다를 것이 없는데 오늘따라 유난히 자신을 걱정하는 것으로 여겨지기 때문일 터.

'어중간한 것만큼 안타까운 일도 없구나.'

새삼 느낀 나는 이용택 관장을 보았다. 어른이 나설 때였다.

"동길아, 거실에 가서 TV 보거나 new century라도 해라."

벌떡.

"네, 알겠습니다~!"

수저를 내려놓은 그가 일어났다. 그리고는 자연스럽게 캡슐에 들어가 new century에 접속했다.

무조건 순종하는 모습! 복종에 가까웠다.

식사 분위기가 싸하게 가라앉았다.

"동길이는 지극히 정상입니다. 문제는 오히려 저와 관장님에게 있어요."

"아빠랑 오빠가?"

"그게 무슨 말이니?"

한나와 영순의 물음에 나는 옷을 가리켰다.

"제 옷이 많이 이상하지요? 그럼에도 지금 보신 것처럼 동길이는 전혀 제 옷에 대해서. 또, 저에게 말조차 걸지 않습니다. 반대로 제가 말을 걸거나 부탁을 하면 사람들은 의심도, 거부도 않고 무조건 제 말에 따릅니다. 이는 동길이만이 아닌 바깥의 모든 사람이 마찬가지예요. 이는 모두 저의 '격'이 오른 때문입니다."

"격?"

"다소 황당무계하겠지만, 지금부터 제가 하는 말에는 조금도 거짓이 없습니다."

말을 멈춘 손을 펼쳐 평화의 불씨를 피웠다. 갑작스레 식탁 위에 안온한 불씨가 살랑거리니 모두가 놀라워했다. 그러나 당혹과 두려움을 평화의 불씨가 모두 가져가니 남는 것은 순수한 놀라움과 관심일 뿐.

"사람에게는 저마다 가능성이 있습니다. 단순히 어떤 직업이나 '무슨 일을 하고 싶어' 하는 것이 도달하고 채울 수 있는 그릇의 크기지요. 가능성이라는 그릇을 채울 물은 우리가 노력하며 배우고 익히는 모든 것입니다."

그사이 이용택 관장은 미간을 찌푸린 채 불씨를 유심히 보았다.

"미술, 기술, 학문 등의 공부부터 모든 활동이 전부 포함돼요. 평생을 일로매진하여 장인이라 불리는 사람. 흔히 말하는 달인이나 최고의 전문가가 되는 것이 가능성을 채우는 정도로 이해해도 무방합니다. 부자가 되거나 높은 위치에 오르는 것이 아닌, 자기 단련이 그 척도인 셈이지요."

나는 특히 한나를 보았다. 다소 이해하기 어려운 단어가 있을까 걱정한 것이다. 말을 하다가 이해를 못 하는 듯싶으면 더욱 쉽게 풀어 재차 부연설명을 했다.

한편, 이용택 관장은 평화의 불씨에 손을 가져갔다.

"가능성만큼 역량이 생겼을 때, 자신이 도달할 수 있는 최고가 되었을 때 이를 '격을 갖췄다.'고 표현합니다. 그리고 격을 갖추면 말과 행동에 힘이 실리고 다른 사람이 따르는 위엄이 생깁니다."

"카리스마요?"

"그래, 한나야. 이처럼 카리스마가 있는 격을 갖춘 사람은 같은 말을 해도 신뢰가 가고 설득도 쉽게 될뿐더러 무슨 일을 해도 쉬이 도움을 얻게 돼."

"그, 뭐냐. 옛말에 나오는 별의 기운을 타고나거나 왕이 될 운명이라는 그런 거냐?"

대충 비슷하다. 이에 강하성 소장에게 그렇다 영순이 젓가락을 매만졌다.

"우리가 그런 대단한 사람이라니……."

"이이한테 숨법 배웠잖아요."

정혜란의 귀띔.

"아, 맞다. 그럼 용택 씨 덕분이라는 거네?"

그녀들이 고개를 끄덕였다.

두 여성이 살며시 보는 이용택 관장은 평화의 불씨를 손에서 이리저리 굴리고 있었다.

"살아가며 일반적으로 쌓는 공부가 한 컵의 물이라면 관장님의 숨법은 양동이째 들이붓는 것과도 같습니다. 익히기 어려운 만큼 단번에 가능성을 모두 역량으로 바꿔 주기 때문이죠. 여기 계신 분들이 구기종목이나 대회에 나간다면 어떤 프로선수보다도 월등한 기량을 보일 수 있는 것처럼."

"확실히 그건 그래."

"용택 씨한테 주의를 받긴 했지만……."

"여기서 더 나아가 역량을 넘어서 높은 격에 오르면 '부를 수 없는 자'가 됩니다. 이때부터는 격을 갖추지 못한 모든 이들은 인지하되 인식할 수 없고 이름조차 부를 수 없게 돼요. 격을 갖춘 자는 저를 인식할 수 있지만, 여전히 이름을 부를 수는 없죠."

"가만, 난 용택이나 너나 잘 부르는데?"

나는 손가락을 들었다.

"두 가지가 충족되면 예외적으로 이름을 부를 수 있습니다. 첫째로 이전의 저를 알고 있고, 둘째는 격을 갖출 것. 이 두 가지 중 하나라도 미달이면 동격이 되지 못하는 한 부를 수 없는 자가 되지요. 아드님은 제게 있어 둘 다 해당 사항이 없고 관장님을 인식하지 못하는 건⋯⋯."

6 권에서 계속

도서출판 뿔미디어 홈페이지 OPEN*!!*

안녕하세요.
지금껏 저희 뿔미디어를 응원해 주신
독자님들의 성원에 힘입어
이번에 새롭게 홈페이지를 오픈하였습니다.

저희 뿔미디어는 홈페이지에서 독자님들께서
보다 빠른 출간 소식과 미리보기 등
알찬 내용을 제공하기 위해 많은 노력을 기울였습니다.
또한 독자님들에게 도서 할인, 이벤트 등
다양한 혜택을 제공하고자 합니다.

저희 뿔미디어 홈페이지 오픈을 계기로
한층 더 독자님들과 가까워질 수 있는 기회가 되었으면 합니다.

보다 많은 관심과 사랑 부탁드리며,
앞으로도 더 좋은 컨텐츠 제공에 힘쓰도록 하겠습니다.

감사합니다.

-도서출판 뿔미디어 올림-

 www.bbulmedia.com